JAMAIS AVEC UN DRAGUEUR

JULES BARNARD

Préface

Si vous n'avez pas lu *Jamais avec le meilleur ami de ton frère*, premier livre de la série Jamais avec lui, ne tenez pas compte de ce message. Tout va bien, car *Jamais avec un dragueur* est un roman indépendant.

CEPENDANT, si vous avez lu *Jamais avec le meilleur ami de ton frère*, quelques scènes du début de *Jamais avec un dragueur* chevauchent la période du premier livre, mais racontées du point de vue de Gen.

Je ne pouvais pas écrire l'histoire de Gen et Lewis sans remonter au moment de leur rencontre. Parce que, soyons honnêtes, c'est le moment où toute l'histoire commence. Alors sans plus attendre, voici deux de mes héros et héroïnes préférés de la série *Jamais avec lui* !

~ Jules

Chapitre Un

Je tire sur le bustier, car je n'ai jamais porté un haut qui dévoile autant mes nénés.

— Cet uniforme est nul.

Ma meilleure amie Cali me regarde innocemment depuis le fond du vestiaire du Blue Casino.

— Tu es ravissante dans cet uniforme. Tu devrais me remercier.

Le bon plan de l'été consiste à travailler au Blue Casino et à économiser un max d'argent avant la rentrée universitaire à l'automne. Cali prétend qu'elle ne savait pas à quoi ressemblaient les uniformes, mais c'est faux.

Elle a passé son enfance dans le voisinage des casinos du lac Tahoe. Elle aurait pu me prévenir et j'aurais choisi un autre poste, croupière par exemple. Au lieu de ça, j'ai choisi d'être serveuse au bar lounge, espérant être moins exposée à l'attention.

Étant donné que mes tétons sont à deux doigts de saluer tout le monde, tu parles d'une façon de passer incognito.

Cali essaie de me faire sortir depuis que j'ai rompu

avec mon ex petit ami infidèle. Je pensais qu'elle voulait me remonter le moral, mais bon sang, là *tout est dehors.*

Les serveuses et les croupières envahissent le vestiaire, ouvrent les casiers, se déshabillent et enfilent les tenues propres fournies par le casino en début de chaque service. Certaines se préparent à prendre leur poste, d'autres ont fini leur journée et s'habillent pour rentrer chez elles.

La fille à côté de moi se glisse dans une robe moulante en lamé dorée et des talons aiguilles.

Il est clair que certaines ont des projets plus excitants que les miens pour la soirée. Je passe mon jean et j'enfile des mocassins noirs.

— Attrape, me prévient Cali.

Le Foot Pod, qui mesure la distance parcourue à pied, vole dans les airs.

Pendant deux secondes cette semaine, Cali a eu une envie irrésistible de faire du sport. Elle a couru cinq cents mètres et a abandonné. Apparemment, elle a décidé que c'était le bon moment d'utiliser son imprécision légendaire au lancer pour me rendre mon podomètre.

Le Foot Pod dévie de plusieurs mètres vers la droite. Je plonge et m'aplatis sur le banc, l'attrapant du bout des doigts avant qu'il ne s'écrase au sol.

Je lève les yeux, exaspérée.

— Bon sang, t'étais à au moins deux mètres. Tu me visais au moins ?

— Quoi ? Je voulais vérifier tes réflexes.

Elle ferme son casier et balance son sac besace sur l'épaule.

— Comment était ta soirée ? demande-t-elle.

Je ramasse mes affaires et ferme mon casier.

— Elles m'appellent Blanche-Neige maintenant.

Pas besoin de préciser qui est ce « elles ». Pendant que Cali a la vie luxueuse d'une croupière, job peinard et confort, je trime comme un forçat, portant un plateau chargé de boissons perchée sur des talons de dix centimètres et tout en essayant de tenir le rythme des serveuses expérimentées. Va savoir pourquoi, c'est moi qu'elles ont choisi de bizuter parmi la dizaine de nouvelles saisonnières.

Cali lève les yeux et sa bouche se tord comme si elle trouvait ce surnom pas mal.

Je baisse la voix lorsque nous croisons des collègues en remontant du vestiaire du casino.

— Je ne ressemble *pas* à une princesse.

Elle pince le pouce et l'index ensemble.

— Un chouïa. Mais avec de gros seins.

J'ouvre la porte donnant à l'étage du casino et j'élève la voix pour être entendue par-dessus les sonneries et le tintamarre des machines à sous. Le volume frôle des niveaux assourdissants à cette heure de la nuit.

— Ils ne sont pas si gros. Je suis sportive. Les athlètes ne peuvent pas avoir de gros seins.

Elle me regarde d'un air sceptique.

— Tu devrais être fière de ces bébés. Comme moi.

Elle sourit et remonte ses seins comprimés dans un push up Victoria's Secret.

Il y a une chance que j'aie hérité ma grosse poitrine, comme dit Cali, de ma mère, qui a des pare-chocs d'enfer. J'ai peut-être aussi hérité son physique, mais ses cheveux sont plus clairs que les miens presque noirs et elle a des yeux verts. Les miens sont noisette, c'est moins voyant. J'aime bien mes yeux.

Je suis sûre que le surnom de Blanche-Neige a un rapport avec mes cheveux noirs et ma peau claire. Je suis aussi quasi certaine que les serveuses les plus anciennes pensent que je suis jeune, naïve et pas assez solide.

Je sers dix verres quand elles en servent vingt, mais

c'est parce que je n'arrive pas à retrouver mes foutus clients. Ils circulent partout dans le casino comme s'ils pollinisaient les machines à sous. Je me repère aux lieux ; si les clients ne sont pas là où je les ai laissés, je suis incapable de les retrouver. Alors oui, le bizutage est en partie justifié. Mais si les autres serveuses me croient naïve, elles me connaissent mal.

Aucun enfant élevé par Chantell Dubois ne peut rester innocent. Cette femme a changé de nom pour un pseudo qui sonne comme une enseigne de bordel français, pour l'amour du ciel. Je m'appelle Geneviève, ou Gen comme disent mes amis, mais malgré l'obsession de ma mère pour tout ce qui est français, j'ai gardé son nom de jeune fille, Tierney, un patronyme cent pour cent irlandais.

Même si ma mère le souhaitait, pas une goutte de sang français ne coule dans nos veines.

En théorie, je pourrais être Française du côté de mon père, mais comme j'ignore son identité, la question ne se pose pas.

Ce que je n'ai pas dit à Cali, car c'est nul de dire ça à quelqu'un qui a des problèmes d'argent, c'est que ma mère a proposé de me payer des études supérieures. Techniquement, je n'ai pas besoin de ce job. Je refuse simplement d'accepter encore une fois l'argent de ma mère.

Elle ne travaille pas, et nous n'avons pas de famille fortunée. Je suppose qu'elle se débrouille avec l'aide de l'essaim d'hommes riches qui papillonnent dans notre vie d'aussi loin que je me souvienne. C'est pourquoi je suis déterminée à gagner ma vie pour continuer mes études et à prendre de la distance par rapport à son drôle de monde.

Cali remarque mon expression.

— Ça craint qu'elles se foutent de toi, même si tu ressembles effectivement à Blanche-Neige.

Je fronce les sourcils, et elle m'ignore.

— Dis-leur d'aller se faire voir. Mieux, je leur dirai pour toi si tu veux. Quelle serveuse a commencé ? demande-t-elle en scrutant la salle.

Ah, merde, j'aurais mieux fait de me taire.

— Cali, ne dis *rien*.

Elle le ferait pour moi ; Cali est géniale à ce point.

Mais parfois, son désir de voler à mon secours m'attire des ennuis.

— Celle qui a commencé est ma supérieure. Tu vas aggraver les choses.

Elle hausse les épaules.

— Comme tu veux.

Nous passons devant la dernière rangée de machines à sous avant le café des sports, et une serveuse avec qui j'ai bavardé pendant tout le service m'aperçoit et me fait ce grand sourire que je commence à lui associer.

Nessa est petite, environ un mètre soixante ; les dix derniers centimètres sont gracieusement offerts par les escarpins assortis au pantalon en satin bleu nuit et bustier lamé bleu électrique de notre tenue de service. Comparée à elle, je suis une amazone d'un mètre soixante-dix-huit – plus d'un mètre quatre-vingt-deux avec les talons hauts du casino.

Je lui fais un signe de la main en passant.

— Qui c'est ? demande Cali.

— Nessa. Elle nous invite à un dîner entre amis ce soir. Tacos. Miam.

Je ne suis pas très à l'aise en présence d'inconnus, mais ce serait sympa d'avoir une autre amie en ville.

Cali secoue la tête.

— Je ne peux pas sortir, t'as oublié ? J'ai rendez-vous sur Skype avec Éric. Mais tu devrais y aller. Ça te ferait du bien de t'amuser.

Oh, mon Dieu, j'ai oublié l'appel Skype. Cali a raison

de vouloir que je sorte, mais pas pour la raison qu'elle pense.

Dans le chalet que nous avons loué pour l'été, les murs sont fins. Je préfère ne pas être là pour le Skype sexe. Et le copain de Cali est sur ma liste noire. Il m'a draguée il y a quelques semaines, ce qui l'a fait passer du statut de petit-ami-distant-et-rasoir-de-ma-meilleure-copine à celui de type louche.

Si je vais au dîner de Nessa, ça fera d'une pierre deux coups. Cali pensera que je sors pour oublier mon ex, alias le C-O-N, et je n'aurais pas à me boucher les oreilles pour ne pas entendre ses gémissements faire vibrer la cloison. C'est gagnant-gagnant.

Et je n'ai aucune raison de redouter de me faire embêter par les amis de Nessa comme les clients le font au casino quand je porte mon uniforme minimaliste. C'est une soirée décontractée, sans parler du fait que j'ai des œillères dès qu'il s'agit du sexe masculin. Bref, je ne risque rien.

—————

En garant ma berline cabossée dans le quartier d'Al Tahoe, j'admire les chalets à l'avant-toit arrondi et aux volets en pin massif. Une contrefaçon des Alpes suisses.

Le pavillon de l'ami de Nessa a même un toit à charpente en A qui descend jusqu'au sol, ce qui lui donne vraiment un look de chalet suisse.

Je marche jusqu'au porche, où le toit à quelques centimètres de mon visage me rend claustrophobe, et lève la main pour toquer quand la porte s'ouvre. Une odeur de piment et d'huile me gifle le nez.

Nessa m'accueille avec un grand sourire, ses cheveux noirs drapés sur une épaule.

—Je t'ai vue te garer.

Des cris retentissent derrière elle et je regarde par-dessus sa tête, parce que sa petite taille me le permet. Mes yeux se posent sur un gars avec une casquette de baseball à l'envers qui tape du poing sur une table.

Nessa me fait entrer, prend mon manteau et mon sac à main, et disparaît avec dans un couloir. Je me tords les mains et fixe le couloir où elle est partie, jetant des coups d'œil furtifs aux deux personnes de l'autre côté de la pièce.

Nessa revient une minute plus tard.

— Qu'est-ce que je te sers à boire ? Zach a mis des Corona au frais et j'ai préparé un pichet de margarita.

Elle remue les sourcils.

La margarita me branche bien, mais je conduis.

— De l'eau, ça serait super.

Nous allons dans la cuisine où Nessa me remplit un verre d'eau du robinet. La nourriture qui mijote sur les fourneaux me met l'eau à la bouche. Elle me tend le verre et nous rejoignons les autres.

Le gars à la casquette de baseball lève les mains en signe d'exaspération face à la jolie brune assise à côté de lui.

— Tu appelles ça une gorgée ? *Enfin*, Mira. C'est une gorgée d'oisillon. Arrête de faire ta fille et bois-le comme un homme.

Quelques pièces de monnaie scintillent sur la table et un petit verre est posé au centre.

Mon rythme cardiaque s'accélère légèrement. Le quater est l'un de mes jeux à boire préférés.

Je bois de l'alcool depuis que j'ai douze ans. Ma mère pensait que boire du vin à table me rendrait plus sociable — encore un truc en rapport avec son obsession pour les Français. C'est pourquoi j'ai une grande tolérance à l'alcool. Ajoutons à cela une bonne coordination œil-main qui ne vient pas d'elle (elle a le même lancer que Cali, c'est-à-dire nul) et vous comprendrez que je suis super forte au quater.

— Zach, dit Nessa.

Le gars à la casquette lève les yeux et lui sourit.

Wouah, un sourire amoureux si je lis bien, pourtant Nessa n'a jamais fait allusion à un petit ami.

— C'est l'amie dont je vous ai parlé. Gen est serveuse au Blue pour l'été.

Je reconnais Zach, c'est l'un des croupiers de la salle de black jack.

— Le plat qui mijote sent incroyablement bon, dis-je.

Il sourit.

— Content que tu aies pu venir. Je te présente Mira.

La fille à côté de lui me fait un pauvre sourire et avale une gorgée de son verre.

— Ils sont *Washoe*, ajoute Nessa en me donnant un petit coup de coude. Mira et Zach sont des potes de toujours. Leurs familles se connaissent depuis une bonne centaine de générations.

Zach ajuste sa casquette et se gratte le front, ses épais cheveux bruns s'échappent par le trou qui se retrouve à l'avant.

— Pourquoi tu précises toujours qu'on est *Washoe* ?

— Parce que c'est intéressant.

Nessa le pousse gentiment avant de retourner dans la cuisine.

Il secoue la tête en direction de sa silhouette qui s'éloigne, mais une lueur amusée brille dans ses yeux.

Zach vide la coupelle.

— Joue avec nous, Gen. Tu sais jouer au quater ?

— Oui, mais je conduis. Ça vous ennuie si je ne bois pas ?

— Non. Tu m'aideras à saouler Mira. Elle n'est pas sympa tant qu'elle n'a pas un petit coup dans le nez.

Son commentaire lui vaut une grimace de Mira, qui ressemble à une charmante moue, car cette fille est d'une beauté à couper le souffle. Ses cheveux couleur chocolat noir lui tombent au milieu du dos et s'effilent autour d'un visage qui n'est pas tout à fait en forme de cœur, mais pas ovale non plus. Un visage symétrique fascinant, et je suis carrément jalouse de ses pommettes saillantes.

Je m'assieds sur une des chaises en bois style grand-mère, et Zach fait glisser une pièce vers moi. La tenant entre le pouce et l'index, je me concentre sur le verre au centre de la table. J'ajuste mon tir et je frappe la surface en bois lisse de la tranche de la main.

La pièce rebondit sur la table et saute dans le verre vide.

— Joli ! On a affaire à une championne, dit-il ravi à Mira.

À l'université, nous utilisions un grand gobelet pour rentrer un maximum de pièces, et donc saouler les autres le plus vite possible. Le petit verre respectable au centre de la table de Zach est raffiné. Je me sens soudain très adulte.

Il me tend une autre pièce et je prépare mon lancer.

— Donc vous êtes Washoe ? Amérindiens ?

La pièce atterrit aussi dans le verre, et je fais signe à Mira de boire.

Elle me lance un regard qui me brûle les cornées. Comment une fille si jolie peut-elle avoir l'œil aussi noir ? J'espère que Zach a raison quand il dit que l'alcool la rend sympa.

Il opine.

— On fait tous partie de la tribu locale des Washoe, y compris Lewis, qui est à la bourre. Mira est la seule à avoir du sang pur. Ses parents viennent tous les deux de la réserve de Dresslerville. Même si je suis sûr qu'à un moment donné, une ancêtre de Mira a fauté avec un étranger.

Il fait un clin d'œil à Mira qui lève les yeux au ciel.

— N'empêche que t'aimerais bien être un Washoe pure souche, le nargue-t-elle.

Zach me regarde en secouant la tête comme pour dire : *tu vois ce que j'endure ?*

Il fronce les sourcils en direction du verre de margarita intact dans la main de Mira.

— Si Gen réussit les trois prochains tirs d'affilée, tu vides ton verre.

Ses yeux s'étrécissent.

— Disons cinq.

Cinq ? Un jeu d'enfant.

Mira est incroyablement belle. Elle éclipse toutes les autres filles quand elle est dans une pièce. Ce serait une copine idéale pour sortir vu que ma seule envie depuis ma rupture est de fuir les hommes. Mais merde, il faudrait qu'elle apprenne à sourire.

— Lewis est un bourreau de travail, soupire Mira. Je n'arrive pas à croire qu'il ne soit pas encore là.

La première des cinq pièces atterrit dans le verre. *Yes !*

Zach regarde l'heure sur son téléphone.

— Il va arriver.

Bing

La pièce numéro deux fait mouche. Plus que trois.

— En général, il part du bureau à cette heure.

Mon record au quater est une série de dix-sept pièces, et j'étais à moitié ivre ce soir-là. Je frappe du poing sur la table, et la troisième pièce tombe dans le verre. Je commence tout juste à m'échauffer.

Mira foudroie Zach du regard.

— Ce n'est pas drôle. Il a promis qu'il serait là.

Est-ce qu'elle est en train de bouder ? Lewis doit être le petit ami de Mira – et la numéro quatre atterrit dans le verre vide.

— Son père doit être content, dit Zach, puis il me regarde et je fais une pause avant de lancer l'ultime pièce. Lewis travaille pour l'entreprise de construction de son père. Il la dirige pratiquement depuis qu'il est revenu en ville.

Je lève la main pour le lancer final, mais le grincement de la porte d'entrée attire mon attention. Un type presque aussi grand que le montant de la porte entre dans le chalet.

— Quand on parle du loup, dit Zach. Gen, je te présente Lewis.

Pendant une fraction de seconde, je perds tous mes moyens.

Lewis referme la porte. Ses épaules musclées tendent le tissu de sa chemise à carreaux, aux manches roulées jusqu'aux coudes. L'ourlet de la chemise sort d'un côté, comme s'il l'avait rentrée à la hâte dans son jean. Il a des pommettes hautes, une mâchoire carrée et des cheveux châtain foncé dans lesquels il doit souvent passer les doigts.

Il est plus que beau. Il est saisissant. Du genre, à vous couper le souffle.

Mes sourcils se pincent, ma bouche s'avance en moue. Qu'est-ce qui me prend ? Il y a des mois que j'ai cessé de regarder les hommes. Après avoir décidé qu'il valait mieux les éviter.

Mira sourit à pleines dents lorsque Lewis entre dans la pièce, et je me secoue mentalement. Je saisis la dernière pièce, frappe sur la table et la regarde s'envoler vers la cible.

La pièce roule sur le bord du verre et tombe sur la table.

Je la regarde avec incrédulité. *Merde.*

Quand je lève les yeux, Lewis m'observe, les sourcils froncés dans des proportions infinitésimales. Son regard descend ; je ne respire plus. Je suis assise et il ne voit pas grand-chose, vu que je porte un chemisier blanc dont j'ai laissé quelques boutons ouverts, mais mon rythme cardiaque augmente.

C'est bizarre. Mon réflexe naturel consiste à courber les épaules et me faire minuscule quand on m'observe.

Les yeux de Lewis sondent les miens ; ils sont noirs et profonds comme le lac Tahoe. Mon visage s'échauffe et soudain mon cœur s'affole et tambourine dans ma poitrine.

C'est quoi ce truc ? J'ai évité les mecs pendant des semaines. D'accord, il est beau, mais beaucoup d'hommes le sont aussi.

— Hé, Lewis, appelle Zach. Quater sur le pont. Gen, ici, nous met une branlée. Un peu plus et ta copine était obligée d'avaler son verre.

Les yeux de Lewis s'envolent vers Mira, puis se reposent sur moi.

Zach a dit que Mira est la copine de Lewis. Donc ils sont ensemble. Je ne m'approcherai jamais de lui, même si l'idée me tentait, ce qui n'est pas le cas.

Je roule une pièce entre mes doigts, touche du pouce une entaille du bois, jette un coup d'œil à Nessa dans la cuisine… Bref, je me distrais comme je peux, mais Lewis s'approche de moi. Je m'en sors bien, jusqu'à ce qu'il lève un bras et se passe les doigts dans les cheveux.

Mon regard reste accroché aux veines des muscles qui apparaissent sous la manche retroussée de sa chemise.

J'hallucine. Je mate les bras de ce mec maintenant ?

J'ai dû lorgner trop longtemps, car lorsque je regarde son visage, il m'observe en train de l'observer.

C'est énervant ce pouls qui bat dans mes oreilles, car il

assourdit les sons et m'enflamme les joues. Je tousse dans mon coude pour cacher mon visage.

Rouge, nerveuse ; je n'aime pas cette sensation, comme si mon cœur allait se sortir de ma poitrine – ou lui sauter à la figure. Je ferais mieux de partir. Je me sens mal. Mais je ne peux pas me barrer si tôt. Nous n'avons même pas dîné.

Mira bondit de sa chaise et enlace Lewis par la taille avant qu'il n'arrive à la table. Elle l'étreint et il la serre d'un bras tout en me regardant.

C'est sa petite amie dans ses bras. Pourquoi me regarde-t-il ? Maudits hommes.

— Zach, dit Nessa en déplaçant une casserole sur les plaques de cuisson. Je ne sais pas quoi faire avec ce poulet.

— On continuera plus tard, me dit-il.

Zach sourit, ramasse les pièces d'une main et part prêter main-forte à Nessa en cuisine. Le sourire de Zach est amical. Pas torride ni lubrique. Un sourire pas compliqué, avenant. Attention, je ne dis pas que le regard de Lewis était lubrique. Il était… curieux.

Je n'aime pas la curiosité. La curiosité éveille l'intérêt, qui mène à des choses que je préfère éviter.

Ça me perturbe que mon radar bipe en présence de ce mec. Il a une *copine*, et malheureusement, j'ai le chic pour attirer les hommes infidèles.

Avoir une petite amie dans sa ville natale – ce qu'il a omis de mentionner – n'a pas empêché mon ex de me séduire, ou le copain de Cali de me proposer la botte, ou aucun des hommes que ma mère a ramenés à la maison d'avoir les mains baladeuses quand ils me serraient dans leurs bras.

— Débarrassez la table, les amis. Le dîner est prêt, clame Nessa.

Elle sert des tortillas faites maison avec des morceaux de poulet épicé.

Zach prend une bière dans le frigo, suivi par Lewis. Il lui colle une claque dans le dos et me regarde d'un air interrogateur.

Le regard de Zach passe de Lewis à moi, puis il prend un ouvre-bouteille.

— Gen est la copine de Nessa au travail, je l'entends dire en décapsulant sa Corona.

Lewis scrute mes traits comme s'il cherchait quelque chose.

C'est quoi son *problème* ? Il ne peut pas me dévisager comme ça. Sa copine est dans la pièce.

J'ai reluqué ses bras, et alors ? Ils étaient sous mes yeux ! Et plutôt sexy. *Faites-moi un procès.* Je ne me rappelle pas avoir déjà maté le corps d'un mec avant. Apparemment, les pensées lubriques surgissent avec l'âge. Mais les femmes louchent sur les mecs tout le temps. Vu le physique de Lewis, il devrait y être habitué.

— Assieds-toi à côté de moi, Gen.

Nessa pose un plat de riz espagnol sur la table et tire une chaise près d'elle.

Je la rejoins avec la salade verte, puis je m'assieds.

— Ça a l'air bon, dit Lewis.

Sa voix, telle une lame soyeuse, me caresse l'ouïe et attire mon attention.

Il se fourre un demi-taco dans la bouche pour prouver qu'il apprécie le plat, ou parce qu'il mange comme un ogre. J'observe la flexion de sa mâchoire carrée, les muscles épais de sa gorge, qui soudainement se figent.

Je lève les yeux. Il me regarde le fixer – un échange intense.

Qu'est-ce qui me prend ? J'aggrave mon cas.

Mira darde les yeux vers moi, et elle a l'air pire que furieuse. Elle déglutit et je jurerais voir de l'angoisse dans son regard.

Je mange un peu de riz pour faire saliver ma bouche sèche. Jamais je n'ai eu autant envie de m'échapper d'une situation que de ce dîner. Mon cœur palpite et mes joues ne descendent pas en dessous de mille degrés. Mes doigts, qui ne m'ont jamais fait défaut niveau adresse ou coordination, n'arrivent pas garder ce stupide riz sur la fourchette.

— Alors, t'es ici pour l'été ? demande Zach, sa jambe musclée m'effleurant le mollet tandis qu'il remplit énergiquement son assiette.

La table à manger étroite style grand-mère, qui s'accorde au canapé en velours d'occasion et à la table basse au plateau en parquet des années 80 rend le dîner involontairement intime.

J'avale une gorgée d'eau et je me racle la gorge.

— Je retourne à Dawson à l'automne pour faire des études de psychologie.

Mira fait une grimace à Zach comme si ça la contrariait qu'il ose attirer l'attention sur moi. Étant donné que j'ai envie de me cacher dans un trou de souris, je suis assez d'accord.

Mira s'appuie sur Lewis qui attaque son deuxième taco, alors qu'elle n'a pas encore touché à son assiette. Je croque une énorme bouchée de taco juste pour faire le contraire. Manger comme un oiseau pour rester ridiculement maigre, c'est nul – et de toute façon, je mange plus que la moyenne des filles, alors elle me fait juste passer pour une goulue.

— Comment va ta mère ? demande-t-elle à Zach.

La main de Zach s'immobilise au-dessus de la salade, et sa poitrine se dégonfle.

— Bien.

Son ton est plat, dépourvu d'émotion.

Je m'avance de quelques centimètres sur ma chaise.

Mira a touché une corde sensible. Zach a l'air tellement gentil. À quoi joue-t-elle ?

Mira boit une gorgée, ses yeux caramel sont froids.

— Qu'est-ce qu'elle fait en ce moment ?

Le regard de Zach devient méfiant.

— Elle est toujours au centre de soins, et tu le sais très bien.

Il jette un œil au taco qu'elle n'a pas touché dans son assiette et le pousse vers elle.

Pourquoi Mira parlerait-elle de sa mère ? Est-ce qu'elle essaie de le blesser… parce qu'il m'a posé une question ?

Nessa serre sa fourchette et observe Zach d'un air inquiet.

Lewis fronce les sourcils en direction de Mira.

— T'as essayé ton nouveau paddle ? demande-t-il à Zach.

Le visage de ce dernier se détend.

— Un peu.

— L'activité est au ralenti en ce moment. Ça t'ennuie si je t'accompagne un jour ?

— Non, pas du tout. Quand tu veux.

Et juste comme ça, la tension retombe.

Pour que l'ambiance reste légère jusqu'à la fin du dîner, j'en profite pour bombarder Nessa et Zach de questions sur les sentiers de randonnées et de jogging. Mira n'énerve personne d'autre à table, surtout parce qu'elle est trop occupée à prendre la tête à Lewis dans une conversation animée que nous faisons tous semblant d'ignorer. J'en capte la plus grande partie, et j'imagine que les autres aussi. Des reproches comme *qu'est-ce qui te prend* et *privé* et *cette fille* planent au-dessus de notre discussion sur les sentiers de Tahoe.

Après le dîner, j'aide Nessa à débarrasser.

— Je vais y aller, dis-je quand on a fini.

— Vraiment ? Si tôt ?

— Je ne suis pas encore habituée aux horaires de nuit.

— Oui, ça prend du temps. Qu'est-ce que tu fais demain ? Zach et moi, on organise un barbecue à l'anse Zéphyr. Tu devrais venir avec ta coloc.

— Oui, pourquoi pas.

Elle me donne les détails et je remercie Zach pour le dîner.

Mira et Lewis parlent à voix basse dans un coin tandis que je vais récupérer mon sac et mon manteau dans la chambre au bout du couloir. J'ai l'impression de filer à l'anglaise, mais je ne veux vraiment pas me mêler de leurs histoires.

Je ramasse mes affaires et repars vers la porte, tête baissée, en fouillant dans le puits sans fond qu'est mon sac pour trouver mes clés… et je me mange un mur.

Je chute, et sans la moindre élégance. Mon corps tombe sur le côté, la tête inclinée bizarrement, les bras empêtrés dans mon sac. Je vais me briser la nuque.

Des mains puissantes me relèvent, et je pédale pour remettre mes jambes debout.

La chaleur et l'odeur du savon et du bois coupé m'enveloppent. La peau hâlée d'un cou épais et musclé, avec un pouls qui bat à sa base, envahit mon champ de vision, avant qu'apparaisse le regard intense et énigmatique de Lewis.

Mon rythme cardiaque passe du galop affolé à l'emballement palpitant et brouillon des premières minutes où Lewis est entré dans la maison.

Lewis scrute mon visage, d'abord avec inquiétude, puis ses traits se détendent et s'adoucissent. Lentement, ses yeux se promènent ailleurs, comme s'il en profitait pour m'admirer sans que Mira ou quelqu'un d'autre ne le censure. Son regard me caresse les cheveux, le front, le côté du visage, le menton, puis remonte jusqu'à la bouche, où il s'arrête.

Sa respiration devient audible. Ce qui m'a intrigué dans son expression toute la soirée devient clair. Quand il me regarde, ce n'est pas par curiosité (même s'il y en a un peu), mais pour tout autre chose. Quelque chose que je n'ai jamais vu si intensément, mais que je reconnais – ou que mon corps reconnaît, car ma poitrine se serre, mon cœur continue sa danse endiablée, et le feu s'engouffre dans ma colonne vertébrale, envoyant des frissons à tous les mauvais endroits.

Il penche la tête vers moi une fraction de seconde.

Est-ce qu'il va… ? Il n'oserait pas…

— C'était un plaisir de te rencontrer, dis-je dans un élan de panique, avant de me libérer des bras auxquels je m'accroche encore inconsciemment.

Mais je ne peux pas aller plus loin. Pour une étrange raison, mes jambes refusent d'avancer.

La main qui m'enlaçait s'enfonce dans la poche de son jean. À part ce geste, il ne bouge pas. Son regard s'attarde de nouveau sur ma bouche.

Ma respiration se hache et je me lèche les lèvres, ce qui semble soudain être une invitation. *Qu'est-ce qui me prend ?*

Au lieu de réagir judicieusement et de détourner le regard, mes yeux se dirigent vers sa bouche comme en pilotage automatique, sans écouter l'ordre précis de *déguerpir* que mon cerveau envoie à tous les membres de mon corps.

Une cicatrice diagonale coupe le coin de sa lèvre inférieure, joliment dessinée, un accident dans un paysage par ailleurs parfait. Je ne peux pas détourner les yeux de cette cicatrice, dont une extrémité est en forme de crochet. Comment se l'est-il faite ? A-t-il eu mal ? Est-ce que je sentirais la cicatrice si je collais ma bouche sur la sienne ?

Ses lèvres s'entrouvrent sous mon regard fixe et il bouge les pieds, réduisant la distance que j'ai mise entre nous.

Mon cœur bat si fort que des points m'embrouillent la vision. *Il a une petite amie.*

Je m'enfuis en trébuchant, mon épaule heurte le mur dans le couloir, des années d'athlétisme disparaissant à la vitesse de l'éclair.

Je jette un coup d'œil derrière moi avant d'ouvrir la porte d'entrée. Lewis me regarde, stupéfait.

Il ferme les yeux et se détourne.

Mes mains tremblent lorsque je ferme la porte derrière moi. Qu'est-ce qu'il s'est passé ? Ce n'était pas une attirance, c'était un truc de fou.

Une attirance dingue.

Chapitre Deux

— Geneviève, ton beau-père et moi préparons notre visite. Je pensais que tu m'appellerais.

Et moi je pensais que ma mère savait que je dors à neuf heures du matin. Même en temps normal, quand je n'ai pas travaillé tard, je manque de vivacité à cette heure matinale.

— Maman, je croasse dans le téléphone. On peut s'appeler plus tard ? Et je n'ai pas de beau-père.

Ma mère appelle son dernier petit ami en date mon beau-père, bien qu'ils ne soient pas mariés. C'est glauque.

— Il le sera bientôt, ma chérie. Fred boucle son contrat en Asie orientale, et on officialise notre relation. C'est *le bon*, ma chérie.

Je lève les yeux au ciel, mais je dois avouer que Fred est différent des conquêtes passées de ma mère. Ils sont ensemble depuis deux ans. Pour Chantell, cela équivaut à des noces d'argent.

— Dans quel hôtel vous descendez à Tahoe ?

— Fred a réservé une suite au Timber Lodge. On fera

du golf, du shopping et bien sûr, on ira au casino pour te voir dans ta tenue.

Elle émet un couinement, je dois éloigner mon téléphone de mon oreille.

Évidemment qu'elle veut voir mon uniforme. J'ai bataillé pour que ma mère y aille mollo sur ses décolletés et ses minijupes, pendant qu'elle insistait pour que je dévoile mes courbes… depuis que j'ai douze ans.

— J'ai hâte, dis-je pince-sans-rire.

En y repensant, je me demande si elle a sérieusement voulu me dévergonder à partir de douze ans. Non, c'est simplement qu'elle ne me voyait plus comme une petite fille. Dans son esprit, j'avais des seins et des règles, donc j'étais une femme et je devais vouloir attirer le regard des hommes. Seulement, je déteste le genre de regards que ma mère attire. J'évite les emmerdes.

J'étouffe un bâillement.

— Le Timber Lodge est un bel endroit, maman. Appelle-moi quand tu seras en ville.

— Geneviève, t'as une voix de crapaud. Prends un café, chérie. Tu n'as pas d'homme dans ton lit, si ?

— Maman !

— Non ? Dommage. Ça fait des mois depuis le dernier. Je pensais que tu serais prête à te remettre en selle. Ce garçon ne te méritait pas. Il était… quel est le mot savant quand quelqu'un est coincé ?

— Psychorigide ?

— C'est ça. Il n'avait pas de sex-appeal. Il marchait comme s'il avait un balai dans le….

— Maman !

— Il était gay ?

— Quoi ? *Non.* Il avait… une petite amie. Dans sa ville natale.

Ma voix s'éteint. Je voulais réserver cette information à

mes proches amis. Ma mère n'est pas quelqu'un à qui je me confie.

Il y a un silence sur la ligne pendant un moment, puis je l'entends soupirer.

— Je peux emmener la jument à l'abreuvoir, mais je ne peux pas la forcer à boire.

C'est quoi cette métaphore débile ?

— De quoi tu parles ?

— J'ai essayé. Dieu sait que j'ai essayé de te révéler ta beauté intérieure…

— En m'habillant comme une pute ?

— Mais est-ce que tu m'as écoutée ?

— La vache, maman. Certaines personnes considéreraient ta façon de m'élever comme de la maltraitance envers son enfant. Écoute, j'ai choisi un gars intelligent au physique passe-partout qui n'était pas un fêtard. Je pensais que je ne risquais rien. Je me suis trompée. Fin de l'histoire. Il arrive à tout le monde de faire de mauvais choix.

J'avais attendu trois mois pour coucher avec mon ex, voulant être absolument certaine que c'était un mec bien avant de passer à l'étape suivante. J'avais appris au lycée à ne pas m'emballer trop vite. À seize ans, le premier amoureux avec qui j'ai couché s'en est vanté devant toute l'équipe de natation. Mon expérience suivante n'a pas été meilleure. Puis est arrivé le C-O-N. Je considère le sexe comme une spirale descendante ; ça empire avec le temps.

Peut-être que je suis trop dure avec moi-même ; peut-être que mes critères de choix sont mauvais. Quel que soit le problème, c'est du passé. Je ne peux pas penser aux hommes en ce moment.

La bouche balafrée de Lewis et ses yeux noirs flashent dans ma tête.

Je ferme les yeux et soupire.

— Maman, le sex-appeal est surfait.

— Oh, chérie, je vais faire comme si ces mots ne venaient pas d'un enfant de ma propre chair.

— Arrête de parler de chair et de sexe. Tu voulais me dire autre chose ou je peux retourner dormir ?

— Toujours aussi grincheuse le matin. Va te recoucher. On se rappelle.

———

Quelques heures plus tard, je balaie du regard de façon obsessionnelle, comme une psychopathe, l'anse Zéphyr du rivage jusqu'aux tables de pique-nique près du parking pour voir si Nessa ou surtout Lewis sont arrivés.

Cali est à plat ventre, les bras pliés sous la tête.

— On n'aurait pas dû venir, ronchonne-t-elle les yeux fermés.

Après mon retour du dîner hier soir, je lui ai expliqué ce qui s'est passé avec Lewis. Le sage conseil de Cali était de rester loin de lui. Son copain lui ayant posé un lapin pour leur rendez-vous sur Skype, son avis n'était pas forcément objectif.

— J'avais déjà dit oui à Nessa. Ce truc avec Lewis s'est passé en partant. Ça aurait été bizarre d'annuler à la dernière minute. Je ne voulais pas passer pour une lâcheuse. Et il y a une chance que Lewis ne vienne pas. Nessa a dit qu'elle et Zach faisaient un barbecue. Elle n'a pas mentionné les autres.

Cali bâille.

— C'est vrai. Il ne viendra peut-être pas.

Je regarde vers les tables de pique-nique, moins confiante qu'il y a une seconde. Même s'il vient, je ne vais pas planter Nessa pour éviter son ami Lewis. Ce serait nul.

Je me force à tourner les yeux vers le lac. Ce qui est arrivé hier soir est en partie ma faute. Je le matais ; normal qu'il se soit intéressé à moi. Je réagis probablement de façon excessive.

En brossant le sable grossier de Tahoe sur mes mollets, je me regonfle mentalement. Pas de quoi en faire tout un plat. Il ne s'est rien passé. Il n'a pas dit qu'il voulait me brancher. Je veux dire, il est possible que ce grand gars athlétique ait perdu l'équilibre et vacillé… vers mes lèvres.

Merde.

Il n'a rien dit verbalement, mais il s'est passé entre nous quelque chose qui n'avait rien à voir avec le langage oral et tout à voir avec le langage *corporel* et les phéromones sexuelles. En général, je dois me motiver pour coucher avec un mec après l'avoir soigneusement choisi. Cette fois, je n'ai pas choisi Lewis – c'est tout le contraire. Tout mon organisme était dans les starting-blocks tandis que j'agitais mentalement le drapeau *Jamais avec lui.*

Cali lève la tête, met sa main en visière, et grimace. Merde, je croyais qu'elle dormait.

— N'exclus pas trop vite Mason et Jaeger. Ils sont tous les deux canon *et disponibles*. C'est un facteur-clé, Gen.

Mason est un barman du boulot qui a un peu flirté avec moi. Cali et moi sommes sorties quelques fois avec lui et son pote Jaeger Lang, qui se trouve être un copain d'école du frère de Cali. Elle ne l'a pas reconnu au début parce qu'il a pris genre trente kilos de muscles depuis le lycée.

Sérieusement, Cali doit arrêter de jouer les entremetteuses. J'étais déprimée pendant le dernier mois à l'université, et d'accord, je ne suis pas sortie de mon appart pendant une bonne semaine, mais j'ai surmonté la trahison du C-O-N. En grande partie. Je n'ai pas besoin d'un mec pour m'épanouir.

Et pourquoi Cali me jette-t-elle dans les bras de Jaeger ? C'est elle qui flirte avec lui quand on est tous ensemble. Je pense qu'elle en pince pour lui. Cali devrait remplacer son mec à la noix par…

Le regard de Cali s'attarde sur mon livre.

— *Le vampire tourmenté ?* Bon sang, Gen. C'est quoi cette merde ?

Je secoue le bouquin pour enlever le sable ; c'est exactement pour ça que je n'ai pas apporté mon Kindle. J'aurais un infarctus si un accident arrivait à ma source inépuisable de récits coquins.

— Ben quoi ? C'est l'un des meilleurs livres que j'ai lus cette année. Le vampire a des TOC. Il est obligé de tamponner la peau de sa proie avec une lingette antimicrobienne avant de la mordre. Ce type a de vrais problèmes.

Elle se redresse, appuyée sur ses coudes.

— Tu déconnes, j'espère ?

— Cali, il y a de la profondeur dans cette histoire. Les TOC du vampire lui permettent d'alerter sa proie. Le pauvre gars est dénutri à cause de ses problèmes psychologiques.

Elle me dévisage, stupéfaite, puis elle pointe le doigt vers moi.

— On va avoir une discussion sérieuse sur tes lectures. *Ce soir.* Tu ne lis que des merdes.

Elle se rallonge à plat ventre.

Ça craint. La dernière fois que Cali m'a sermonnée sur mes lectures, elle m'a forcée à lire Faulkner. Je me suis endormie avant la fin de la première page. Tous les soirs pendant deux semaines.

— Si je veux une lecture qui me stimule intellectuellement, j'ouvre un bouquin de psychologie. T'as jamais envie de t'échapper dans un monde imaginaire ?

Elle lève les yeux et fronce le nez.

— Pourquoi j'aurais envie de faire ça ?

C'est vrai. Cali n'a pas grandi dans la soie, mais elle a

eu une mère dévouée et encourageante. Chantell n'a pas été la pire mère du monde, mais disons qu'elle était… spéciale. Cali en sait plus que la plupart des gens sur ma mère, mais pas tout. Personne ne connaît toute l'histoire. Même pas moi.

— Les livres ont été mon échappatoire en grandissant et ils le sont toujours. J'aime être emportée par des histoires qui finissent bien.

Cali marmonne un truc sur la *qualité littéraire*, puis se tait. Je pense qu'elle s'est finalement endormie, tant mieux, parce que j'ai vraiment besoin de me plonger dans mon monde imaginaire en ce moment. La vraie vie est trop stressante.

———

IL ÉTAIT inutile d'espérer que Lewis ne viendrait pas. Nessa est arrivée il y a une demi-heure avec la joyeuse bande du dîner. J'ai réussi à éviter Lewis, en grande partie grâce à Mira. Elle ne le quitte pas d'une semelle et s'accroche à lui comme à une bouée de sauvetage.

Est-ce qu'il apprécie ce genre de choses ? Elle m'a l'air un peu trop pot de colle. Je ne suis pas jalouse. En fait, Lewis semble m'éviter autant que je l'évite, et c'est tant mieux. Je ne l'ai pas surpris une seule fois en train de m'observer. Ce qui signifie que j'ai regardé pour voir s'il me regardait. Je dois arrêter ce petit jeu.

Zach œuvre au barbecue, il fait griller toutes sortes de choses délicieuses. L'odeur de saucisse grillée transportée par la fumée stimule mes glandes salivaires. Un dernier hot-dog. Ça ne peut pas faire de mal, n'est-ce pas ?

Il est possible que j'aie un appétit démesuré pour une fille de ma corpulence. J'avoue, j'ai un appétit gargantuesque. Cali ne fait jamais de commentaire là-dessus, mais certains flirts m'ont fait des remarques désobligeantes. Inutile de préciser que ces connards n'ont pas fait long feu. Je ne sors pas avec des types qui pensent que les femmes doivent se nourrir de salades, et dans tous les cas je suis mince.

— Ça va, Gen ? s'enquiert joyeusement Zach quand je m'approche du barbecue.

Il retourne les saucisses, révélant leur face dorée. Mon ventre gargouille même si je viens de manger un hot-dog et des chips.

Je regarde les autres personnes présentes.

— T'es le seul à savoir cuisiner ?

Il rit.

— Ils savent griller des saucisses, mais je le fais mieux, dit-il en souriant d'un air entendu. T'en veux une autre ? me demande-t-il en désignant la viande sur la grille.

J'ouvre la bouche pour répondre, mais Zach se concentre sur une scène qui a lieu dans mon dos.

— Merde, dit-il. Je crois que Mira est en train de raconter comment notre entraîneur de football au lycée a laissé un première année twerker avec lui. Il faut que j'entende ça.

Zach tend à Lewis la pince à barbecue. *D'où il est arrivé ?* Je jette un œil pour m'assurer que je ne vois pas double pas, mais Mira est bien seule avec Nessa et Cali. Zach s'en va en donnant ses instructions.

— Surveille le barbecue, Lewis. Je reviens tout de suite.

Lewis gratte le bout de l'ustensile pour enlever la suie noire. Il retourne plusieurs saucisses à la suite.

— Qu'est-ce que je te sers, Gen ?

J'ai un blanc. Ce sont les premiers mots qu'il me dit depuis que je l'ai rencontré hier soir, même si j'ai l'impression qu'on a dit et fait plus, comme si on avait marqué un but sans frapper dans la balle. C'est gênant.

— Euh, juste un hot-dog.

Il me regarde entre ses longs cils.

— Combien de temps tu restes à Tahoe ?

Il pose la question parce qu'il veut apprendre à me connaître ou juste pour faire la causette ?

— Je repars à Dawson à la fin du mois d'août.

Il hoche la tête.

— Tu comptes faire une randonnée un de ces quatre ?

Une référence à la conversation d'hier soir ? Celle à laquelle il n'a pas participé parce qu'il se prenait la tête avec Mira ? Écoutait-il ?

— Ouais, et courir. Les sentiers sont magnifiques.

Lewis glisse une saucisse dans un pain à l'aide de la pince à barbecue, et il me le tend alors que Zach revient vers nous en secouant la tête, un sourire ironique aux lèvres. Il louche sur mon hot-dog.

— Bien, approuve-t-il d'un hochement tête. J'aime les filles qui savent manger.

Mes joues rosissent, même si je sais que son commentaire n'est pas méchant, au contraire.

Lewis passe les rênes de la cuisine à son ami et fait le tour du barbecue en posant une main sur mon épaule. Il se penche et je suis hyper consciente de la chaleur de son contact, de l'odeur de pin et de savon – ses lèvres planent à quelques centimètres de mon oreille.

— Je serais heureux de te montrer les sentiers un jour.

Je le regarde dans les yeux. Séducteur, dragueur. Il me fait officiellement des avances avec sa petite amie à quelques mètres. Il n'y a tellement rien qui va que je ne saurais pas par où commencer.

Il étudie mon expression, reculant la tête en voyant l'expression sur mon visage.

— Bon barbecue, marmonne-t-il en se fendant d'un sourire qui ressemble plus à une grimace, puis il s'en va.

Je n'arrive pas à y croire. Suis-je une sorte d'aimant à mecs infidèles ? J'inspire et j'expire pour calmer le tremblement de mes mains et je me dirige tout droit vers Cali, qui se tient près de la table de pique-nique. Je jette mon hot-dog intact, l'appétit coupé.

Lewis rejoint Mira, mais il contemple le lac, les traits tendus, une main enfoncée dans sa poche, l'autre s'agrippant à l'arrière de son cou. Un épi de cheveux chocolat se dresse sur le côté du crâne comme s'il l'avait tournicoté entre ses doigts. Le regard de Cali va de Lewis à moi.

— Je dois partir. *Tout de suite*, lui dis-je.

Si je ne le fais pas, je risque de me consumer de frustration.

Lewis n'a pas l'air d'un salaud, mais c'en est un s'il me propose de passer du temps avec lui alors qu'il a une nana.

Mais pourquoi m'attire-t-il autant ?

Les yeux de Cali s'arrondissent.

— Ça va ?

J'opine et nous filons en douce pour que personne ne nous remarque, à part le seul que j'essaie d'éviter. La chaleur du regard de Lewis me suit jusqu'à la voiture.

— Gen, qu'est-ce qui se passe, bon sang ?

Cali tend le cou pour voir la zone du barbecue et celui que je m'interdis de regarder.

— Un truc qui doit s'arrêter.

<h1 style="text-align:center">Chapitre Trois</h1>

Je fais coucou de la main à Cali en passant devant la table de black jack où elle distribue les cartes cette semaine, et je grimpe la volée de marches qui mène au bar lounge Mont Belle. Mes brèves rencontres avec Lewis semblent n'avoir jamais eu lieu. Je n'ai pas pensé à lui depuis des jours. Enfin, pas beaucoup en tout cas. Et je ne l'ai pas revu. Ce qui est une bonne chose, car sa présence me perturbe, et je n'ai pas besoin de ça dans ma vie.

— Des cadres de la direction ont réservé pour un genre de pot de bienvenue, me dit la serveuse qui se tient en face du barman ; elle s'appelle Amber et elle ne me donne pas la caisse volante comme au début d'un service normal. Ils ont besoin de deux serveuses, ajoute-t-elle en se fourrant dans la bouche une cerise au marasquin qu'elle mâchouille en parlant. J'ai les tables une à dix. Tu peux prendre celles de onze à vingt, sauf la quinze. Ce client est à moi jusqu'à ce qu'il parte.

Comme la plupart des serveuses du Blue, Amber est jolie, avec des cheveux fauves méchés et des yeux bleus. Elle n'a pas l'air plus âgée que moi, mais elle travaille ici depuis un moment. Elle a de l'ancienneté et c'est un sacré atout.

Je jette un coup d'œil vers le secteur qu'elle m'a assigné au fond du bar, là où il y a le moins de passage. La seule table occupée est celle que revendique Amber – et ils boivent une bouteille de Dom Pérignon.

Évidemment.

Le Dom vaut deux cents dollars la bouteille. Ils vont probablement en commander une autre lors du pot de bienvenue et Amber ne veut pas rater un pourboire substantiel, même si techniquement, elle devrait me laisser toutes les tables du fond.

Parfois, j'ai l'impression d'être de retour dans la cour du lycée. Tout le monde au Blue la joue perso, tuerait pour être populaire ou dans le cas présent, accéder aux poches des clients friqués.

Ça n'a pas d'importance, car les cadres affluent bientôt au Mont Belle et remplissent les tables, y compris celles situées au fond du lounge. Je suis en train d'additionner les pourboires que j'ai empochés jusqu'à présent pour les verser mentalement sur le compte qui financera mon troi- sième cycle, quand la dernière personne au monde que j'ai envie de voir débarque.

Je me fige, mes talons s'enfoncent dans le tapis. Le C- O-N, mon ex infidèle, se dirige vers moi, ses cheveux clairs volontairement ébouriffés, ses yeux trop écartés illuminés comme un sapin de Noël. Et effectivement, il marche comme s'il avait un balai dans le cul. Merci maman pour l'image mentale.

— Salut.

Il scrute ma tenue de serveuse de haut en bas.

— Tu es superbe. J'ignorais que tu bossais ici cet été.

Ma gorge se serre. Quelque part, me faire reluquer par mon ex est pire que par un inconnu.

— Qu'est-ce que tu fous ici ?

— Une sortie entre mecs. Les filles ne sont pas acceptées… à moins que tu veuilles te joindre à nous ?

Il n'est pas sérieux ?

Je n'ai jamais fait de scène à ce salaud de mec infidèle. Il croit probablement que je vais me remettre avec lui.

— Je suis occupée.

Son regard plonge vers ma poitrine, et s'y prélasse un long moment.

— T'es sûre ?

Le C-O-N n'a jamais vu mes seins en pleine lumière. Il est possible que j'aie été coincée avec lui. Je vois bien comment les filles servies sur un plateau (*grâce à ce stupide uniforme*) présentent une occasion trop tentante pour la laisser passer.

J'ai envie de le gifler. Il s'est bien foutu de ma gueule et il pense qu'il peut se pointer ici et me récupérer ?

Je grince des dents, préparant mentalement une réponse tranchante, fulminante, viscérale – ce qui prend trop de temps parce que je ne suis pas douée pour trouver des réparties cinglantes – lorsque Jaeger s'avance.

Je comprends pourquoi Cali flirte avec Jaeger. Il est grand, bien bâti, et il ne passe pas inaperçu.

Il me contourne et me prend dans ses bras par-derrière, plaque la bouche contre mon oreille.

— Joue le jeu. Je suis ton petit ami jusqu'à ce que ce tocard fiche le camp.

Je me love dans ses bras. *Yes !* Les dieux veillent sur moi aujourd'hui.

Cali a raison. Jaeger et Mason sont des mecs bien.

Jaeger met le paquet, il niche son nez dans mon cou. J'essaie de ne pas rire, non seulement parce que je suis nerveuse, mais aussi parce qu'il me chatouille, un truc de malade. Le visage du C-O-N s'empourpre et il se balance d'un pied sur l'autre, la mâchoire crispée.

— Tu penses pouvoir t'échapper quelques heures demain après-midi ? murmure Jaeger comme si nous étions simplement en train de boire un verre en discutant, et non d'essayer de mettre mon abruti d'ex mal à l'aise pour le faire fuir. Je veux montrer quelque chose à Cali et t'es sa meilleure amie. J'ai besoin de ton approbation.

Attention, scoop. Jaeger et Cali flirtent, mais c'est sérieux de son côté ? Cali et son salaud de mec ont rompu il y a quelques jours, alors elle est célibataire maintenant. *Ça pourrait être grandiose.*

Je hoche la tête et souris tendrement à mon faux amoureux pour faire la nique à mon ex, qui est *encore là.* Trop tenace ? Mégalo ?

— Je passe te prendre à l'heure du déjeuner, déclare Jaeger d'une voix forte.

Le C-O-N grommelle et s'en va. Nous l'ignorons tous les deux, mais à la seconde où il a disparu, Jaeger me lâche, abandonnant sa pose lascive.

— C'était incroyable, je m'extasie. Comment t'as compris qu'il fallait intervenir ?

Son regard s'envole vers Cali, qui nous observe de la table de black jack. *Est-elle contrariée ?* Elle a l'air contrariée. Jaeger me fait un grand sourire.

— Cali m'a dit que tu ne voulais pas de ce type dans les parages.

— Absolument. Merci. Je te dois une fière chandelle.

Il fait non de la tête. Il regarde sur le côté sans accrocher l'attention de Cali cette fois.

— Nan, tu ne me dois rien. Mais je veux bien avoir ton avis. J'étais sérieux quand je t'ai demandé si t'étais disponible demain.

— Totalement, tout ce que tu veux.

— Super, sauf que, euh, n'en parle pas à Cali d'accord ? Enfin, elle saura qu'on va quelque part ensemble, mais si tu pouvais garder pour toi ce qu'on va faire, j'apprécierais.

— Entendu.

J'ignore quel est ce mystérieux objet, mais comme c'est pour Cali, je l'aiderai du mieux possible.

Jaeger s'éloigne et je reprends mon service, mais j'ai la tête ailleurs. Ça m'a fait du bien de me venger de mon ex. C'est vrai qu'on m'a aidée. Bien aidée, mais quand même, je me sens gonflée à bloc. Je n'aime pas penser que je bats en retraite face aux hommes, mais le fait est que j'ai tendance à éviter la confrontation ; à ne pas tenir compte des signes avant-coureurs et à découvrir trop tard que le C-O-N avait une petite amie dans sa ville natale, par exemple.

C'est probablement la conséquence de l'absence de figure paternelle dans ma vie. Formidable.

Un silence gênant m'arrache à mes pensées. Le client que je viens de servir me fixe, un sourire indulgent aux lèvres.

— Tout va bien ?

— Pardon, quoi ?

Bon sang, reprends-toi. C'est déjà limite d'avoir laissé un mec me câliner pendant mon service. Il y a des cadres exécutifs dans le bar. Je dois rester concentrée. Ce sont peut-être ceux qui signent mon chèque de paie.

— Je t'ai demandé ton nom.

Son visage me semble familier. Il porte une cravate rouge desserrée et une chemise blanche, comme s'il venait de quitter son bureau vitré. Je suis sûre de l'avoir déjà vu au bar lounge. Beau gosse et jeune. Plus âgé que moi, mais pas aussi vieux que les costards-cravate que je sers habituellement. L'homme qui l'accompagne est du même tonneau, et ils ne sont pas du tout à leur place dans mon secteur, au fond du bar. Mais entre le pot des cadres et les habitués, ils n'avaient pas vraiment le choix.

— Je m'appelle Gen.

Son regard glisse sur mon corps, puis remonte vers mes yeux. Un sourire calculateur lui retrousse le coin des lèvres.

— Jennifer ?

Mes épaules se tendent.

— Non, Geneviève.

— D'où viens-tu, Geneviève ?

— Dawson. Je viens d'avoir mon diplôme.

Dawson n'est qu'à quelques heures d'ici. La plupart des gens du coin en ont entendu parler.

— Ravi de te rencontrer. Je suis Drake Peterson, directeur financier.

Littéralement celui qui signe mes chèques de paie et j'étais dans les nuages juste sous son nez.

— Tu aimes travailler au Blue ? Tout le monde te traite bien ?

— Oh oui, tout le monde est super.

Pas question que je parle à ce type de la mesquinerie de la serveuse.

— Parfait, eh bien, peut-être que tu vas rester. Certaines serveuses sont là depuis un moment, mais avec les bonnes relations, tu peux vite prendre du galon.

Son regard tombe de nouveau sur ma poitrine. *Argh.*

Mon ex et maintenant Drake, c'est le pompon, je vous jure.

— Merci. Pour l'instant tout va bien.

En réalité, j'aurais besoin d'une pause pour me remettre de ma rencontre avec le C-O-N. Je regarde l'heure sur ma montre, que j'ai mise pour une fois. Je consulte généralement mon iPhone, mais vu que je ne peux rien caser d'autre que mes nichons et mes fesses dans cet uniforme rikiki, je la joue à l'ancienne.

Je sers quelques tables, puis je vais voir Amber. Elle fronce les sourcils quand je lui fais un topo de la situation. Elle va devoir prendre en charge mon secteur merdique pendant ma pause, ce qui signifie plus de travail et moins de pourboire ; je comprends qu'elle ne soit pas ravie. Même avec l'afflux de cadres, la majorité de mes clients laissent des pourboires chiches, mais Amber devra faire avec.

En sortant, j'informe mes tables de ma pause.

— Amber sera votre nouvelle serveuse, dis-je à Drake et son ami. Avez-vous besoin de quelque chose avant que je parte ?

— Tu t'es bien occupée de nous, Geneviève, répond Drake en glissant la main dans la poche intérieure de sa veste. N'hésite pas à venir me voir si tu as besoin de quelque chose.

Il me tend une carte de visite. Un anneau en or massif serti d'un saphir brille à son doigt.

Je marmonne « merci » et m'éloigne, secouant la sensation désagréable qu'il me laisse.

Je jette un coup d'œil dans la salle de jeux avant de descendre la volée de marches du lounge pour espionner Cali et Zach à des tables voisines. Ils sont occupés à battre, distribuer, compter les cartes, ou je ne sais quoi, le chef de salle rôdant comme un pitbull. Je ne veux pas créer d'ennuis à Cali, mais j'ai trop envie de dire du mal du C-O-N.

Des serveuses du bar circulent autour des tables de black jack pour prendre les commandes et débarrasser les verres. Il n'y a rien d'anormal à ce que j'aille là-bas – sauf si la personne qui sert la table de Cali me voit. Une serveuse expérimentée pourrait croire que j'essaie de voler des clients et décider de me bizuter plus sévèrement qu'en m'affublant de noms de princesse.

Les choses qui me stressent dans ce boulot ? Le niveau cours de récré.

Je m'en fous. Je m'approche de la table de Cali et j'attends sur le côté. Un des joueurs se lève et je lui fais signe par un trou dans la foule, puis je mime que je croque dans un sandwich. J'indique l'escalier du personnel et elle opine avec raideur, ce qui est étrange. Cali est une fille cool. C'est moi la coincée dans notre duo. Est-elle stressée ?

Le casino est bondé ce soir. Je comprendrais qu'elle ne vienne pas me retrouver, mais j'espère qu'elle va descendre. L'irruption du C-O-N justifie une réunion d'urgence entre amies.

En route vers la salle du personnel, je tombe sur Nessa.

— Salut, dis-je en souriant. Qu'est-ce que tu fais ?

Elle montre un trou de la taille du poing dans son collant en nylon, filé sur toute la longueur de la jambe.

— Je vais le changer.

— Impressionnant. Comment t'as fait ça ?

J'ouvre la porte de l'escalier de service et nous descendons au vestiaire.

— Je l'ai accroché avec un décapsuleur. T'es en pause ?

Je confirme de la tête.

— J'en avais besoin. Mon ex s'est pointé et m'a harcelée.

J'en frissonne de dégoût. Je dois vraiment une fière chandelle à Jaeger.

Elle se rembrunit.

— Oooh. À ce point ? Tu lui as dit que tu ne voulais pas ?

— J'ai perdu mes moyens. Le temps que je me reprenne, quelqu'un est intervenu.

J'accompagne Nessa au distributeur automatique – oui,

il y a un distributeur de collants. Les bas nylon sont obligatoires avec nos uniformes, comme si un matériau ultrafin couvrant les fesses rendait les uniformes plus classe. Les accrochages de collants comme celui de Nessa sont fréquents.

Elle glisse quelques pièces dans la machine et sort une boîte de collants noirs taille 1.

Je tords la bouche, l'échange avec Drake Peterson me chiffonne.

— Nessa, t'as déjà vu un cadre te donner sa carte de visite et proposer de t'aider ?

— Quoi ? dit-elle avec un sourire perplexe en sortant le collant de sa boîte. Euh, non. Ça t'est arrivé quand ?

— Juste après que mon ex ait débarqué.

Elle me dévisage.

— Visiblement, t'as un problème avec les hommes. Non ?

— Tu m'étonnes.

Elle ouvre son casier et vire ses escarpins.

— Peut-être que t'as besoin de laisser s'exprimer la lionne qui est en toi. T'as un tempérament doux et vulnérable, ce qui est plutôt génial parce que t'es belle et que tu n'agis pas comme une bombasse, mais du coup, les mecs en profitent.

Cali m'a dit un jour que je n'avais jamais montré au C-O-N qui j'étais réellement. Elle pense que je suis une dure à cuire parce que je lui mets la pâtée en sport, mais ça ne veut pas dire grand-chose. Cali n'a aucune aptitude sportive.

— Qu'est-ce que tu veux dire ?

Nessa jette le collant filé au fond de son casier.

— Sors de ta zone de confort et fais un truc que tu n'as jamais fait ou que tu ne ferais jamais.

Ses yeux s'illuminent.

— Inscris-toi dans un cours de théâtre, ou sur un site de rencontres… *escalade une montagne.*

Elle hoche la tête comme si c'était une idée géniale.

— Mets-toi dans une position qui t'oblige à sortir de ta réserve. La confiance que tu auras acquise rayonnera à l'extérieur.

Je me demande bien où Nessa va chercher tout ça, car elle n'a rien d'une bouddhiste dans l'âme, mais elle a raison. Je ne me mets pas assez en avant ; ma mère occupait tout l'espace disponible.

Je pourrais tenter une aventure inédite. Si le fait d'afficher de l'assurance dissuade les mecs mal intentionnés, je suis carrément partante.

Par contre, pas moyen que je rejoigne une troupe de théâtre – plutôt mourir. Mais une activité qui exige de la coordination ? Pas la course, je pratique tous les jours, ce n'est pas un défi, mais un truc que j'ai peur d'essayer ? L'escalade n'est pas une mauvaise idée…

— Merci, Nessa. Je vais y réfléchir. Bon, j'y vais, Cali doit m'attendre.

Nessa me salue de la main et je fonce vers la cafétéria.

Cali a réussi à prendre une pause et même à trouver une table dans la salle bondée. Quand j'arrive, elle travaille sur une de ses esquisses complexes, ici un paysage de montagne dessiné à partir de milliers de minuscules formes géométriques. J'ignore comment elle réussit cet exploit. Cali a un talent artistique incroyable, qu'elle ne veut pas reconnaître. Elle appelle ses œuvres des « gribouillis » et les jette comme si c'était de la merde. J'ai littéralement repêché dans la poubelle la plus belle représentation qui existe de notre campus et qu'elle avait balancée. Un de ces jours, je vais lui faire comprendre la valeur de son travail.

Cali trace une dernière forme et met l'esquisse de côté.

— Qu'est-ce qui s'est passé avec le C-O-N ? Je l'ai vu arriver, mais je ne pouvais pas quitter ma table.

— Il voulait savoir ce que je faisais après le boulot. Il m'a demandé de le retrouver.

Je secoue la tête, mais Cali ne prête pas attention à moi. Elle a les yeux dans le vide.

— Ça va ? Tu semblais contrariée quand je t'ai fait signe tout à l'heure.

Elle me fait un faible sourire qui n'atteint pas ses yeux.

— Oui, ça va.

Elle est d'une humeur bizarre ; elle doit être stressée par le monde qu'il y a ce soir au casino.

Nous dénigrons un peu mon ex, puis Cali retourne travailler.

Je finis de manger et je vais aux toilettes. En remontant au casino, je m'arrête dans l'escalier devant un flyer punaisé sur le panneau en liège des employés. C'est une pub pour l'Alpine Mudder, avec une photo de gars escaladant un mur de planches vêtus d'un kilt façon *Braveheart*, le visage peint en bleu, les jambes et les bras maculés de boue. J'ai vu cette pub sur Facebook. Il s'agit d'une course d'obstacles extrême, boueuse et festive ; le genre d'événement qui plairait à un groupe d'anciens joueurs de rugby.

Je ne ferais jamais ça. L'Alpine Mudder allie compétition (j'adore), boue (je déteste) et danger (pas mon truc).

La suggestion de Nessa de sortir de ma zone de confort clignote dans ma tête. C'est le genre d'expérience dont elle parlait. Peut-être pas exactement ça, mais c'est l'idée : quelque chose que je ne penserais jamais faire.

La porte de la cafétéria est ouverte, mais personne ne me regarde.

Je griffonne l'adresse internet sur mon calepin avant d'avoir le temps de m'en dissuader, et je remonte au casino.

Chapitre Quatre

Quelques jours plus tard, Cali et moi retrouvons Nessa après le travail au night-club du Blue. Lorsque nous arrivons au vestiaire pour enlever nos uniformes et nous changer, Nessa a déjà enfilé un jean skinny, un débardeur fluide et des escarpins dorés. Ses talons sont de la longueur d'une cigarette pour contrebalancer sa petite taille ; ce sont les chaussures d'adulte taille enfant les plus mignonnes que je n'ai jamais vues.

Je passe devant elle pour atteindre mon casier.

—Je serai prête dans une minute.

— Prends ton temps, dit-elle en sortant une trousse à maquillage de la taille d'une petite voiture. Je dois me rafraîchir.

Cali se change et met du rouge à lèvres le temps que je m'extirpe du fichu bustier que je porte pour le travail, dont seul Houdini pourrait se libérer facilement. Je remets mon uniforme au comptoir du pressing. Quand je retourne au vestiaire, Nessa est encore en train d'appliquer du fard à paupières.

Je n'aurai aucun problème à rattraper mon retard.

Mon seul produit de maquillage est un tube de baume à lèvres. Je mets du mascara et du fard à joues le matin si je ne suis pas trop pressée. Ce matin, j'ai eu le temps de soigner mon apparence. Je porte mon joli jean moulant et une blouse trapèze en soie émeraude à manches courtes qui me vaut une remarque désobligeante de Cali chaque fois que je la mets.

Elle trouve qu'une tenue dont le décolleté n'est pas plongeant n'est pas appropriée pour sortir en boîte. Le fait d'avoir choisi une meilleure amie qui ressemble à ma mère est psychologiquement flippant et j'essaie de ne pas trop l'analyser.

— Oh, au fait, dit Nessa en fouillant dans son sac gigantesque.

Elle en sort un petit poudrier et ouvre le couvercle, dévoilant un fard à paupières violet foncé.

Elle ferme un œil et passe le pinceau au-dessus du fard charbonneux qui recouvre déjà la paupière.

— Ça vous ennuie si on retrouve Mira ?

Je me penche sur le banc du vestiaire pour ramasser mon sac, en m'appuyant sur la porte métallique du casier pour garder l'équilibre. Le bord me cisaille la main. *La Mira de Lewis ?*

Mira a attaqué Zach quand il m'a interrogée sur mes études lors du dîner de tacos. Ses regards appuyés le lendemain au barbecue sur la plage laissaient peu de doutes sur ses sentiments. Elle ne peut pas me blairer, et Nessa veut qu'on sorte avec elle ?

C'est censé être une soirée sympa entre filles, mais Mira est la copine de Nessa et je ne peux pas dire non. Je me regarde dans la glace au fond du vestiaire, tends les lèvres, ouvre la bouche et applique le rouge à lèvres rubis que Cali m'a collé dans la main après avoir habilement dérobé mon baume à lèvres.

— Non, bien sûr.

Je presse les lèvres l'une sur l'autre et je souris. Mon reflet dans le miroir révèle un visage impassible, la parfaite *poker face.*

— Plus on est de fous, plus on rit.

Cali me fait des yeux ronds quand je lui rends son rouge à lèvres. Elle le fourre dans son sac et me pince le bras discrètement. Elle comprend mon désarroi sans que j'aie besoin de l'exprimer.

Nessa sourit nerveusement.

— Je suis contente que ça ne pose pas de problème parce qu'en fait, je l'ai… déjà invitée. Elle n'avait pas le moral quand je l'ai appelée.

Je passe la longue sangle de mon sac en bandoulière au-dessus de ma tête, et le positionne contre ma hanche.

— Elle nous retrouve là-bas ?

— Elle est croupière dans le casino d'à côté. Elle sort un peu plus tard. J'ai pensé qu'on pourrait prendre un verre et l'attendre là-bas, puis aller au club.

La soirée promet d'être intéressante.

———

LA BALADE à pied jusqu'au casino voisin est divertissante. Un hipster que je soupçonne d'être ivre ou défoncé est assis devant le drugstore comme s'il était sur le canapé de son salon, tandis que des touristes avec leur t-shirt Keep Tahoe Blue (gardons le lac Tahoe bleu) envahissent le trottoir entre les casinos. Une soif de gains, de drague et de débauche imprègne l'air.

Nous passons les doubles portes du casino et commandons des cocktails au bar. C'est en attendant mon verre que je les vois : le plus beau couple de la salle, Mira encore en tenue de service, face à Lewis.

Je pensais l'avoir éliminé de mon organisme. C'est quasiment un inconnu pour moi. Mais voilà que je suis en train de me délecter à la vue du visage de Lewis, son corps, sa façon de se tenir – prudent, mais sûr de lui. Mon cœur s'emballe comme lors d'un sprint, ma respiration se hache. L'envie irrationnelle d'aller le voir me fait me tortiller sur mon siège. Qu'est-ce qu'il y a chez ce type qui m'attire autant ?

Malgré la distance, la voix de Mira s'élève au-dessus des bruits ambiants. Ce qui veut tout dire parce que, allô quoi, on est dans un casino ; c'est comme se faire entendre dans une soufflerie. Elle agite les bras avec colère, ses yeux lancent des flammes, mais Lewis semble bien le prendre.

Nessa et Cali suivent mon regard.

— La vache, s'exclame Nessa. Je ne les ai jamais vus s'engueuler comme ça.

— Qu'est-ce qui se passe ? je demande.

Elle hausse une épaule.

— Aucune idée. Mira n'est pas facile, mais ils sont très proches, tu sais ?

Je secoue la tête. Non, je ne sais pas. On dirait plutôt une dispute.

— Je t'ai dit comment Lewis, Zach et Mira… bref, que leurs familles se connaissent depuis toujours ?

J'opine, je m'en souviens.

— Eh bien, Lewis et Mira ont plus ou moins grandi ensemble. Il est revenu en ville en partie pour elle. Il voulait aider son père, qui n'est plus tout jeune, dans l'entreprise et se rapprocher de Mira. Il est très protecteur envers elle.

Évidemment, c'est sa nana, et Mira est obsédée par Lewis. Ça m'étonne qu'elle laisse une pauvre table les séparer.

Mon système radar est pourri niveau attirance. Lewis

est un petit ami protecteur et dévoué. Il n'est pas libre. Pourquoi mon cerveau ne veut-il pas imprimer l'info ? Il faut que je me la tatoue sur la matière grise ?

— Il était où avant ? demande Cali.

— À l'université polytechnique de Californie, Cal Poly, à San Luis Obispo. Il a un diplôme de gestion de la construction. Il a travaillé pour une entreprise en Californie et il est revenu il y a environ un an.

Une caissière sort de son guichet et fait de grands signes à Mira, qui est en train de faire une scène monstrueuse à Lewis. Il reste de marbre, absorbant sa fureur sans réagir.

Comme s'il percevait ma présence, il tourne la tête dans ma direction.

Nos regards se croisent et mon cœur s'arrête littéralement de battre, puis il s'emballe et un flot de chaleur m'inonde les membres. Mira suit son regard et ses yeux s'étrécissent. Mon corps se tend, pris entre deux feux : la colère chauffée à blanc de Mira et la chaleur bien différente de Lewis.

Il lui dit quelque chose, puis il s'éloigne dans la direction opposée.

Mira le surveille, sa poitrine monte et descend rapidement. La colère et la douleur déforment ses traits.

J'ai d'autres questions, comme pourquoi Nessa a été surprise de voir Lewis et Mira s'engueuler, et qu'est-ce qui a pu provoquer cette dispute – des questions qui me semblent de la plus haute importance –, mais Mira s'approche, son regard me transperce.

Ses lèvres esquissent un semblant de sourire.

— Salut, Nessa.

— Tout va bien ? demande Nessa avec hésitation.

— Oui, bien sûr. Lewis est une tête de mule, c'est tout. Il finira par se raviser.

Elle me lance un regard mauvais et des pointes d'aiguille me picotent le dos.

— Je vais me changer et je vous retrouve dans vingt minutes.

Cali et moi échangeons un regard. Après avoir vu Lewis et Mira se quereller, et ressenti les ondes négatives de Mira à mon encontre, je n'ai plus du tout envie de cette soirée entre filles.

———

Dès que nous entrons au Blue, tous les yeux se tournent vers Mira, dont les cheveux noirs soyeux et ondulés mettent en valeur la beauté saisissante des traits. Moulée dans une courte robe rouge, elle nous guide jusqu'à une table sur le côté de la piste de danse. Une serveuse que je ne connais pas, mais vêtue d'un uniforme qui m'est familier s'approche de nous.

— Margarita on the rocks.

Mira ramène ses cheveux sur une épaule d'un geste séducteur. Elle fait tourner les têtes comme si elle agitait un drapeau.

— Patrón, dit Cali.

Je lève les yeux, surprise. Cali ne sort pas l'artillerie lourde à moins de vouloir prendre une cuite.

Nessa et moi commandons une bière.

La dance vibre dans les hautparleurs. La piste est bondée de filles en robes courtes et moulantes et de gars qui manœuvrent pour les peloter. Un type se mord la lèvre comme si la musique le pénétrait ou comme s'il pénétrait la fille qui agite son cul dans une jupe fourreau noire à un centimètre de son entrejambe. Je ris en silence et grimace quand je remarque la boule noire à plusieurs mètres au-dessus de leurs têtes. Je n'aime pas que le casino nous espionne. Totalement malsain.

La beauté de Mira paie et nous vaut une tournée de Purple Hooters, suivie d'un cocktail appelé Buckshot. Un type au bar, vêtu d'une chemise en cuir sur mesure qui a probablement coûté le prix de ma voiture, salue Mira de la main. Elle lui sourit, mais ne lui fait pas de signe.

Cali est la première à vider ses verres et en commander d'autres, dont un pour moi. Je le prends volontiers, sentant que je pourrais en avoir besoin.

Quelques tournées plus tard, mon cul glisse sur le siège de la banquette comme si le simili cuir avait été graissé – ou merde, nous sommes au Blue, ça pourrait être du vrai cuir. Je gratte la surface avec un ongle, la matière sombre est ouatée. Je me redresse à l'aide d'un coude, mes épaules flanchent sur le côté.

Oh. Il se peut que je sois ivre.

Me suis-je déjà bourré la gueule avant ? L'université n'était pas pour moi le lieu de débauche qu'elle est pour la plupart des étudiants. Enfin, je buvais. Beaucoup. Mais la plupart du temps, j'étais à peine pompette quand mes potes roulaient déjà sous la table. Ma résistance impressionnante à l'alcool, due à l'éducation de ma mère, remonte à l'adolescence.

Cali se lève pour danser, et prend en cachette une photo de moi, ivre, avec son téléphone. Elle me tire la langue.

Pétaaaaasse.

Je me redresse pour lui voler son iPhone, mais la pièce tourne comme un carrousel. Mieux vaut rester assise.

Mira me déteste et je ne devrais pas engager la conversation avec elle, mais ma raison a rendu l'âme il y a quelques shots.

— Je ne comprends pas…

Je bredouille ou quoi ? Ouh là, bien murgée.

— Comment tu fais pour que les hommes t'offrent des verres ?

L'effet que Mira fait aux hommes est un mystère. Ma mère est une belle femme, sûre d'elle, mais je n'ai jamais aimé sa façon de sauter d'un mec à l'autre. Là, je dois dire que Mira me fascine. Les mecs tombent à ses pieds sans qu'elle ne fasse rien. Je ne compte même plus les verres qu'on nous a offerts. Merde, je ne savais même pas que les types payaient encore des boissons aux belles filles. Impressionnant.

Mira lève la tête d'un air arrogant et balaie ses cheveux sur le côté, geste ringard que je n'utiliserais pour rien au monde, mais plusieurs types se tournent dans sa direction.

J'en prends bonne note.

Notre serveuse pose le premier des trois verres sur la table.

— Des Kamikazes de la part des messieurs à deux tables d'ici.

J'accompagne de la tête la descente de chaque shot.

— Encore ?

Ouais, je bredouille grave.

— Vous allez devoir me porter et ça sera pas beau à voir. Z'êtes plus petites que moi.

Mira et Nessa se regardent et rigolent.

La bouche pleine d'acidité et de liqueur de framboise, je zyeute le puissant cocktail dans ma main.

— Je ne sais pas si je peux en boire un autre.

Ai-je déjà prononcé ces mots dans ma vie ?

— Oh, allez. Ne fais pas ta chochotte.

Mira semble quasiment sobre, mais c'est impossible. Elle a bu autant de verres que moi.

— J'en prends un autre si toi aussi, dit Nessa.

Comment fait-*elle ?* Il y a un truc qui m'échappe.

— Nessa, t'es tellement petite, je pourrais faire du développé-couché avec toi… si j'en faisais… ou allais à la salle de sport. La gym, c'est pas mon truc. Je préfère la course ou la randonnée… en pleine nature, tant qu'il n'y a pas d'insectes… ou de pumas… Attends, de quoi on parlait ? Ah ouais, un autre verre. D'acc, mais on prend un Uber pour rentrer. J'peux pas conduire.

Mira pousse un verre devant moi. Je ne viens pas d'en boire un ? Où est passé le sien ? Il y en a deux devant moi ou je vois double ?

— Je me suis arrangée pour qu'on vienne nous chercher, dit-elle.

Nessa et moi nous regardons, puis nous tournons les yeux vers Mira.

— Ah ouais ? disons-nous à l'unisson.

— Qui ? demande Nessa.

— T'inquiète pas de ça. J'ai appelé il y a quelques minutes en allant aux toilettes. Notre chauffeur sera bientôt là. Enfin, sauf si vous voulez rester faire la fête ?

Elle me fixe.

Ce n'est pas moi qui balaie mes cheveux et séduis les hommes. J'ai trop bu et j'ai perdu la trace de ma meilleure amie. En parlant de ça…

— Vous avez vu Cali quelque part ?

Nessa secoue la tête. Mira détourne le regard comme si elle m'aidait à chercher, mais son attention se focalise sur l'entrée du club.

Pas question que je parte sans Cali. Je prends mon téléphone pour l'appeler et vois un texto d'elle. Un collègue la ramène.

Je suppose que c'est bon. Au moins elle connaît son chauffeur. J'ignore qui Mira a sifflé pour venir nous chercher.

Deux types en jean de marque, t-shirt noir et veste scintillante se dirigent vers nous. Je prie pour que ce ne soit pas nos chauffeurs. Ils ont tous les deux les cheveux courts, et avec leurs vestes disco, on dirait des jumeaux, bien que l'un soit nettement plus beau que l'autre.

Nessa glousse.

— Mira, tes soupirants arrivent. Je suppose qu'ils en ont eu marre d'attendre une invitation.

Nessa est bourrée. Elle a l'alcool joyeux.

Mira envoie un sourire flirteur aux deux hommes.

— Comment tu sais qu'ils viennent me voir ?

Ils ont au moins la quarantaine, et même si c'est vieux jeu, je trouve qu'un écart de vingt ans a un côté pervers.

— Oh, simple intuition.

Nessa me donne un petit coup dans les côtes et je me rattrape de justesse avant de glisser de la banquette.

— En plus, ils te matent, ajoute-t-elle.

Les deux relous nous scrutent une par une. Celui qui a les cheveux clairsemés, une marque de bronzage à l'annulaire et des mocassins blancs qui claquent avec sa veste bleu nuit se glisse à côté de Mira.

— Ça vous dérange si on se joint à vous ?

Je me recroqueville sur la banquette, une tentative pour me cacher, mais le relou mignon avec une barbe de trois jours et des yeux rieurs se colle contre moi. Il est sur ma gauche, et Nessa et Mira me bloquent à droite.

L'eau de Cologne de Relou Mignon est si forte qu'elle me pique les yeux. L'odeur combinée à l'excès d'alcool me file la nausée.

— Mira, quand est-ce que notre chauffeur arrive ?

— Dans une minute.

Elle s'appuie sur ses avant-bras, poussant ses petits seins pointus dans le champ de vision de Mocassins Blancs. Ses yeux la scannent comme un laser.

Relou Mignon me crachote à l'oreille pendant les dix

minutes suivantes. Je m'en sors en articulant le moins possible et en respirant par la bouche au lieu du nez, jusqu'à ce qu'il décide de me toucher.

Il passe les doigts dans mes cheveux.

— Comment tu fais pour avoir des cheveux aussi brillants ?

Beurk. J'inspire lentement pour me calmer, mais son eau de Cologne m'agresse, car j'ai oublié de respirer par la bouche. J'essaie de zapper mentalement les doigts qui me tripotent le cuir chevelu…

Mira regarde devant elle, avec une expression satisfaite.

— Notre chauffeur est là.

Je me penche sur le côté, en essayant de me dégager des doigts de Relou Mignon, et jette un coup d'œil vers l'entrée. Le regard de Lewis passe de Relou Mignon à moi. Ses narines s'évasent.

Elle l'a appelé ?

Les yeux de Lewis se détachent de la main du relou dans mes cheveux et me lancent un regard accusateur.

Ce n'est pas *ma* faute. C'est Mira qui envoie des signaux et appâte les hommes. Je n'y suis pour rien dans l'histoire.

Pour une raison qui m'échappe, accepter de monter avec Lewis est une mauvaise idée. Je le sais, mais je ne peux pas refuser. Mieux vaut se faire raccompagner par lui que tripoter par des quadragénaires. Et je ne conseille pas aux vestes à paillettes de rester dans le coin alors que Lewis est en approche. Il est en mode dieu de la montagne en colère, et l'énergie qu'il dégage est herculéenne.

Je n'ai vu Lewis qu'en chemise classique de travail, comme plus tôt quand il était dans l'autre casino avec Mira. Là, il est en tenue décontractée, un t-shirt chiné ajusté qui lui moule les biceps et la poitrine, et ça a un drôle d'effet sur ma température corporelle.

Peut-être que la proximité de Lewis n'est pas une si bonne idée.

Relou Mignon se lève brusquement. Il fait signe à son ami et indique Lewis du menton. Mocassins Blancs marmonne quelque chose à propos d'un rencard avec des copains et se dirige vers le bar avec son pote.

Je pousse un gros soupir. *Quel soulagement.*

— Prêtes ? demande Lewis d'un ton pincé, les yeux rivés sur Mira.

Mira se glisse hors du box et lui tend la main. Sans lui laisser la moindre chance de s'accrocher, il fait demi-tour et marche vers la sortie à grandes enjambées. Je me mets debout en titubant, Nessa aussi.

Mira et Nessa arrivent à suivre Lewis, mais mon équilibre en a pris un coup et ça me ralentit. J'accélère le pas pour les rattraper, ma hanche heurte le coin d'une table, et je rebondis comme une boule de flipper sur les gens qui dansent sur la piste.

Bonjour les bleus demain.

Une voix masculine et chaude rigole au-dessus de mon oreille.

— Ça va ?

Le corps à qui appartient la voix semble me porter.

Je suis officiellement saoule.

J'attends que la pièce arrête de tourner pour répondre.

— Très bien. Je me suis juste cogné la hanche.

Je ne vois plus Nessa ni Mira. Il ne reste que Lewis, qui jette un regard menaçant – à peu près comme il l'a fait avec Relou Mignon – au type qui me soutient. Son attention se reporte sur mon visage, les rides d'inquiétude se creusant sur son front lorsqu'il constate l'angle de mon corps. Il y a une chance que je sois penchée contre mon sauveur comme la tour de Pise.

Tout à coup, ledit sauveur disparaît du paysage. Et comme si quelqu'un avait poussé la tour de Pise, je vacille.

Le salaud.

Grâce à une série de mouvements spasmodiques consistant à agripper la manche de la fille à côté de moi et m'accrocher à l'épaule d'un type qui passe par là, j'arrive à rester debout.

La fuite hâtive de mon sauveur pourrait avoir un rapport avec le grand Amérindien qui déboule sur la piste en bousculant les gens sur son passage.

Lewis enroule le bras autour de ma taille et me plaque sur son flanc. La chaleur et son odeur vident l'air de mes poumons. Un frisson descend en spirale le long de mon ventre et je me colle contre lui en laissant échapper un gémissement de plaisir.

Mes yeux s'écarquillent. *Merde, merde.* Je lève la tête en priant pour qu'il n'ait pas entendu.

Un sourire entendu lui recourbe les lèvres, dont le sex-appeal amplifie la charge hormonale entre nous. Il a entendu.

Je voulais à tout prix rester loin de Lewis, ce qui, je le réalise, pourrait être impossible. Hormis le fait que nous avons des amis communs, Tahoe n'est pas une grande ville.

Lewis resserre sa poigne et me fait sortir du club et traverser le casino. Je m'efforce de ne pas me mettre la honte avec des sons gutturaux indésirables, donc je trébuche un millier de fois, car je ne peux pas faire deux choses à la fois dans mon état. Mira et Nessa sont au milieu du parking au moment où nous les retrouvons.

Mira s'approche d'un pick-up et regarde derrière elle. Ses lèvres disparaissent dans un pincement et ses yeux s'enflamment quand elle aperçoit le bras de Lewis autour de moi. Il serait plus sûr pour nous tous que Lewis arrête de me toucher avant que je me jette sur lui ou que Mira m'arrache les yeux.

Il m'appuie contre la carrosserie du pick-up, et lève les mains comme pour dire : *ne bouge pas*. Le parking tourne pendant quelques secondes, puis se stabilise lorsqu'il ouvre la portière côté passager. Mira se précipite à la place à côté du conducteur, suivie par Nessa. Je me hisse dans l'habitacle en dernier.

— Où habites-tu, Gen ? demande Lewis en sortant du parking.

Je lui donne des indications et me fais oublier jusqu'à ce que le crissement familier des graviers m'indique que je suis à la maison.

Lewis se gare et j'ouvre la portière, en espérant que nous puissions oublier les trébuchements, les gémissements et les incidents de ce soir.

— Merci de m'avoir ramenée.

Je descends du pick-up, mais tout tourne autour de moi, et mon corps tangue et s'écrase contre la carrosserie. J'agrippe la portière pour m'équilibrer. Mon doigt se tord à un angle bizarre et fort douloureux.

Des pas lourds font crisser les graviers à l'avant du camion.

— Besoin d'un coup de main ?

Lewis referme doucement la portière.

Je me cale la hanche sur le côté du pick-up et secoue mon doigt.

— Merci, ça va.

Je mets un pied devant l'autre et, me tenant à la carrosserie comme si ma vie en dépendait, j'avance. Il fait nuit. Je ne peux pas voir mes pieds, mais ils sont quelque part en bas. Puis je lâche le capot et tente un pas hésitant vers la maison.

Le sol bouge et se précipite soudain vers moi.

Une poigne ferme me rattrape par la taille et me redresse. Mes pieds quittent ensuite le sol, ainsi que mon corps.

Merde, il me porte ?

Lewis me tient comme une jeune mariée, et son eau de Cologne printanière ou son après-rasage, peu importe, cette odeur de propre qui s'échappe de lui comme des bouffées de chaleur mettent mes sens en émoi. Je réprime l'envie instinctive de coller le nez dans son cou. Ce serait inapproprié. Pire que rebondir comme une boule flipper sur des inconnus et les gémissements sexuels. Oh la honte demain en repensant à cette nuit, je le sais d'avance.

— Tu sens bon, lui dis-je dans un soupir.

Ses pas ralentissent, il inspire, sa poitrine se gonfle. Un battement de cœur.

— Toi aussi.

Sa voix est une douce vibration qui fait voleter les papillons dans mon ventre.

Est-ce qu'il vient d'avouer que je lui plais ? Dire à quelqu'un qu'on aime son odeur, c'est comme lui dire qu'on l'aime bien. C'est ce que j'ai fait… Pourquoi je ne peux pas sortir avec lui au fait ? Ah ouais, Mira. Je plisse le nez.

Dans ses bras, mon regard se trouve à hauteur de son menton. De si près, ses traits saillants sont très masculins, sa peau aussi, sauf cette cicatrice. J'aimerais poser mes lèvres sur cette cicatrice… Bon sang, il m'attire tellement.

Il s'esclaffe. Ai-je parlé à voix haute ?

— Pourquoi tu ris ?

— Tu es différente quand tu es saoule.

C'est si évident ? *Bien sûr, triple buse, tu n'arrives pas à marcher.*

Nous atteignons la porte et Lewis me fait basculer. Mes jambes glissent le long de son corps, provoquant de nouvelles décharges spasmodiques au creux de mon ventre alors qu'il me met debout.

Je ne peux pas lever les yeux. Son odeur, son contact, sa *voix*... me privent de ma capacité de penser, et quand nos regards se croisent, le tumulte s'accentue. Je garde les yeux rivés sur son t-shirt et je pivote, en veillant à garder l'équilibre.

Nous avons oublié d'allumer le porche avant de partir travailler, si bien que les problèmes de visibilité que j'avais dans l'allée réapparaissent à la porte d'entrée. Ce n'est qu'au bout de plusieurs tentatives que j'insère enfin la clé dans la serrure et déverrouille la porte.

Je tâtonne le mur à la recherche de l'interrupteur, j'allume et j'aperçois le téléphone de Cali entre les coussins du canapé. Bon, elle est rentrée. Un souci de moins.

Lewis me suit à l'intérieur, faisant paraître l'espace encore plus réduit et affolant mes zones érogènes. Il est dans ma maison – à quelques mètres de mon lit.

Arrête de penser à lui comme ça !

Il me regarde.

— Où est Cali ?

La porte de la chambre est fermée et aucune lumière ne filtre.

— Elle doit dormir.

— Ça va aller ? Je peux repasser après avoir déposé les filles.

Il veut repasser ? Pour me border ? Un sourire se forme sur mes lèvres en même temps qu'un sifflement s'élève derrière nous.

La petite silhouette de Mira se faufile par la porte.

— Tu viens ? dit-elle d'un ton très désagréable.

Lewis ne la regarde même pas ; il laisse ses yeux sur moi.

— J'arrive dans une minute, Mira.

Elle se met sur le côté et nous observe tour à tour.

— Ça va aller, j'assure à Lewis. Merci pour le taxi. J'espère que ça ne t'a pas trop dérangé.

Quand même, il est deux heures du matin.

— Pas de souci, dit-il distraitement en regardant tout autour de lui comme pour s'assurer qu'un monstre ne se cache pas dans un coin sombre.

— À plus tard.

Il balaie mon visage des yeux avant de suivre Mira dehors.

Je ferme le verrou derrière lui, puis je balance mon sac sur le canapé et titube jusqu'à la chambre. Je m'effondre sur le lit. Cali grogne méchamment. Il est possible que je lui aie donné un coup de coude dans le dos dans mes mouvements désordonnés pour atterrir sur le lit et non sur le sol.

Dernière pensée avant de m'endormir, suspendue entre la conscience et le sommeil : j'aimerais *vraiment* que Lewis revienne me voir...

Chapitre Cinq

Je suis une imbécile.

Qu'est-ce qui m'a pris, bon sang ?

Vers cinq heures du matin, j'ai vomi mes tripes, et c'est alors que les souvenirs de la soirée sont revenus au galop, me martelant le cerveau autant que la gueule de bois. J'envisage de déménager dans un autre pays. Plutôt m'exiler que réapparaître en public.

J'ai vraiment fourré mon nez dans le cou de Lewis ou je l'ai imaginé ? Il doit croire que j'ai envie de lui. C'est la dernière personne au monde dont j'ai envie − *besoin*. Les deux.

Je retire toutes les remarques désobligeantes que j'ai faites au sujet des idiots qui ne tiennent pas l'alcool. J'aurais pu m'arrêter à, disons, cinq ou six verres. Ça aurait été une décision judicieuse. Après les premiers shots, j'ai cessé de compter.

En y repensant, je me demande si Mira ne m'a pas forcé la main. Personne n'était aussi ivre que moi, or d'habitude, je suis capable de coucher un bonhomme de cent cinquante kilos. Mira a posé tellement de shots devant moi que je suis convaincue qu'elle m'a donné les siens. C'est ma faute si je les ai bus, mais quand même, pourquoi aurait-elle fait ça ? Pour me ridiculiser ?

Gagné.

Je suis morte de honte.

Assise à côté de moi dans la voiture, Nessa ne s'en rend pas compte. Notre déjeuner est le bienvenu pour me sortir de la séance d'autoflagellation que je m'inflige depuis deux jours. L'ambiance chaotique qui règne à la maison n'aide pas à faire tomber mon niveau de stress.

— Je n'arrive pas à croire qu'ils l'aient foutue à la porte, dit Nessa.

Du jour au lendemain, Cali a perdu son boulot. Elle s'est fait virer. Elle dit que le casino ne lui a pas fourni d'explication valable, sinon qu'elle était incompatible avec l'image de l'entreprise. C'est quoi ces conneries de RH ? Cali est la fille la plus intelligente que je connaisse, et elle est charmante. Ça n'a aucun sens. Un serveur du bar m'a posé la question et quand je lui ai raconté, il m'a dit que c'était déjà arrivé avant que des filles soient virées sans raison.

— C'est ridicule, je conviens avec elle, et je m'engage sur une route secondaire. Nessa a prêté sa voiture à un ami, alors je conduis aujourd'hui. Cali est déprimée, mais notre copain Jaeger lui remonte le moral.

— Remonte le moral, hein ? sourit-elle d'un air entendu.

— Exactement.

Il se passe quelque chose entre Jaeger et Cali. Ils avaient un air très suspect quand je suis rentrée du boulot l'autre soir. Ils ne *faisaient* rien, mais j'ai senti que j'avais interrompu quelque chose. Elle ne m'a donné aucune information à ce sujet et ça me fout en l'air. Cali ne me cache pas ses relations. Quand il s'agit des mecs, elle illustre l'acronyme TMI (Too Much Information) dans l'*Urban Dictionary* : trop d'informations. Du coup, je me demande si ce n'est pas différent avec Jaeger, comme si elle était prudente parce qu'il lui plaît vraiment.

Si c'est le cas, j'en suis ravie. L'une de nous a besoin d'une relation saine.

— Elle est avec lui aujourd'hui, par exemple.

Je hausse un sourcil entendu vers Nessa, le nez baissé, comme pour insinuer toutes sortes de sous-entendus.

— Hum, je vois. Tiens-moi au courant. Au moins, il y en a une qui reçoit de l'amour du sexe opposé.

Mes épaules se tendent. Que penserait Nessa si elle savait ce que je ressens pour Lewis ? Le renifler et lui dire qu'il sent bon alors qu'il a une copine est totalement inapproprié, et aussi désagréable que soit Mira, elle n'en est pas moins l'amie de Nessa. J'ai l'impression qu'à tout moment, on va m'accuser d'avoir des pensées lubriques à l'égard de Lewis.

Le Beacon Bar & Grill apparaît au bout de la route. Je voulais y manger depuis que Cali et moi sommes arrivées en ville, et y venir aujourd'hui est sans doute la seule chose capable de me libérer de mon sentiment de culpabilité honteuse. Mais alors que je gare ma berline cabossée sur le parking bondé et jette un coup d'œil au lac, je commence à douter du choix de ma tenue.

Les nuits sont fraîches à Tahoe, mais les journées se réchauffent rapidement, et il fait déjà vingt-cinq degrés. Nessa est venue équipée. Les bretelles noires d'un maillot de bain sont visibles sous son t-shirt. Le restaurant se trouve sur la plage ; j'aurais dû mettre un bikini sous ma tenue. Au lieu de cela, je suis en t-shirt bleu marine délavé avec un short en lin et des tennis sans lacet.

Je prends la serviette-éponge que je laisse toujours dans le coffre et la fourre dans mon sac. J'aurai un magnifique bronzage de cycliste si on s'allonge au soleil, mais tant pis, je préfère profiter du beau temps et de la plage que de m'en inquiéter.

Nous choisissons une table en terrasse avec vue sur la plage et le ponton du Beacon. Aucun nuage dans le ciel et le lac a cette couleur bleu saphir qui attire mon regard comme un aimant. Des montagnes entourent l'eau comme un écrin de granit presque surnaturel et je me souviens pourquoi cet endroit est si unique. Pendant quelques minutes, j'oublie mon malaise et ma honte.

Nessa parcourt le menu.

— On devrait prendre des Rum Runners.

J'ai un haut-le-cœur. Alcool. Trop d'alcool. C'est pour ça que je suis nulle et que, à part pour aller travailler, je reste terrée à la maison ces derniers jours.

— Quoi ? interroge Nessa en voyant mon expression. Le Rum Runner est une tradition au Beacon.

— On peut en partager un ? dis-je d'une voix hésitante. Je ne pense pas pouvoir supporter un cocktail entier au rhum.

L'idée de cet alcool en particulier me donne envie de vomir. Buckshots à la con. Je ne pourrais plus jamais boire de bière de racine.

Nessa rigole et presse les doigts sur ses tempes.

— J'avais grave la gueule de bois après le club.

Elle pose les mains à plat sur la table, puis elle me m'interroge du regard.

— Combien de shots on s'est envoyés ?

Je secoue la tête. Je n'en ai absolument aucune idée, et si je le savais, ça me ferait probablement peur.

Nessa fait signe à une fille qui porte un t-shirt bleu du Beacon et un short kaki. Elle commande son plat et un Rum Runner. Je commande ensuite. J'envie l'uniforme de la serveuse. Tellement normal.

— Mira est un danger public, déclare Nessa. C'est un aimant à mec, mais mince, c'était d'enfer. Et t'as raté sa dispute avec Lewis après t'avoir déposée.

Elle louche.

— J'étais dans le gaz, alors c'est un peu flou. En gros, Mira engueulait Lewis parce qu'il t'a raccompagnée jusqu'à la maison. Elle croyait quoi ? Qu'il allait te laisser ramper jusqu'à ta porte ? Cette fille a de sérieux problèmes de jalousie.

Mira n'a aucune raison d'être jalouse. Elle nous a prouvé, à moi comme à tout le monde au club, qu'elle peut avoir tous les mecs qu'elle veut. Je ne suis pas une rivale, tout comme je n'étais pas une rivale pour la meuf officielle du C-O-N. Mon ex n'a eu aucun problème à me larguer pour retrouver sa petite amie une fois la fac terminée.

Je déteste l'idée que les hommes me voient comme une fille jetable. Dans ma quête de ne pas être comme ma mère – coucher avec des mecs et les jeter –, je suis en quelque sorte devenue le contraire : je reste avec des hommes qui ne sont pas faits pour moi.

— C'est normal qu'ils se disputent autant ? je demande.

Nessa secoue la tête.

— Non, absolument pas. Mira a eu une enfance difficile et je sais que ça l'a traumatisée. Elle peut être désagréable, mais c'est rare. Je ne sais pas ce qui lui arrive. D'après ce que j'ai entendu, elle oscille entre deux extrêmes : soit elle pète un câble, soit elle reste de marbre. Un truc du genre. Lewis supporte ses sautes d'humeur.

Je me demande s'il serait plus facile de voir Lewis si lui et Mira avaient une relation solide. Ces engueulades me font penser au scénario d'une rupture annoncée. Mais non, il est avec Mira. Je ne sortirai pas avec un C-O-N version *reloaded*.

Nos plats arrivent et mon hamburger est tellement bon que ma gorge émet de petits bruits de satisfaction. Évidemment, je le boulotte entièrement tandis que Nessa picore le tiers du sien et se déclare repue. Je plonge les frites épicées dans du ketchup, le meilleur remède contre la gueule de bois. Je me sens si bien que j'envisage même de commander un autre Rum Runner, qui en fait est une jolie boisson orangée qui ressemble à un smoothie. Il contient du jus de fruits, des *nutriments*. Ça ne peut pas être si mauvais pour l'organisme.

Le soleil tape et Nessa enlève son t-shirt, révélant un petit haut de bikini noir qui sublime sa silhouette élancée.

— On va à la plage ?

Foie, réjouis-toi de cette pause.

— Avec plaisir.

Nous réglons l'addition et marchons sur le sable chaud, repérant un coin près du ponton où les serveurs en t-shirt bleu du Beacon arpentent la plage en faisant… je ne sais pas quoi exactement. Ils se baladent ? ils surveillent le ponton ? Ils sont nombreux, vu le peu de bateaux qui arrivent et partent. Le gros de l'activité nautique, ce sont les canoës et les pédalos qui sillonnent le lac, ou arrivent vers la plage du Beacon.

J'observe les gens dans les canoës et autres embarcations baisser la tête en passant sous le ponton, quand un pagayeur, un genou sur son paddle, se glisse en dessous. Les poils de ma nuque se dressent, mon ventre se noue. Je ne vois pas son visage, mais ce n'est pas la peine.

Toutes les parties du corps de Lewis se dévoilent une par une, comme si je regardais un film au ralenti. Des cheveux foncés et ébouriffés, une peau nue et bronzée, la flexion des muscles quand il déplace ses doigts à l'avant du paddle pour soutenir son poids tandis qu'il s'agenouille pour se dégager du quai, le muscle du mollet qui se gonfle sur la jambe en appui sur la planche.

Il se fraie un passage, debout sur son paddle, une pagaie dans la main, et il balaie la plage du regard. Ses yeux plissés atterrissent immédiatement sur moi, ma respiration se bloque dans ma gorge. Personne ne savait que nous venions ici aujourd'hui. C'est un déjeuner qui s'est décidé à la dernière minute. Il n'y a aucune raison logique de nous croiser ici, mais le destin en a décidé autrement.

Nessa se penche en avant.

— Oh, mon Dieu, c'est Lewis ?

Je suis trop déboussolée pour répondre.

Lewis pagaie jusqu'au rivage et je mate son corps comme s'il sortait de la douche dans un porno. Je n'ai jamais vu de porno, mais j'imagine que ça pourrait en être une scène. Lewis torse nu, c'est érotique. Indécent. Sa poitrine et ses bras… je n'ai pas pu détourner le regard de ses avant-bras la première fois que je l'ai vu au dîner, avec sa chemise remontée jusqu'aux coudes. Des bras fascinants, virils, tout en muscles et veines légèrement saillantes. Là, je vois tout le bras jusqu'aux biceps épais qui débouchent sur des épaules larges, puissantes qui ondulent et se contorsionnent au gré du maniement de la pagaie.

Qu'est-ce qui cloche chez moi ? Je ne suis pas du genre à mater les mecs. Enfin, je remarque un beau mec, mais son visage, pas sa musculature. Chez Lewis, tout m'intéresse, y compris l'ondulation de ses muscles. C'est comme s'il était bâti pour attirer mon regard – un régal pour les yeux, alors que je ne savais même pas que les miens se régalaient de ce genre de spectacle.

Il descend du paddle quand il a de l'eau jusqu'aux chevilles, empoigne la planche et la traîne de quelques mètres sur la plage. Il sort un téléphone protégé par un sac de congélation de la poche latérale de son short de surf bordeaux, tapote l'écran avant de le remettre dans sa poche et se dirige vers nous.

Je détourne le regard. De si près, il lira mon émoi sur mon visage. Et je ne peux rien cacher. Je suis pratiquement bouche bée devant lui. Merde, quand suis-je devenue cette fille ?

J'enfonce les pieds dans le sable jusqu'à ce que le froid me fasse frissonner, distraction bienvenue. Ça dure au moins deux secondes, jusqu'à ce que Lewis se dresse devant moi, et que mon cœur s'affole.

— On parlait justement de toi, dit joyeusement Nessa.

— Intéressant, je pensais justement à vous.

Mon regard s'envole vers Lewis, ses cheveux collés sur le front, son torse lustré par le soleil et l'effort. Son short de surf descend bas sur ses hanches, ses abdos lisses bien visibles, y compris ceux qui disparaissent sous son maillot… je cligne des yeux. Je recommence !

Quand je lève la tête, il me fixe avec une curiosité intense.

Je contemple l'horizon pour retrouver mes esprits. Dois-je partir ? M'absenter pour aller aux toilettes ? Cette attirance est infernale – indéniable et addictive. Et s'il reparle de l'autre soir ? Mon humiliation sera totale.

Lewis regarde au loin et lève la main. Je suis la direction de son regard. Zach jogge vers nous en short de surf bleu marine, torse nu. Deux femmes en bikini, un peu plus âgées, le regardent passer. Zach n'est pas aussi grand que Lewis, mais il a un corps d'athlète et une belle gueule.

Lewis lui tape dans la main, et Zach ébouriffe les cheveux de Nessa.

— Salut, gamine. Gen, dit-il en souriant, avec un signe de tête.

Nessa est sexy dans son mini bikini noir. Elle est petite et n'a pas un gramme de graisse, mais Zach se comporte avec elle comme un grand frère, presque comme s'il la reléguait volontairement dans la *friend zone*. Nessa m'a dit une fois qu'elle n'était jamais sortie avec Zach ou ses potes. Ça m'hallucine qu'aucun d'eux n'ait jamais essayé de sortir avec elle.

Lewis se pose à côté de moi. Son bras mouillé effleure le mien, je ne respire plus.

— Ça va mieux après l'autre soir ?

Évidemment, il en parle.

Je le regarde. *Grosse erreur.* Les épaules rentrées, les bras enroulés autour des genoux, les lèvres à quelques centimètres des miennes, le parfum de crème solaire et la belle gueule de Lewis m'affolent les sens. Ses yeux s'attardent sur ma bouche. Parce que je fixe la sienne ?

— Je suis désolée pour ça, dis-je en frottant le sable sur mes jambes pour m'occuper les mains. J'étais dans un sale état.

Il me donne un coup d'épaule, ce qui me propulse vers Nessa. C'était un petit coup, mais il a une force de taureau. Nessa, en pleine discussion sur le Rum Runner avec Zach, amortit le choc.

— T'étais très drôle, dit Lewis qui observe le lac, le coin de sa bouche relevé.

— J'en doute.

Il tend la main, paume vers le haut.

— Donne-moi ton téléphone.

Je lui lance un regard oblique.

— Pourquoi ?

Il cligne des yeux comme pour dire : *ne complique pas les choses.* Je fouille dans mon sac fourre-tout et lui tends mon téléphone. Il fait défiler mes contacts, et je me penche vers lui, profitant de l'occasion pour inspirer, car il sent divinement bon.

Il saisit un numéro.

— C'est pour quoi faire ?

— Ne conduis pas quand… appelle-moi la prochaine fois. Je travaille tard. Je suis toujours debout. Ça ne me dérange pas de te ramener chez toi.

Il est sérieux ?

— Euh, je n'ai pas besoin de chauffeur. Je suis rarement ivre.

Jamais même. Je ne me souviens pas de mon avant-dernière cuite.

Il hausse les épaules.

— D'accord.

Il a l'air sérieux et je ne saurais pas dire s'il me croit ou non.

— Je t'appellerai si j'ai besoin de me faire raccompagner.

Parce que merde, il s'est proposé. Un mec sublime qui passe me chercher et me ramène chez moi au milieu de la nuit ? Je ne vais pas refuser. Ce qui m'inquiète. J'écarte les œillères que je prétendais porter quand il s'agit des hommes. Ou peut-être qu'elles sont tombées au moment où j'ai posé les yeux sur Lewis. Des ennuis… de gros, gros ennuis à venir. Je le sens.

Il se lève et me tire par la main.

— Viens.

Il marche vers la rive.

Nessa et Zach sont en pleine conversation.

— Où ? dis-je, certaine que je ne devrais aller nulle part avec lui, même dans un lieu public ; pas après la façon dont ma main s'est logée naturellement au creux de sa paume.

— Sur le nouveau paddle de Zach. On le rode. Je t'emmène faire un tour.

— À deux ?

La planche est étroite et il pourrait aussi bien être nu,

vu le peu de vêtements qu'il porte et mon esprit mal tourné.

— Tu t'assieds. Je m'occupe du reste.

Il ramasse la pagaie et pousse la planche sur le sable jusqu'à ce qu'elle flotte et se balance sur les vaguelettes.

— Je n'ai pas de maillot de bain, je lui fais remarquer.

Il se retourne.

— Tu ne me fais pas confiance ?

Il le dit en plaisantant, comme si je mettais en doute sa capacité à me garder au sec, mais il y a un sous-entendu plus sérieux, comme s'il savait que je ne lui fais pas confiance et qu'il m'en accusait ouvertement.

Étrangement, je lui fais confiance, ce qui est déroutant. Tellement de mecs ne méritaient pas ma confiance, mais pas Lewis. Malgré le fait qu'il soit en couple et qu'il ait tendance à flirter avec moi, je ne pense pas que ce soit un sale type. Il semble être un gros bosseur et un bon copain, et il supporte Mira. Ce garçon mérite une médaille.

Je le rejoins, sans répondre à sa question, car ce n'est pas une chose dont j'ai envie de parler, quoi que j'en pense.

Lewis immobilise la planche avec son pied.

— Monte à genoux pour t'équilibrer.

Malgré mes réticences, je fais ce qu'il dit. Je laisse mes tennis sur le sable sec, entre dans l'eau, et m'agenouille sur la planche. Nous sommes entourés de familles sur cette plage ; qu'est-ce qu'il pourrait m'arriver ?

La planche s'enfonce quand Lewis monte derrière moi. À coup de pagaie, nous fendons l'eau, contournons le ponton et nous retrouvons au-delà des cordes qui délimitent la zone de baignade.

L'eau est plus sombre ici, mais transparente. Je peux encore voir le fond du lac, même si c'est trompeur, car je sais qu'il est profond.

— Tu veux essayer ?

Je tourne la tête et mon regard s'accroche à son torse luisant avant de remonter vers son visage. Je détourne les yeux avant d'avoir le vertige à le regarder. Je place les mains sur la planche et me redresse lentement. Lewis se rapproche de moi, la chaleur de son corps incendie ma peau non couverte par le t-shirt. Ses bras passent au-dessus de ma tête, et il me donne la pagaie.

— Ce truc n'est pas stable avec deux adultes, dit-il en me saisissant les hanches. Je vais me tenir à toi pour qu'on garde l'équilibre.

Tu parles, Charles.

Sa voix profonde et grave au creux de mon oreille et l'écartement de ses doigts sur mes hanches font trembler mes bras. Je lutte contre cette sensation parce que, merde, mes mouvements sont coordonnés d'habitude, même si je lui ai montré le contraire l'autre soir. Je resserre ma prise et je plie les genoux, en progressant lentement et régulièrement sur les vaguelettes.

Les doigts de Lewis s'écartent et se tendent à la montée de la houle. Une sensation de chaleur déferle dans mon ventre et mes cuisses.

— Où est Mira ? je demande irritée, concentrée sur ses mains plutôt que sur la pagaie.

Il reste silencieux pendant un moment, et ses doigts qui se relâchent sont le seul indice qu'il m'a entendue.

— J'en sais rien.

— Tu ne sais pas où est ta petite amie ?

— Ma quoi ? Mira n'est pas ma petite amie... C'est compliqué.

Évidemment, c'est compliqué. Je plonge la rame et nous éloigne du rivage.

— T'es pas obligé d'expliquer. J'ai compris.

— Non, tu n'as pas compris. Mira... Elle en a bavé. Je

sais qu'elle est revêche parfois, mais c'est une fille fragile et douce quand on la connaît.

Et il est là pour la protéger, sa magnifique non–petite-amie. Mince, pourquoi j'ai posé la question ?

— Pour te répondre, je n'ai pas vu Mira depuis quelques jours.

Sa gorge se serre.

— Je pense qu'elle est avec sa mère.

Ça le met en colère que Mira soit avec sa mère ?

Il s'éclaircit la voix, mais c'est forcé, comme pour changer de sujet.

— Et toi ? Comment est ta famille ?

— Ma famille ? Compliquée.

Pas question de discuter de Chantell.

— Je vois.

Ses mains se resserrent sur mes hanches. Une bouffée de désir me réchauffe au bon endroit.

Je pivote.

— C'est quoi ce truc avec toi ?

Je viens vraiment de dire ça ?

Il regarde au-dessus de ma tête.

— Tu devrais garder…

— Ne me dis pas ce que je dois faire ou pas. Tu devrais faire plus attention à ta relation « compliquée » et aux signaux que tu envoies à… *ooooh.*

Je tombe. Sur Lewis.

Cette fois, au lieu de me rattraper, il se laisse tomber aussi.

Je lâche la pagaie une fraction de seconde avant qu'elle ne s'enchevêtre dans nos membres. Le froid de l'eau me pique la peau en contraste avec la chaleur de Lewis qui m'enveloppe dans ses bras. Je m'accroche à la chaleur dévastatrice en même temps que je la repousse, mon instinct de remonter à la surface étant plus fort.

Je fends l'eau une seconde avant que Lewis ne réapparaisse en m'éclaboussant en rejetant la tête en arrière. Je claque des dents. J'ai le souffle coupé par le froid, le choc.

Il rit.

— Ce n'est pas drôle.

Sa bouche s'affaisse un instant, mais son sourire n'a pas complètement disparu. Il nage jusqu'à moi et m'enlace la taille, me tirant contre sa poitrine chaude.

Je n'arrive pas à reprendre mon souffle, mais ça n'a rien à voir avec la température de l'eau et tout à voir avec la sensation de son corps contre le mien. Pourquoi me fait-il cet effet ?

Et comment se fait-il qu'il ne se gèle pas les couilles ? Son corps est une bouillotte.

Les jambes de Lewis battent sous les miennes pour nous maintenir à flot, tandis que le paddle part à la dérive. Il nage en direction du rivage, mon corps recroquevillé contre le sien comme autour d'une bouée.

— Je peux nager toute seule.

— N'hésite pas, dit-il sans me laisser partir.

Je reste où je suis : enveloppée dans ses bras. C'est pathétique, mais merde, une femme n'est pas aussi forte qu'on le dit, et mon beau Roméo *me tient contre lui*.

Quelques minutes plus tard, ses pieds touchent le sol, mais c'est encore trop profond pour que je me mette debout. Il dégage délicatement une mèche de cheveux de ma bouche avec le plat de sa main, en examinant mon visage.

— Ça va ?

— Non, dis-je embarrassée et malheureuse d'avoir été si bien contre lui.

Il me regarde dans les yeux.

Il doit y voir quelque chose, car il resserre son étreinte.

— Désolée de nous avoir fait chavirer. J'aurais dû faire attention.

Il me soulève hors de l'eau. Mes seins s'écrasent contre sa poitrine, leur rondeur apparaît clairement à travers le t-shirt mouillé. Il sourit. Je jurerais que ça lui plaît de les voir.

— Pas de problème. J'avais besoin de me rafraîchir.

Sa température corporelle et son regard indiquent que l'eau n'a pas eu l'effet escompté.

Je souris aussi de le voir comme ça, tout heureux et foufou, si différent du Lewis au visage dur que j'ai vu auparavant.

Je m'accroche à son cou. Que faire d'autre ? Je ne peux pas marcher sans avoir la tête sous l'eau. Je pourrais nager, mais l'effort me semble démesuré.

— Ça caille.

Il me frictionne le dos de sa grande paume, puis son sourire s'efface, ses yeux perçants me brûlent, il approche ses lèvres de ma bouche…

Qu'est-ce qu'on est en train de faire ?

Laissez-moi seule deux minutes avec ce mec et il se passe des choses pas claires.

— La plage, je bafouille. On devrait aller se sécher.

Après une longue hésitation, il opine et avance jusqu'à ce que j'aie pied. Je saute dans l'eau et scrute la plage.

— Gen…

Je tourne la tête vers lui.

— Tu te trompes sur mon compte, dit-il avec des yeux sombres. Je sais ce que tu penses, mais tu as tort.

Il plonge sous l'eau et nage en direction du paddle et de la pagaie abandonnés.

Qu'est-ce qu'il veut dire ? Je ne me trompe pas. J'ai déjà vu ça. Merde, je l'ai déjà vécu une fois avec le C-O-N. Enfin, pas exactement la même situation, mais pas loin.

Même si, je dois l'admettre, ça n'avait rien à voir avec ce que je ressens dans les bras de Lewis.

Je patauge jusqu'à la plage, contrariée et trempée. Il dit que Mira n'est pas sa nana, mais il y a un truc qu'il ne dit pas, et avec ma chance, ça doit être pire.

Nessa, qui bavarde toujours avec Zach, lève les yeux et sa bouche forme un O de surprise. Elle saute sur ses pieds, ramasse ma serviette et court jusqu'au bord de l'eau.

— Qu'est-ce qui s'est passé ? Tu vas bien ?

— J'ai froid, c'est tout.

Je ne prends pas la peine d'expliquer ce qui s'est passé parce que c'est évident. Je drape sur mes épaules la grande serviette Waikiki Beach Honolulu que ma mère m'a achetée il y a des années.

Je déteste cette serviette. Je déteste cette serviette. Je devrais m'en débarrasser. Ma mère a raté la remise des diplômes de l'école primaire et mon spectacle de danse de fin d'année à cause de son voyage à Hawaii. « Je ne peux pas annuler, chérie. C'est un voyage d'affaires important. » J'étais trop jeune pour comprendre ce que ça voulait dire, mais en grandissant, je me suis interrogée sur le type d'arrangements que ma mère passait avec les hommes qu'elle fréquentait. Ils étaient tous riches, puissants et distants. L'homme avec qui elle est partie à Hawaii portait des costumes hors de prix et remarquait à peine ma présence quand il passait la chercher une fois par semaine pour dîner.

Je me frictionne les jambes, la poitrine, dans l'espoir d'effacer tous ces souvenirs et d'atténuer l'effet t-shirt mouillé. Avec le soutif en dentelle que j'ai choisi ce matin, on voit carrément mes tétons pointés.

— Bien joué, s'exclame Zach quand Lewis revient vers nous. Qu'est-ce qui s'est passé, mec ?

Lewis passe la main dans ses cheveux mouillés, secoue

les gouttes sur ses bras et sourit en regardant le sable. Puis ses yeux se posent sur moi.

— Le sillage d'un gros bateau est arrivé quand je ne regardais pas.

Quand il me fixe ainsi, mystérieux et sexy, je n'arrive plus à penser, encore moins à être fâchée contre lui. C'est *moi* qui ne regardais pas. J'ai perdu mon sang-froid et j'ai interrogé Lewis. Ça m'a fait du bien de lui dire ce que je pensais – à part le choc thermique de la baignade. Je n'arrive toujours pas à croire que je l'ai fait. Il m'a juste… il m'a incitée à le faire. Pourquoi le seul mec qui me fait ressentir quelque chose a une petite amie – ou pas. Peu importe. Pourquoi est-il si compliqué ?

Je ramasse mon fourre-tout vert et je rentre mes cheveux mouillés sous un bandeau.

— Nessa, je dois me changer. Ça t'ennuie si on s'en va ?

— Pas du tout.

Zach lui tape dans la main.

— À plus, demi-portion.

Elle lui fait une grimace, mais il ne semble pas s'en apercevoir.

Lewis me regarde ramasser mes affaires. Ça me rend folle et je fais semblant de ne pas le remarquer.

— Merci pour le tour en paddle, je lui dis.

C'est idiot vu ce qui s'est passé, mais sur l'instant, je n'ai pas mieux, et j'ai l'impression que je dois dire quelque chose.

Il hoche la tête et inspire à fond comme s'il allait faire un geste ou se retenir de le faire.

Nessa et moi arrivons sur le parking. Je regarde en direction de la plage. Zach discute avec les blondes qui l'ont maté plus tôt. Lewis est là aussi, mais son regard voyage à des kilomètres-lumière sur le lac.

Chapitre Six

— **P**ourquoi on n'appelle pas Zach ? suggère Nessa. Ça ne le dérangera pas, vraiment. C'est pas un grand service.

Je fixe le volant. Sans déconner, ça arrive maintenant ? Parce que mon humiliation n'était pas complète ? Je pensais être tombée au plus bas après le soir d'ivresse au club. Le paddle m'a prouvé le contraire, et maintenant ça ?

Meeerde.

Mon adhésion à l'AAA, l'association d'aide aux automobilistes, a expiré et ma bagnole ne veut pas démarrer — dans le cas présent, *ne veut pas démarrer* signifie qu'elle est morte. Elle ne tousse même pas.

— Bon, d'accord, je concède.

Nessa prend son téléphone et tape un texto. Puis elle sourit.

— Zach arrive. Il est encore dans le coin. Tu vois ? Pas de soucis.

Si, il y a un souci. Un très gros souci, car quelques minutes plus tard, Lewis se dirige vers nous, en compagnie de Zach.

J'ai bravé Lewis. D'accord, je me suis pris une gamelle juste après, mais c'était un moyen d'aborder ce problème entre nous. Être obligée de lui demander de l'aide après ça ? Ça gâche un peu l'effet. Le plongeon dans l'eau glacée aussi, mais là, c'est le pompon.

Pour aggraver les choses, Lewis porte un t-shirt et une casquette de baseball qui lui cache les yeux. Pourquoi la visière qui dissimule ce regard mystérieux me donne-t-elle des palpitations intimes ?

Je descends la vitre et Lewis se penche à l'intérieur, parce que bien sûr, il prend la situation en main même si nous avons appelé Zach.

— Démarre.

Je mets le contact, il ne se passe rien.

Il lance des clés à Zach.

— Va chercher la Jeep, tu veux bien ? J'ai des câbles de démarrage à l'arrière.

Zach colle son paddle dans les bras de Nessa, qui est descendue de la voiture à l'arrivée des garçons. Il rit quand elle manque de tomber sous le poids de la planche qui fait deux fois sa taille. Elle vacille un peu, puis finit par tenir en équilibre la planche et la longue pagaie dans ses bras.

— Je reviens tout de suite, la rassure Zach.

Lewis tambourine des doigts sur la porte en jetant un coup d'œil à l'habitacle. Ses yeux sombres et troublants ne sont plus masqués par la visière de si près.

— T'as laissé les phares allumés ?

Il me prend pour une débile ?

J'avais du mal à marcher droit l'autre soir, complètement saoule, et je nous ai foutus à la baille tout à l'heure, alors oui, il me trouve sûrement débile.

— Non.

Il me regarde comme s'il ne me croyait pas, sans cesser de tambouriner des doigts. J'aimerais en prendre un et le retourner. Allumer – voilà ce qu'il fait. C'est un allumeur de femmes. Il n'y a qu'à voir Mira. Elle est tellement dingue de lui qu'elle ferait n'importe quoi.

Une Jeep rouge, conduite par Zach, vrombit devant ma voiture. Lewis va récupérer des câbles à l'arrière. Il me demande d'ouvrir le capot.

Quelques minutes plus tard, Lewis et Zach se concertent dans une discussion virile à base de hochements de tête subtils, de gesticulations face à ma bagnole pourrie, et de coups d'œil vers Nessa et moi après l'échec du démarrage à l'aide des câbles.

Lewis ouvre la portière côté conducteur au moment où Zach reprend le paddle des bras de Nessa.

— Il faut faire remorquer ta voiture.

Bye bye les pourboires d'hier soir. Je pourrais demander de l'argent à ma mère pour réparer la voiture, mais je ne le ferai pas.

— Zach dépose Nessa chez elle. Je vais te ramener chez toi.

Il compose un numéro sur son téléphone et informe la personne au bout du fil de notre emplacement.

Je monte en voiture avec Lewis ? *Seule ?*

— Je ne dois pas attendre la dépanneuse ?

Il remet le téléphone dans sa poche.

— Pas besoin. Mon pote va la remorquer jusqu'à son garage plus tard. On va passer lui déposer les clés. Il appellera quand il aura trouvé la panne.

Je cherche Nessa du regard. Elle marche vers la plage avec Zach, qui porte la planche et la pagaie en équilibre sur la tête. Elle lui donne des coups de coude taquins.

Ça ne va pas du tout.

— Pourquoi Nessa part-elle avec Zach ?

— Il habite près de chez elle. C'est plus simple comme ça.

Lewis me fait signe de descendre de ma voiture. J'attrape mon fourre-tout, me glisse dehors, et il referme la portière derrière moi. Je le suis jusqu'à la Jeep ; il ouvre la porte côté passager.

J'hésite. Rester seule avec Lewis ne semble pas judicieux. Mais je n'ai pas de plan B.

— Où est ton pick-up ? je demande.

— La Jeep est ma voiture du week-end.

Oh, c'est vrai, parce qu'il est extrêmement sexy, gagne assez d'argent pour avoir deux voitures – dont une Jeep flambant neuve – et joue les bons samaritains en venant à la rescousse des filles bourrées, fauchées et en panne sur un parking.

Mais il a une non-relation sentimentale compliquée et je ne peux pas passer outre ce fait.

Malgré mon hésitation, je monte avec Lewis. Nous déposons mes clés chez son ami mécanicien, qu'il me présente. Le gars est sympa et promet de remorquer ma voiture et de me contacter dans l'heure qui suit. Si je la fais réparer dans son garage, il ne me facturera pas le remorquage, ce que mon compte épargne apprécie.

Nous effectuons le trajet jusqu'à chez moi en silence. Ni Lewis ni moi ne parlons, mais j'ai une conscience aiguë de ses moindres mouvements. Son large poignet s'enroule autour du volant, le coude de l'autre bras repose sur la console centrale un peu trop près de moi.

— T'as froid ? demande-t-il.

Je mate la chair de poule sur mes bras.

Lewis règle l'air conditionné, mais les frissons qui me parcourent n'ont rien à voir avec mes vêtements humides.

La logique veut que je reste loin de lui et de la relation compliquée qu'il entretient avec Mira, mais une petite voix en moi murmure : *et si ?* Lewis m'a aidée pour la voiture et il s'est accusé du chavirage du paddle. Ce n'est pas un méchant, et officiellement, il n'a pas de petite amie, donc ma première impression sur lui était fausse.

Nous nous arrêtons dans mon allée.

— Merci d'avoir appelé ton pote garagiste, et pour tout le reste aussi, lui dis-je.

Il pousse un gros soupir comme si quelque chose lui pesait.

— T'as mon numéro. Appelle-moi si t'as besoin d'un chauffeur ou d'autre chose.

Exactement. Il a rentré son numéro dans mon téléphone pour que je l'appelle la prochaine fois que je suis bourrée. Formidable.

Ce n'est pas à Lewis de s'occuper de moi. Je ne suis pas sa petite amie ni même son amie… à moins que je le sois ? Nous ne sommes pas de simples connaissances, et il y a cette attirance tacite entre nous qui me donne l'impression que nous sommes bien plus que des amis.

— D'accord, lui dis-je en sortant de voiture.

L'air est chaud, mais mes vêtements mouillés me collent à la peau. Je bats précipitamment en retraite vers la porte d'entrée et j'entends les roues de la voiture de Lewis crisser sur les graviers. Je me force à ne pas regarder derrière moi.

J'entre dans la maison que je partage avec Cali et je ferme la porte, puis je m'adosse contre la surface fraîche du bois en fermant les yeux. C'était une journée galère avec le chavirage et la panne de voiture, mais elle était assez géniale. Être avec Lewis est génial. Même s'il prétend que Mira n'est pas sa nana, je ne comprends pas ce qui se passe entre eux et ça m'inquiète.

J'ai à peine le temps d'y réfléchir que Cali fonce sur moi comme un ouragan blond vénitien, ses cheveux s'agitant comme une crinière, ce qui fait paraître sa tête deux fois plus grande et féroce, tout comme ses yeux.

— Putain, Gen ! aboie-t-elle en pointant la fenêtre d'un doigt accusateur. Qu'est-ce que tu fous avec ce mec ?

Merde alors. Elle est complètement à l'ouest.

Je ne sors pas avec Lewis. Il m'a ramenée chez moi parce que ma bagnole a rendu l'âme. Notre rencontre à la plage était un pur hasard, même si *en toute honnêteté*, je me suis demandé si j'allais le voir ou non.

— Il n'est pas si détestable, Cali. Calme-toi. Ce n'est pas ce que tu penses.

Bon sang, on croirait entendre Lewis. Cali agit de manière plus dingue que d'habitude, mais est-ce qu'elle a vraiment tort ? Est-ce que je baisse ma garde trop tôt ?

— Tu recommences les mêmes conneries ! Ta dernière mésaventure ne t'a rien appris ? Ouvre les yeux, Gen, ce type profite de toi !

OK, maintenant elle me pompe grave. J'ai peut-être fait des erreurs de jugement sur les hommes dans le passé, mais je n'ai jamais laissé personne profiter de moi. Dès que j'ai compris qu'un type était un salaud, je l'ai largué.

— Ah oui, *tu* connais tellement bien les hommes ! Tu savais qu'Éric me draguait ? Il voulait coucher avec moi, Cali.

— *Quoi ?*

Mes yeux s'arrondissent. Merde, qu'est-ce que j'ai fait ? Ce n'est pas de cette manière que je voulais le lui dire. J'ai essayé de trouver les bons mots. J'ai failli lâcher le morceau une fois pendant une randonnée, mais le timing était mauvais. Ensuite, j'ai attendu le bon moment, mais il n'est jamais venu. Cali me regarde avec un mélange de surprise et de colère. J'ai attendu trop longtemps. Je n'ai pas réfléchi.

— Je suis vraiment désolée, Cali. J'aurais dû te le dire juste après que ce soit arrivé.

Mon portable vibre dans la poche latérale de mon sac.

Ça fait la deuxième fois en quelques secondes. Je soupire d'irritation et regarde l'écran.

Maman : *Chérie, on est là ! Je passe te prendre dans dix minutes pour le golf.*

Merde, j'ai oublié ma mère. Elle est venue ici exprès pour me voir et je lui ai promis de faire un neuf trous avant d'aller bosser.

— J'ai essayé de te le dire, Gen, mais tu m'as affirmé que tout allait bien entre vous. Après ta rupture avec Éric, je ne voulais pas tirer sur l'ambulance. Je ne voulais pas te causer plus de peine. J'ai flippé, puis le temps a passé…

— De quoi tu parles ?

Cali a le visage écarlate. Elle est furax. Elle a le droit d'être en colère, mais je n'ai jamais voulu de l'attention de son ex.

Finalement, m'éloigner de la maison le temps que nous nous calmions toutes les deux est une bonne idée. Je réponds à ma mère que je serai prête, et je balance mon téléphone dans mon sac. Je fonce dans la chambre et j'enlève mon short mouillé.

Cali me suit et se plante dans l'embrasure de la porte.

Je bazarde mon t-shirt humide et j'en enfile un propre par la tête.

— Tu te souviens quand j'ai conduit Éric au magasin pour acheter de la crème solaire le premier week-end où on était ici ?

Elle opine.

— Il est arrivé dans mon dos et il m'a enlacé la taille. Puis il m'a embrassée dans le cou… et il m'a dit des choses. Je l'ai repoussé, mais… je me remettais encore du C-O-N et j'ai flippé. J'ai eu peur d'avoir fait un truc qui éveille son intérêt pour moi. Que tu penses que c'était ma faute…

alors je n'ai rien dit. Tu ne sais pas ce que c'est, je plaide d'un œil implorant. Je suis un aimant à mecs relous.

— Tu te fous de moi ? T'es sérieusement en train de me dire que te faire draguer par tous les mecs est une plaie qui t'oblige à trahir *ta putain de meilleure amie ?!*

Mes yeux s'embuent et je cligne pour refouler les larmes.

— Ce n'est pas ce qui s'est passé. Ce n'est pas ce que je dis.

Peut-être que Cali a raison, que je suis une pourrie. Je suis le dénominateur commun dans tout ce merdier : l'ex de Cali, les sales types de ma mère et leurs mains baladeuses.

— Qu'est-ce qu'il t'a dit exactement ?

Je baisse la tête et regarde mes mains.

— Il m'a dit qu'il avait toujours été attiré par moi. Que votre couple battait de l'aile et qu'en gros, vous étiez plus amis qu'amants.

Pourquoi la vérité semble-t-elle si horrible ?

Je lève les yeux et vois l'expression écœurée et déprimée de Cali. Elle se prend la tête entre les mains. Je me dirige à pas de loup vers la porte de la chambre. Je serre les mains l'une contre l'autre alors que ce que je veux vraiment, c'est prendre ma meilleure amie dans mes bras. Mais je ne pense pas qu'elle accueillerait mon geste avec plaisir.

J'ai mal à la poitrine. J'ai eu raison de lui cacher. Personne n'a envie de connaître la vérité, même pas moi. Chaque mot qui sort de ma bouche ne fait qu'empirer les choses.

Cali me fusille du regard.

— Qu'est-ce que tu lui as dit ?

— Non ! J'ai dit non ! Je n'ai jamais voulu ça. Je me suis sentie salie. Je n'aurais jamais…

Elle se détourne, son rejet est si fort que j'ai du mal à respirer. Sonnée, je ramasse mon sac.

— Cali, il faut qu'on parle, mais je dois y aller ou je vais être en retard au travail.

Je ne mentionne pas le golf avec ma mère.

Cali sait très bien que je ne pars jamais si tôt pour le casino, mais j'ai besoin de m'éloigner – pour trouver un moyen d'arranger les choses entre nous.

— Je suis vraiment désolée, tu le sais ?

Je serre mon fourre-tout, alourdi par des chaussures de golf et des fringues de rechange, contre ma poitrine en attendant ma mère sur le trottoir, me demandant si Cali me pardonnera un jour. Ce qui s'est passé n'était peut-être pas ma faute, mais j'ai eu peur et j'ai été nulle de ne pas lui dire.

Est-ce que je mérite son pardon ?

J'ai trahi ma meilleure amie en lui cachant la vérité – pas intentionnellement, mais c'est un fait – et je suis attirée par Lewis, ce qui est mal aussi vu sa situation compliquée.

Je le veux, en sachant que c'est mal, et c'est pire.

Chapitre Sept

— La vache, maman. Tu l'as envoyée dans le comté voisin.

Je frappe mon fer sur le talon de ma chaussure et je plisse les yeux face au soleil, à la recherche de la balle de golf rose fluo de ma mère (contre le cancer du sein). J'ai mal aux mains à force de serrer le club trop fort, tendue par ma dispute avec Cali. Je repère la balle dans la terre battue au pied d'un arbre. Je trouvais très moches les balles de ma mère, mais j'ai changé d'avis. Nous ne les trouverions jamais si elles n'étaient pas fluo.

Chantell se tourne avec élégance sur le côté, et relève sa visière noire. Elle porte un polo de golf cintré rose fluo (assorti à ses balles) et un short d'un blanc éblouissant qui descend un ou deux centimètres sous l'entrejambe. Ma mère est une très mauvaise golfeuse, alors évidemment, elle dépense une petite fortune en tenues et fait subir son jeu aux adeptes du green au moins une fois par semaine. Je porte un bermuda en jean bleu délavé qui m'arrive à mi-cuisse et des chaussures de golf que j'ai achetées dans un magasin discount pour 19,99 dollars.

— Je ne la vois pas, dit-elle en scrutant le fairway. T'es sûre qu'elle n'est pas plus loin ?

Fred me regarde d'un air conspirateur. Il porte un pantalon de golf kaki et un polo bleu rayé, mais c'est un excellent joueur, alors sa garde-robe coûteuse est justifiée.

— Allez, chérie, dit-il à ma mère. Vas-y, t'as le droit à une deuxième chance.

Ma mère tord la bouche comme si elle ne nous croyait pas, mais elle laisse tomber une autre balle et appuie la tête de son fer cinq sur le green, se met en position et balance les hanches. Elle regarde le fairway, remue son popotin, lève la tête, réajuste sa position, se tortille encore…

— Dans cette vie, maman.

— Patience, Geneviève. Tu me déconcentres.

Fred fait signe à un groupe de quatre personnes de passer devant nous. À ce rythme, ma mère préparera encore son tir quand tout le groupe aura lancé.

Quelques heures plus tard, après les neuf trous les plus longs de ma vie, nous arrivons au club-house pour nous sustenter.

— C'est moi qui régale, Gen, dit Fred en parcourant le menu.

Ses cheveux blond roux sont peignés de chaque côté du front, sa peau cuivrée est lisse grâce à un soin facial mensuel.

Fred paie tout. Au début, je pensais que ça faisait partie de leur arrangement, dont je ne veux pas connaître la nature. Mais plus je le vois, plus ma perception change. Il n'y a pas d'arrière-pensées chez Fred. Il tient la porte aux vieilles dames et aide les messieurs à porter de lourdes caisses ; ce type est tout bonnement gentil, et il vient du Midwest. Il paie parce qu'on l'a éduqué comme ça. C'est un vrai gentleman.

Une notion qui m'échappe un peu.

Les étudiants s'invitaient rarement à dîner à l'université, et quand c'était le cas, ça ne se passait pas de cette façon. Nous étions tous fauchés, alors chacun payait sa part. Une fois, un mec est même allé jusqu'à garder toute la monnaie de l'addition partagée, et croyez-moi, ça ne m'a pas étonnée.

Les rares fois où j'ai voulu payer avec Fred, il a trouvé le moyen de me glisser des billets en douce dans la poche.

Il pose le menu et tend sans un mot la carte des vins à ma mère, dont elle compte bien faire usage.

— Alors, à quelle heure commence le spectacle ce soir ? demande-t-il.

Maman et Fred appellent « spectacle » mon service au casino, car ma mère a hâte de célébrer ce jour où elle va me voir me balader habillée en salope… à l'âge adulte.

—Je commence à neuf heures. Essayez d'arriver tôt. Il y aura moins de monde, je serai moins occupée.

Ma mère regarde Fred avec excitation.

— Pas de problème. On a le concert de My Republic à dix heures.

Je m'étouffe avec un glaçon qui flotte dans mon eau.

— Maman, c'est un groupe de jeunes, pour les gens de *mon* âge.

Elle lève les yeux au ciel.

— Gen, tu n'écoutes pas de musique pour les gens de ton âge.

Bon, il m'arrive d'écouter les stations de musique de détente. Et alors ?

— Fred et moi, on n'est pas des vieux croûtons. On aime la musique actuelle.

J'en reste bouche bée.

— Serais-tu en train de me faire passer un message ?

Ma mère pense que je suis ringarde pour mon âge et

ma meilleure amie croit que je l'ai trahie. J'ai eu mon compte de vérités pour aujourd'hui.

Elle sourit et me tapote la main, retournant son attention vers la carte des vins.

— Chérie, tu es parfaite comme tu es, même si tes goûts musicaux sont barbants.

Et c'est pourquoi je redoute l'apparition de ma mère au casino ce soir. L'ennui ne figure pas dans son répertoire. Tout peut arriver, et me foutre la honte.

———

— Un peu plus près, chérie, ordonne ma mère pendant que je tiens la pose, mon biceps tremblotant sous le poids du plateau chargé de consommations tandis qu'elle prend des photos sur le vif. Le barman sourit pour la photo et rajoute un verre sur le plateau alors que je regarde maman et, sur son ordre, exhibe mes nibards.

Doux Jésus. Je jette un œil alentour pour m'assurer que personne ne regarde.

Les trois clients assis au Mont Belle Lounge se moquent en douce de ma mère et du cirque qu'elle fait. Si Cali nous voyait, elle pisserait de rire – ou pas, vu qu'elle est fâchée contre moi en ce moment. J'aimerais pouvoir supprimer la moitié de notre dernière discussion. Je n'ai pas trouvé les bons mots et j'ai l'impression d'être une amie horrible. Je ne pouvais pas empêcher Éric de me faire des avances, mais j'aurais pu mieux gérer l'annonce à Cali. Je déteste l'avoir blessée.

— OK, maman, je dois retourner bosser.

Chantell hausse les sourcils et pince les lèvres d'incrédulité.

— Ça va bientôt être le coup de feu, tu sais.

Un pieux mensonge est recevable face à l'embarras créé par les parents.

Ma mère rend l'appareil photo à Fred.

— Très bien. On doit partir pour notre concert de toute façon.

Elle se penche et pousse mes seins de chaque côté, tirant sur le décolleté à des endroits stratégiques pour les faire pigeonner jusque sous le menton.

Je la regarde bouche bée.

— T'as fini de me peloter ?

Elle fait la bouche en cul-de-poule et évalue le résultat.

— C'est mieux. Travaille l'effet pourboires.

Elle me fait un clin d'œil et me claque la bise. Fred sourit comme si elle était adorable. Je ne pige pas, mais bon, ils ont réussi à faire fonctionner leur couple et ma mère semble plus heureuse que jamais.

— Maman, ce n'est pas avec mon décolleté que je ramasse des pourboires.

— Je te taquine, dit-elle en agitant la main. Tu sais que je couvre tes dépenses. Amuse-toi, c'est tout.

Maintenant qu'elle en parle… j'ai tourné autour du pot jusqu'à présent, sans jamais poser carrément la question. J'avais trop peur d'entendre la vérité.

— Comment, maman ? Comment tu gagnes de l'argent ?

Son regard devient vide.

— J'en ai, c'est tout. Idiote.

Je regarde Fred derrière elle et je baisse la voix.

— Par lui ? Maman, il est sympa comparé aux autres, mais je ne veux pas qu'il paie pour moi. Ce n'est pas bien.

Elle me tapote l'épaule.

— Bien sûr que Fred ne paie pas pour toi. Pourquoi tu penses ça ?

Elle plaisante ? Elle me prend pour une idiote ? Elle n'a

pas de ressources financières, pas d'héritage familial. Comment paierait-elle nos factures sinon ?

Fred revient.

— On ferait mieux d'y aller, Chantell. Superbe tenue, Gen. Tu es magnifique.

Il me fait un sourire paternel, son regard ne déviant jamais vers mes seins regonflés par ma mère. L'idée ne lui vient même pas à l'esprit.

Ils s'en vont, sans que ma mère ait réellement répondu à ma question, ce qui ne me surprend pas. C'est cohérent avec ses réponses à mes questions sur mon père.

Peu après, alors que je réfléchis à tout cela, Drake Peterson entre dans le bar -lounge. Il regarde les tables vides et, contrairement à Fred, il reluque sans vergogne les seins que je n'ai pas eu le réflexe de remettre en place.

— C'est calme, dit-il. Que dirais-tu de m'aider à servir un groupe de collaborateurs dans une suite à l'étage. On aurait besoin d'une serveuse, et je te promets de généreux pourboires.

Je n'ai pas confiance en ce type, matage de décolleté mis à part. Mais il est vrai que j'ai qualifié beaucoup d'hommes d'indignes-de-confiance. Je ne suis pas très douée pour cerner les personnalités. Et c'est le boss de mon boss, ou un truc du genre. Ai-je le droit de refuser, d'ailleurs ?

—Je suis la seule en salle ce soir.

Il fait un geste vers les tables vides, et sourit en coin.

— Le lounge survivra sans toi pendant quelques minutes, dit-il puis il me tend une clé magnétique. Je vais demander à Maryanne de te remplacer. Monte dans trente minutes.

Puis il s'en va.

Ma superviseuse Maryanne travaille dans la salle de jeux en face du lounge, à côté du bar tenu par Mason, le copain de Jaeger. Je surprends Mason en train de suivre Drake d'un regard appuyé.

Qu'est-ce que ça veut dire ?

Mason était l'un des mecs que Cali voulait me présenter quand nous avons commencé à bosser au Blue. J'ai essayé de passer du temps avec lui. Il était gentil et mignon, et sans danger, car je n'ai pas eu de déclic amoureux. Je serais bien sortie avec lui il y a deux mois, mais le C-O-N m'a appris que jouer la sécurité peut se retourner contre moi. Mason a essayé de m'embrasser et je l'ai rembarré.

Maudit baiser foireux. Si la situation n'était pas si gênante entre Mason et moi, je lui demanderais pourquoi ce regard. Mais la situation est gênante et je me dégonfle d'aller lui parler.

Tout ira bien. Je vais servir quelques clients à l'étage et ramasser de gros pourboires pour financer mes études. Rien de glauque.

Trente minutes plus tard, je toque à la porte de la suite de Drake, simple formalité, avant d'utiliser la clé magnétique qu'il m'a donnée. L'immense suite est élégante, décorée en beige avec des accents bleu foncé et un mobilier en bois clair et moderne ; le point de mire est une baie vitrée donnant sur le lac et les montagnes.

Drake se prélasse au milieu de la pièce dans un siège rembourré, le coude sur le dossier du fauteuil, faisant tourbillonner son whisky dans sa main. Il me regarde avec nonchalance, les cheveux décoiffés, les yeux un peu vitreux.

Ça ne fait que trente minutes que je l'ai vu pour la dernière fois. Comment peut-il être saoul aussi vite ?

La table basse est encombrée de toutes sortes de verres vides, et cela me rappelle la nuit au night-club du Blue où j'ai bu beaucoup trop et trop vite. Donc oui, il est possible que Drake soit ivre. Mais s'il peut boire tout ce qu'il veut, pourquoi a-t-il besoin de moi ?

Cinq hommes discutent tranquillement autour de la table basse face à Drake, mais il est le seul en costume, même s'il a tombé la veste, la cravate et remonté ses manches. Les autres portent une tenue de travail décontractée – pantalon en toile et polo – comme s'ils venaient de jouer au golf.

Drake lève les yeux et me fait un sourire carnassier.

— Messieurs, dit-il pour attirer leur attention. Voici Geneviève. Elle est ici pour offrir ses services.

Gloups. Pourquoi dire un truc pareil ? Il fait croire que…

Les regards glissent sur mon corps comme une nappe de pétrole, gluante et invasive. Un homme au visage bouffi fait pivoter sa chaise vers moi et croise les chevilles. Un petit sourire flotte sur sa bouche fine et étroite, ses yeux mi-clos se focalisent sur ma poitrine.

Mes mains se glacent. Je baisse la tête et triture ma caisse portable. Je me suis habituée à l'uniforme étriqué ; me faire mater fait partie du boulot, mais là, c'est malsain.

— Par ici.

Drake me fait signe d'approcher avec deux doigts.

J'avance en affichant un sourire faux, déterminée à en finir au plus vite.

— Que puis-je vous servir ?

Drake promène les yeux sur mon cou, mes seins, mes hanches, mes jambes et remonte. Je déglutis avec difficulté. Il se penche en avant, des vapeurs de vodka flottent dans le maigre espace qui nous sépare.

— Geneviève, tu es radieuse ce soir.

Je vois au ralenti son bras serpenter et s'enrouler autour de ma taille pour m'attirer vers lui.

Mon cœur bondit dans ma gorge. Je souris bêtement,

ce qui est étrange vu mes convulsions internes. Je danse sur la pointe des pieds dans une tentative ridicule de m'éloigner de lui. Je ne vois pas, mais je sens – ce qui est encore plus flippant – sa deuxième main glisser derrière mon genou et remonter le long de ma cuisse de façon menaçante.

Je frémis juste avant que ses doigts ne glissent sous mon short, dont le tissu me cisaille la cuisse. Son bras est si serré autour de ma taille que j'ai du mal à respirer, et le collant en nylon exigé ne fait pas barrière aux doigts de Drake qui glissent sur mon derrière et filent vers mon entrejambe. Je ne porte pas de culotte ; aucune des serveuses n'en porte parce qu'elle serait visible sous l'uniforme, autre raison pour laquelle le collant est obligatoire.

J'appuie mon plateau sur le devant de mon short pour bloquer les doigts importuns de Drake, mais le plateau est encombrant et n'empêche pas sa main d'investiguer plus en avant. Il caresse le sillon de mon entrejambe et m'effleure la vulve. Je me plie en deux pour éloigner cette partie de mon corps, mais il me tient par la taille, et je peux à peine bouger.

Ma poitrine se bloque. Je serre les cuisses. Mes insécurités de la journée et la colère justifiée de Cali s'écrasent sur moi et me paralysent. Toute la force que j'ai réussi à rassembler cet après-midi en disant à Lewis ce que je pensais sur le paddle s'évanouit. Je me referme, verbalement, physiquement, incapable de me défendre.

Drake me tripote brutalement, en essayant de me doigter.

Un cri étouffé jaillit de ma gorge. Je gigote frénétiquement, sorte de danse spasmodique, et réussis à déloger sa main, mais il me la met au cul immédiatement.

Quelque part dans mon subconscient, j'enregistre le bruit de la porte qui s'ouvre dans mon dos.

Un autre homme ? Ils sont déjà en surnombre.

Les hommes gloussent, le tintement des verres me perce les tympans. Ils jasent, parlent de trous en un, et Drake fait une blague salace sur moi (je crois), le tout dans la joie et la bonne humeur.

Le bras de Drake se resserre, me pliant le corps pour avoir un meilleur accès.

— Si jolie et si douce Geneviève.

Il passe la main devant et aplatit la paume sur mon ventre, puis la descend lentement.

Ma vision se brouille… ma respiration se bloque.

Un raclement de gorge. Masculin, puissant. Il ne provient pas des hommes autour de la table. Il vient de derrière, du dernier à être entré.

Les murmures d'excitation s'estompent et les têtes se tournent. Drake s'immobilise, mais il laisse son bras en étau autour de moi.

Mes bras tremblent sous l'effet du choc et de la peur de ses doigts fureteurs. Je tords le cou (seule partie de mon corps qui peut bouger) pour voir la personne qui suscite autant d'attention.

Les yeux de Lewis harponnent les miens, puis clignent en direction du bras de Drake qui me ceinture la taille. Un muscle de sa mâchoire se tend et il dévisage Drake.

— Qu'est-ce qui se passe ?

— T'es en avance, lui sourit Drake en me libérant.

Une bouffée d'air s'échappe de ma poitrine, la desserrant un peu, mais elle ne soulage pas la tension qui s'est accumulée.

Je bondis sur le côté et m'éloigne.

— Tu as l'offre ? demande Drake innocemment.

Lewis tient un dossier et me regarde intensément d'un air inquiet. Ses yeux se détournent de moi le temps de remettre une feuille jaune à Drake.

Je ramasse mon plateau, qui a glissé au sol à un moment donné, et je contourne la table. Deux hommes marmonnent des commandes de boissons quand je passe près d'eux et je les enregistre, le cerveau en pilote automatique. Je sors de la suite sans me souvenir comment j'y suis arrivée.

Quelques mètres plus loin, j'aplatis les paumes sur le mur et pose mon front sur la surface fraîche. Je ferme les yeux. Mes mains se recroquevillent en poings serrés et mes jambes tremblent alors que l'humiliation et la colère m'envahissent.

Je tape du poing la cloison en roulant mon front sur le mur. Pourquoi ce genre de merde m'arrive-t-il ? *Je déteste ça, putain.*

Une main chaude me presse le bras. C'est un geste amical, mais je frémis. Même une caresse de ma mère me ferait sursauter à ce moment-là.

Je sais que c'est Lewis sans ouvrir les yeux, alors je les laisse fermés. Je me tourne et me blottis contre sa poitrine, me couvrant le visage des mains. Des sons gutturaux jaillissent de ma gorge, je tremble comme une feuille. Il me caresse doucement le dos pour m'apaiser.

— Que s'est-il passé dans la suite, Gen ?

Sa voix de velours m'extrait de la zone d'ombre et de honte où mes pensées se perdent.

Il n'est pas question que je lui raconte la scène en détail. Je ne veux pas y penser, encore moins la revivre.

— T'as vu ce qui s'est passé.

Il pousse un long soupir, comme s'il essayait de garder son calme.

— Tu dois le dire à quelqu'un.

Le dire à quelqu'un ? Il plaisante ? Il sait l'essentiel de toute façon et c'est déjà bien assez. Lewis est partout, il est témoin de toutes mes humiliations. J'ai l'air faible devant lui, jamais comme j'aimerais paraître. Les attouchements de Drake, mon incapacité à l'arrêter… Est-ce que Lewis, comme Cali, pense que je cherche les ennuis ?

— Gen ?

— Non, je croasse.

Il étale la main sur mon dos.

— Alors je vais dire à la direction ce que j'ai vu. Ils doivent savoir ce qui s'est passé, ou bien tu dois démissionner.

Sa voix est ferme.

— *Non.* Ne dis rien.

Je m'écarte de lui, presse les poings sur mes yeux. Ils sont humides, mais aucune larme n'en sort. Je ne pleurerai pas. *Tellement marre de ces saloperies. Plus jamais.*

Je fais l'erreur de lever les yeux. Le regard de Lewis aspire l'air dont j'ai réussi à remplir mes poumons. Ses traits – magnétiques, addictifs – déclenchent une bouffée de nouvelles émotions. Besoin, envie. Mais pas sexuelle cette fois. J'ai envie qu'il me prenne dans ses bras et me réconforte, et c'est encore plus effrayant.

Je recule, un pied, puis l'autre.

— Gen.

La voix de Lewis m'implore, ses yeux louchent sur mes lèvres tremblotantes, les poings serrés le long des flancs. Il ne s'approche pas. Il se retient.

Je ne lui en veux pas. Il vaut mieux qu'il reste loin de moi.

Je tourne les talons et pars en courant vers l'escalier.

Chapitre Huit

Lewis ne me suit pas, et je ne m'attends pas à ce qu'il le fasse. Normal après ce qu'il a vu et ce qu'il doit penser de moi. Je descends au sous-sol et m'asperge le visage d'eau, attendant que mes tremblements cessent. J'ai déjà été pelotée d'une façon qui m'a mise mal à l'aise par les ex de ma mère – appelez-les comme vous voulez – et j'ai repoussé bon nombre de mains baladeuses. Mais là, c'était différent.

Je voudrais faire comme s'il ne s'était rien passé, mais une petite voix intérieure me chuchote : *comme tu l'as fait pour l'ex de Cali, Éric.* Et regarde le résultat.

Même si j'aurais dû revenir à mon poste depuis longtemps, je prends mon téléphone dans mon casier et je fais un détour en retournant au bar lounge. Mason discute avec un autre barman de l'East Bar, dos à la salle.

— Mason, je glapis d'une voix aiguë, pour qu'il se retourne. Tu as une minute ?

Son collègue part immédiatement s'affairer à l'autre bout du comptoir.

Au diable la tension gênante entre nous. Je refuse de

taper encore de l'argent à ma mère, et si je ne démissionne pas et ne fuis pas Drake où tout homme qui pense pouvoir me toucher sans permission, je dois savoir à quoi je m'expose avant d'aller voir la direction. Ce qui s'est passé avec Drake ne doit pas se reproduire. *Plus jamais ça.*

J'inspire fort pour me calmer, ce qui me gonfle la poitrine.

— C'est quoi l'histoire avec Drake Peterson ?

Les sourcils de Mason se pincent. J'ignore si c'est mon expression ou la question qui le trouble. Il ramasse un torchon et essuie le comptoir qui nous sépare comme un océan.

— Aucune idée. Pourquoi ?

— Tu le regardais d'un œil noir tout à l'heure. Pour quelle raison ?

Il hausse les épaules d'un air évasif.

—Je n'aime pas ce mec.

Je ferme les yeux une seconde. Je vais perdre mon sang-froid. Une fille ne peut pas tolérer autant de saloperies en une seule journée, et le manque de coopération de Mason va me faire basculer du côté obscur de la force.

— Il m'a agressée et je veux savoir si la raison pour laquelle tu ne l'aimes pas a un rapport avec ce genre de comportement.

La main de Mason s'immobilise.

— Qu'est-ce qu'il a fait ? s'enquiert-il d'une voix saccadée.

—Je n'ai pas envie d'en parler. Je veux savoir ce que tu sais sur lui.

Je regarde autour de moi. Oui, mes collègues se comportent comme des gamines de quatorze ans et sont avides de pourboires, mais après la mise à pied de Cali, et maintenant ça… Il se passe un truc pas net. Les potes de Drake n'ont pas bronché en le voyant me tripoter, jusqu'à ce qu'il se fasse surprendre. Et à la façon dont Mason regardait Drake tout à l'heure, je pense que ce n'est pas la première fois qu'il se comporte ainsi. Et je le soupçonne d'être au courant.

Mason détend sa main crispée sur le torchon, laisse échapper un soupir tendu.

— Rien de particulier. Je l'ai juste vu draguer des serveuses.

Je lui lance un regard moqueur. Mason drague toutes les jolies serveuses et toutes les femmes attirantes qui s'approchent de son bar.

Il lève les yeux au ciel.

— Je l'ai vu avoir des discussions un peu trop intimes. Intenses. Il semblait être comme tu as dit : agressif.

J'inspire par le nez, en contenant ma colère et ma frustration.

— T'aurais pu me prévenir.

Ma voix se fêle et je pars avant que Mason ne puisse répondre.

J'aimerais m'enfuir loin d'ici, mais c'est ce que je fais toujours. Il y aura toujours un connard qui traite les femmes comme de la merde. J'en ai fui beaucoup, je ne peux pas tous les fuir.

Même si je décidais de démissionner, j'ai entendu dire qu'il est presque impossible de trouver un emploi dans un casino en milieu de saison, et ça m'obligerait à dépendre de l'argent douteux de ma mère. Vu ce que Mason a dit, je ne suis pas la première que Drake a agressée. Si le casino le laisse faire impunément, quelles sont les chances que la direction m'écoute ? Cali a perdu son poste de croupière pour une raison bien moindre que le harcèlement sexuel d'un cadre supérieur.

En parlant de travail – *les consommations.*

Je regarde l'heure. Ça fait trop longtemps. Drake et ses

copains attendaient probablement leur verre il y a quinze minutes.

Pourquoi ai-je pris les commandes de ces enfoirés ?

Il y a une chance que Drake ne se plaigne pas après les conneries qu'il a faites, mais je n'ai pas envie de prendre ce risque. Si je ne démissionne pas à cause de Drake, je ne perdrai pas mon boulot pour une faute professionnelle à la con.

J'ai dû foutre les boules à Mason parce qu'il envoie Jaeger prendre de mes nouvelles juste après que j'ai commandé les boissons pour la suite.

— Tu vas bien ? demande Jaeger.

J'opine, mais je ne réussis pas à masquer ma détresse. Jaeger m'enveloppe dans ses bras immenses et m'étreint avec la force d'un ours.

— Tu n'as qu'un mot à dire, Gen, et je tabasse celui qui t'a fait du mal.

Malgré mon chagrin, je glousse.

— C'est bon, Jaeger, je m'en occupe.

Il ne semble pas totalement satisfait de ma réponse, mais il hoche la tête et retourne au bar de Mason.

Jaeger est un chic type, mais je ne veux pas que d'autres mènent mes combats à ma place. Je dois juste trouver la bonne façon de gérer le problème.

— Kestufiches ?

Mon cœur bondit en entendant la voix de Maryanne et je pivote sur mes talons. Elle louche sur mes mains tremblantes. A-t-elle vu Jaeger me faire un câlin ? Cette femme a un flair de limier. Je dois dire quelque chose.

— J'attends une commande pour la fête de Drake. Ils sont dans une suite à l'étage.

Sa bouche se tord et ses yeux s'étrécissent.

— Drake Peterson ? Tout se passe bien là-haut ? demande-t-elle.

Un muscle sous mon œil bat comme une aile de papillon. J'appuie un doigt dessus avec désinvolture.

— Ouaip, tout va bien.

Son regard acéré observe mon doigt.

— Ne laisse pas ces mauvais garçons t'embêter.

Elle regarde la salle du lounge, plus pleine qu'avant.

— T'as du travail ici. Je m'occupe des boissons pour Drake.

Ma bouche se resserre. C'est sans doute une voyante ou une télépathe, mais je ne proteste pas.

Le barman termine de préparer la commande, je bafouille un merci incompréhensible à Maryanne et pose les cocktails sur son plateau. Je suis sûrement assez courageuse pour les monter moi-même (ou stupide, selon la façon dont on le voit), mais je ne vais pas refuser son offre.

Dès que Maryanne est partie avec les boissons, cependant, j'ai des regrets. C'est une dure à cuire, mais est-elle assez coriace pour résister à Drake et à sa bande de pervers alcoolisés ? Et s'ils lui font quelque chose ?

J'arpente le bar lounge, créant un sillon sur la moquette devant le bar, inquiète pour elle. J'ai vérifié si souvent que mes clients étaient servis qu'ils finissent par me lancer des regards cochons et j'ai trié les piques des cocktails par couleur. Rien n'apaise mon angoisse.

Je scrute la salle à la recherche de Jaeger ou d'un homme de la sécurité, quelqu'un de costaud pour m'aider à sauver Maryanne, car je suis convaincue qu'il lui est arrivé quelque chose… quand je la vois traverser l'East Bar.

Avant de réfléchir au fait que mon anxiété va confirmer ses soupçons initiaux, je la rejoins.

— Tout s'est bien passé ?

Elle arque un sourcil.

— Ton ami Drake Peterson a été surpris de me voir.

Je fusille Mason du regard. Il n'essaie même pas de cacher le fait qu'il nous écoute.

— Oh… eh bien, merci. Pour le coup de main.

— Pas de problème.

Elle se retourne et décharge les verres vides de son plateau.

Je fronce les sourcils. Maryanne vient de me sauver les fesses − après Lewis. Et avant eux, c'était Jaeger avec le C-O-N, et Cali un grand nombre de fois. Qu'est-ce qui cloche chez moi ? Pourquoi je ne sais pas me défendre toute seule ?

Lewis est un homme grand et intimidant. Je comprends que Drake ait réfléchi à deux fois, mais Maryanne ? Elle mesure dix centimètres de moins que moi.

Je déteste que des individus comme Drake croient que je suis faible et en profitent. Pourquoi ne lui ai-je pas enfoncé mon doigt dans l'œil quand il a fourré sa main dans mon entrejambe ?

Putain de souvenir.

J'inspire à fond et avale le goût amer dans ma bouche.

Je sais me défendre, mais je me suis tétanisée. Mon cerveau s'est figé et je n'ai pas réagi. Je suis grande, athlétique et forte pour une femme, mais mentalement, je ne tiens pas la route quand la situation se corse. Dans le passé, ça m'a servi de me taire. J'aurais été un paria au collège et au lycée si tout le monde avait su ce que ma mère faisait pour joindre les deux bouts. Mais me taire ne marche plus − ça me rend vulnérable.

Je sors mon calepin et mate l'adresse du site web de l'Alpine Mudder.

Nessa a raison ; je dois sortir de ma zone de confort. Je suis tellement coincée dans ma boîte mentale que je ne sais pas comment réagir quand il le faut. On m'a mise dans une sale posture à l'étage, et bien sûr, je me suis tortillée un peu pour esquiver, mais j'aurais dû faire plus, en dire plus. N'importe quoi aurait mieux valu que me refermer mentalement comme une huître.

L'Alpine Mudder est une course dangereuse et salissante à laquelle participeront des tonnes de machos. Ce sera tellement loin de ma zone de confort que je ne pourrai pas la voir, mais si je n'apprends pas à me battre, je me ferai emmerder toute ma vie.

Je déverrouille l'iPhone que j'ai pris dans mon casier et je tape l'adresse du site web, puis je m'inscris à la course.

Chapitre Neuf

Un enterrement de vie de garçon a lieu au bar sportif où je bosse le lendemain soir. Ce sont les seuls clients. Je ne comprends pas pourquoi le casino place deux serveuses dans cette zone aveugle où il y a peu de passage, mais je suis heureuse de m'échapper du Mont Belle Lounge pour la soirée.

Nessa fourre des billets dans sa caisse mobile, et son visage s'illumine d'un grand sourire quand elle me voit. Plusieurs types de l'enterrement de vie de garçon lui reluquent les fesses alors qu'elle se dirige vers moi.

Elle pose son plateau sur le comptoir.

— Salut. Comment ça va ?

Instinctivement, je panique. *Elle sait.* Mais Nessa ne peut pas être au courant pour Drake. Primo, rien dans son ton indique qu'elle sait. Deuzio, je ne l'ai dit à personne, et curieusement, je fais confiance à Lewis pour ne rien dire non plus.

Cali a quitté la ville avant que je rentre du boulot hier soir. Elle m'a prévenu par message qu'elle allait chez sa mère à Carson City. Nous n'avons pas eu l'occasion de nous parler après notre dispute – donc je n'ai pas pu lui raconter l'histoire avec Drake. Sans le soutien de Cali, je me sens doublement vulnérable.

— J'ai réfléchi à ce que tu m'as dit, Nessa.

Je prends un gobelet en polystyrène derrière le bar, j'y verse du café, puis j'ajoute un sachet de chocolat en poudre.

Nous sommes créatives quand la salle tourne au ralenti, et créer des combinaisons d'ingrédients est une bonne façon de tuer le temps.

— Tu sais, quand tu m'as dit de sortir de ma zone de confort ?

Cela éveille son intérêt.

Elle suit mon exemple et se fait son propre moka perverti.

— T'as entendu parler de l'Alpine Mudder ? dis-je.

Après m'être inscrite à la course, je me suis renseignée. Je vais devoir m'entraîner si je veux avoir une chance de survivre aux épreuves. Normalement, le mudder n'est pas une course, mais un défi physique pour ceux qui aiment martyriser – je veux dire, *tester* – leur résistance mentale et physique. Cette année, l'Alpine Mudder coûte plus cher à l'inscription, et offre des chèques aux vainqueurs. Les recettes restantes sont versées à une organisation caritative nationale.

En général, les concurrents participent à un mudder pour s'amuser, mais avec un prix en espèce à la clé, des triathloniens professionnels se sont inscrits et le nombre de participants a doublé. Le passage du simple défi physique à la compétition sportive a créé un vif débat, et il est ques-tion de renforcer la sécurité pour protéger les participants amateurs des concurrents trop zélés. J'essaie de ne pas penser à tout cela. Je veux faire un truc qui me rendra plus dure, plus combative, et le mudder semble répondre à cet objectif.

Le visage de Nessa s'illumine.

— Mais oui ! Tu envisages d'y participer ? Ce serait parfait. Les gars l'ont fait l'année dernière. Mais c'est plutôt hardcore. Ils sont rentrés dans un sale état, sauf Lewis. Bizarrement la boue l'a rendu encore plus sexy. Une brute sauvage et crottée.

Ma gorge se serre et je déglutis. Lewis ne doit absolument pas faire la course cette année. J'ai besoin de l'Alpine Mudder pour m'endurcir. Je ne peux pas le faire si je trébuche parce que ma concentration est affaiblie. Sans parler du fait que sa présence annihile toute coordination des mouvements chez moi. Lewis m'a vue dans mes pires moments de faiblesse, et ça me met à cran émotionnellement.

Mais je ne peux pas expliquer ça à Nessa sans révéler mes sentiments pour Lewis.

— Cool, ouais, je me suis inscrite à la course, mais je cherche comment m'entraîner.

— Tu devrais en parler à Zach. Lewis et lui se sont entraînés ensemble l'année dernière. Lewis a cartonné.

Elle fronce le nez.

— Il a bien terminé la course… ou il l'a gagnée, je ne sais plus. Bref, dit-elle en me prenant mon gobelet des mains pour le poser sur le bar et me pousser vers la salle du casino. Va voir Zach pendant qu'il y a peu de clients. Je te couvre.

Elle pose son coude sur le bar, attendant patiemment que je parte, comme si elle ne doutait pas que j'allais abandonner mon poste pour demander des conseils sur un triathlon boueux.

Alors bien sûr, j'y vais.

Je regarde nerveusement derrière moi en sortant du

bar sportif. Nessa agite les doigts au-dessus de sa tête et se dirige vers les clients qui enterrent la vie de célibataire de leur copain.

— Salue Zach de ma part.

Je traverse le casino à fond de train, déterminée à faire vite.

Zach lève les yeux quand j'approche de sa table de black jack.

— Voilà la fille au hot-dog !

Euh, pas *vraiment* le souvenir que je veux laisser.

Le client face à lui se retourne et me fait un scanner complet du corps. Formidable. Je ne veux vraiment pas connaître ses pensées.

— Salut, dis-je tout bas, tentant de disparaître sous terre. Nessa te passe le bonjour.

Un grand sourire fend le visage de Zach alors qu'il ramasse les cartes. Pourquoi ces deux-là ne sortent pas ensemble ? Zach a manifestement un faible pour elle, bien que je ne sois pas sûre pour Nessa… Merde, qui suis-je pour juger ? J'ai un lourd passif en matière de mecs et de relations.

Il distribue une nouvelle main.

— Comment ça se passe au bar sportif ?

— Il y a un enterrement de vie de garçon avec des types qui reluquent Nessa. Sinon, c'est calme.

Le regard de Zach se vide et il étire le cou comme s'il était soudain tendu.

C'est une réaction instinctive. S'il aime vraiment Nessa, il devrait faire le premier pas avant qu'un autre homme débarque dans sa vie. Elle est trop jolie et merveilleuse pour rester célibataire longtemps.

— Tu as le temps de parler de l'Alpine Mudder ? je lui demande de but en blanc. Nessa m'a dit que tu y as participé l'année dernière.

Un grand sourire fend les joues de Zach, remplaçant le regard sombre qui a plombé son visage après que j'aie mentionné l'enterrement de vie de garçon à proximité de Nessa. La colère n'est pas naturelle chez lui, ce qui renforce ma conviction qu'il en pince pour Nessa.

— C'était un carnage, dit-il. Je me suis électrocuté le cul.

Oui, j'ai lu ça sur internet. On dit qu'il y a un champ d'électrodes. Rien de sérieusement dangereux, mais quand même, merde.

Sortir de ta zone de confort, t'as oublié ?

Le chef croupier pose trois paquets de cartes neuves sur la table de Zach. Le seul client assis là les regarde avec méfiance et ramasse sa consommation gratuite avant de partir.

Les joueurs détestent les cartes neuves et le change-ment de croupier. Par superstition.

— Contente de savoir que tu t'es éclaté, parce que je me suis inscrite, je déclare. Ça a lieu dans quelques semaines et je cherche le meilleur moyen de me préparer.

Les yeux de Zach brillent d'enthousiasme.

— Je le refais avec des potes. On t'aidera à t'entraîner. Pour commencer, tu pourrais sans doute obtenir des infos sur les obstacles de cette année auprès de Sallee Construc-tion. Discrètement, bien sûr. Tu sais qui…

Le chef de salle tape sur l'épaule de Zach.

Zach lui lance un regard entendu avant de s'excuser auprès de moi.

— Désolé, Gen. On en parle plus tard ?

— Pas de problème.

Je griffonne le nom de la société de construction sur mon calepin. Je ne risque rien à me renseigner. J'essaie de ne pas penser aux potes qui participent à la course avec

Zach cette année, mais j'ai peur de connaître l'un d'entre eux.

Je me retourne pour partir et me fige, la main sur la poitrine. Maryanne se tient à un mètre de moi et je me trouve dans son secteur. Elle a été gentille hier soir avec la commande pour Drake, mais je ne veux pas pousser le bouchon trop loin. Les serveuses du casino sont très territoriales. Je cherche une échappatoire discrète.

Avant de pouvoir me carapater, une voix nasillarde retentit derrière moi.

— Salut, Blanche Neiiiiiige.

Amber, ma bête noire. Elle a gardé pour elle la table qui payait bien la seule fois où nous avons servi ensemble au bar lounge, et elle m'a laissé tout le sale boulot ce soir-là.

Elle s'arrête à quelques mètres de là pour parler à un caissier – et pour observer le feu d'artifice qu'elle a allumé en balançant mon sobriquet devant Maryanne.

Le regard interrogateur et perplexe de Maryanne passe d'Amber à moi. Elle a tout à fait le droit de me reprocher d'être ici alors que je devrais être au bar sportif. Au lieu de cela, elle repasse en mode multitâche : elle débarrasse les verres vides, remplace les serviettes, pose les boissons sur les tables.

Quoi ? Pas de remontage de bretelles ?

Inutile de m'attarder dans les parages. Je me remets en marche quand…

Maryanne sourit à son client qui lui donne un pourboire.

— Attends, Blanche Neige… Tu peux prendre mes tables à dix heures ? dit-elle par-dessus son épaule. Je dois partir tôt.

Hein… *quoi ?* Elle m'offre les tables qui rapportent une épaisse liasse de pourboires ? À moi ? Pas à l'une des serveuses expérimentées ?

Je suis trop longue à la détente, car Maryanne se plante devant moi, l'air exaspéré.

— Tu les veux ou pas ?

— *Oui*. Bien sûr. Merci, dis-je avec un vocabulaire limité.

Je jette un œil à Amber, qui interrompt sa conversation pour interpeller Maryanne. Elle marche vers nous d'un pas décidé.

— Hé, Maryanne, je peux assurer ton service.

Sa tête oscille bizarrement comme si elle essayait de se retenir de faire non, non, non. Elle me regarde de haut, même si je suis plus grande qu'elle.

— J'ai plus d'ancienneté que Blanche Neige, explique-t-elle.

Maryanne compte son argent liquide et fait un clin d'œil à un client.

— Merci, mais Gen s'en charge.

Elle s'en va rapidement, ses jambes courtes s'enfoncent dans ses chaussures bon marché, les mêmes que je porte.

Amber fait la moue et me jette un regard noir avant de partir en trombe vers le Mont Belle Lounge.

C'était… je ne trouve pas les mots. Incroyable ? Brillant ?

Maryanne a été la première serveuse à me bizuter en m'affublant du surnom de Blanche Neige. Maintenant, elle m'appelle Gen et me donne ses tables ? Et remet Amber à sa place…

La vache, c'est… wouah.

J'essaie de ne pas analyser ses raisons de le faire ni me demander si elle s'en veut à cause de l'incident avec Drake. Je suis presque sûre qu'elle est au courant de sa perversité. Mais comme ce soir-là elle m'a proposé de monter les boissons dans la suite, je ne vais pas mettre en doute sa générosité.

— Elle t'a proposé ça ? *Maryanne ?*

Nessa me dévisage incrédule après mon récit.

— Je peux demander à une autre fille de prendre son secteur si tu penses avoir besoin de moi ce soir.

La joyeuse bande de garçons chahute plus qu'à mon départ. Je ne veux pas laisser Nessa en plan, même si la perspective de gros pourboires m'enchante.

Elle secoue la tête et me fait signe de partir.

—Je gère.

À la fin de la soirée, j'ai gagné quelques centaines de dollars en servant les tables de black jack de Maryanne – mon record à ce jour.

J'espère que la chance me sourira aussi pour la course. Il y a un prix de cinq mille dollars pour la première place, et mille dollars jusqu'à la cinquième. J'aurai déjà de la chance de terminer la course, mais si par miracle je gagne un prix, ça contribuera grandement à renforcer ma confiance en moi et mon indépendance financière. Je refuse de rester les bras croisés et de laisser les événements me malmener. Cette fois, je me bats pour moi.

Chapitre Dix

L a moitié des entreprises et commerces du lac Tahoe utilisent le mot *chalet* dans leur nom, même les plus ringards. Cali et moi avons surnommé notre cabane, avec son toit en tôle ondulée et sa moquette marron des années 70, *le chalet* en hommage aux petits centres commerciaux vieillots du même nom. Cette règle ne s'applique pas au Pinecone Chalet Business Center qui abrite les locaux de Sallee Construction. Il s'agit d'un grand bâtiment en rondins, neuf et joliment construit.

Cali n'est pas revenue de chez sa mère et elle ignore mes textos. La vérité sur son ex est sortie de façon abrupte. Mon silence a duré trop longtemps. Je me sens super mal et j'aimerais qu'elle me parle. Tant qu'elle ne répond pas à mes appels ou qu'elle ne rentre pas à la maison, je suis obligée de rester dans l'attente. Ça craint.

Je pousse la porte en verre de Sallee Construction, l'esprit préoccupé par Cali, quand la secrétaire à l'accueil lève brusquement les yeux et s'exclame :

— Oh, non. Quel est votre signe astrologique ?

Je regarde autour de moi, vérifiant l'enseigne sur le mur pour m'assurer d'être au bon endroit.

— Moi ?

Elle hoche la tête d'un air grave, ses cheveux blonds frisottés retenus par des peignes en coquillage.

— Vierge, je réponds d'une voix hésitante.

Ses lèvres bougent rapidement alors qu'elle lit son écran d'ordinateur. Ses traits se détendent.

— Tout va bien pour vous ce mois-ci. Des trucs romantiques. Mais les Lions… soupire-t-elle en secouant la tête. Ils ont du souci à se faire. Ce n'est pas un bon mois pour être Lion.

Son visage s'illumine d'une manière presque comique après le drame de l'horoscope.

— Que puis-je faire pour vous ? demande-t-elle en jetant un regard circulaire. Vous êtes venue voir l'un des garçons ?

Mon visage s'échauffe. J'ignore pourquoi je suis gênée. Je ne suis pas là pour voir un garçon, mais ses prévisions romantiques m'ont déstabilisée.

— Je suis venue pour… je participe à l'Alpine Mudder. Un ami m'a dit que votre société fabrique les obstacles ?

— C'est exact.

Elle me regarde avec méfiance.

Merde, Zach m'a dit d'agir dans la discrétion. J'aurais dû le consulter avant de venir. Comment ai-je pu croire qu'il suffisait de débarquer ici la bouche en cœur pour obtenir des informations ?

Je m'agrippe à mon sac à main, remettant soudain en question les raisons de ma venue.

— J'espérais obtenir des infos… rien de top secret, bien sûr. Juste pour avoir une petite idée des épreuves. Sur le parcours. Avec des obstacles.

Je bafouille. C'est nul. J'ai déjà l'air coupable.

La secrétaire respire à travers ses dents serrées comme si j'avais mis le doigt sur un sujet sensible.

— Eh bien… la personne qui s'occupe habituellement des acquisitions participe à la course cette année pour récolter de l'argent pour sa tribu. Conflit d'intérêts, déclare-t-elle en tapotant ses lèvres. Je suppose que John gère ce projet en personne. C'est le patron. Juste une minute.

Elle décroche le téléphone sur son bureau et appuie sur un bouton.

— John, j'ai une jeune femme devant moi qui veut avoir des infos sur les obstacles pour l'Alpine Mudder. Vous avez le temps de la recevoir ? (Courte pause.) D'accord, je vous l'amène.

Elle raccroche et se lève.

— Je vous conduis à son bureau.

— Attendez. Euh, qu'est-ce que ça disait ? je demande en montrant l'ordinateur du doigt. Pour mon signe.

Je me sens bête de demander, mais sérieusement, elle ne peut pas me laisser en plan.

L'astrologie, c'est des conneries – des vieilles femmes qui agitent les mains devant une boule de cristal –, mais je ne peux pas m'en aller sans savoir ce qu'elle voulait dire côté romance. C'est juste un mauvais karma, n'est-ce pas ?

Elle acquiesce, le visage grave, et se rassied sur sa chaise.

— Voyons voir.

Elle clique plusieurs fois sur la souris.

— Ah, voilà.

Elle fait la moue, et va savoir pourquoi, je transpire. Je me retourne pour voir si quelqu'un est témoin de ma bêtise humaine.

— Vierge, vous commencez un nouveau cycle. Votre passé influence votre avenir et celui-ci éclaire des choses restées dans l'ombre. Pour y faire face, soyez audacieuse et réalisez ce qui vous tient le plus à cœur.

Elle m'interroge du regard.

— C'est tout ? je m'étonne.

C'est pour ça que je déteste les horoscopes. Ils utilisent un tas de mots pour ne rien dire.

— Et pour la partie amour ? je demande.

Ses yeux s'adoucissent.

— Il s'agit toujours d'amour, non ? dit-elle en se levant. Par ici. Je vais vous montrer le chemin.

Je n'aurais jamais dû demander. Je chasse mon trouble et je la suis.

Le bureau où elle me conduit est aussi sombre et miteux qu'une réserve. Des piles de papiers et de dossiers non classés jonchent toutes les surfaces planes, surtout le sol. Ça me démange de ranger le bordel, d'organiser la paperasse… et d'ouvrir la fenêtre.

La secrétaire gratte à la porte, qui est ouverte.

— M. Sallee ? C'est la jeune femme qui veut des informations sur le mudder.

Elle me sourit et disparaît.

Un homme au teint hâlé et aux yeux ridés par les intempéries lève les yeux de son ordinateur.

— Vous faites l'Alpine Mudder cette année ?

— Oui, monsieur. Enfin, j'aimerais bien. Ou plutôt, je vais essayer.

Mince, si ma confiance s'étiole dans une simple conversation, comment vais-je réussir la course ?

— Il y a des photos sur le site web, mais ça me stresse un peu. Je me demandais si vous aviez des informations que vous êtes autorisé à communiquer et qui pourraient m'aider dans ma préparation.

C'était une idée débile. Ce type ne peut pas m'aider, c'est évident. Pourquoi Zach m'a-t-il envoyée ici ?

M. Sallee se lève et fait le tour de son bureau. Il est grand, vêtu d'un jean et d'un t-shirt à manches courtes Sallee Construction. Il se frotte la mâchoire.

— Eh bien, je ne suis pas autorisé à donner des informations sur le lieu de la course, ni même vraiment sur les obstacles, mais je pourrais vous montrer d'autres photos. Je ne vois pas en quoi ce serait interdit s'ils les montrent déjà sur le site web. Ça pourrait vous aider à calmer votre stress, ou à l'augmenter.

Il sourit.

Ça n'est pas rassurant, mais ouais, d'autres photos pourraient m'aider.

Nous entrons dans une pièce avec des tables couvertes de plans, des tableaux blancs noircis, et des dessins scotchés sur toutes les surfaces. M. Sallee se dirige vers un tableau dans un coin avec une cinquantaine d'images de divers obstacles, les photos étant prises sous différents angles. Des mares de glace, des tunnels étroits et des parois – très élevées.

Il me lance un regard oblique.

— Pas votre parcours de jogging habituel, n'est-ce pas ?

— Non...

Comment vais-je m'en sortir ? Il y a la partie course, qui sera facile, mais les épreuves ? Pas de la tarte. Je suis sportive, mais je n'ai pas de force dans le haut du corps. Je peux faire une, voire deux séries de tractions. C'est déjà bien pour une femme normale, mais cette course est dingue. Il me faudra plus de muscles pour survivre.

Ça ne va pas renforcer ma confiance en moi ; ça va la laminer.

M. Sallee appuie sur le coin d'une photo qui s'est décollée. On y voit des électrodes suspendues à une poutre en bois.

— Alors, qu'en pensez-vous ?

Je laisse échapper un soupir.

— Je suis foutue.

Il rit.

— À ce point ?

J'opine.

On toque à la porte.

Lewis se tient dans l'embrasure, affichant un air surpris qui reflète probablement le mien. Que fait-il ici ?

Il cligne des yeux, puis regarde M. Sallee.

— Tu voulais me voir ?

— Fiston, je montrais à cette jeune femme des photos de l'Alpine Mudder.

Fiston ?

M. Sallee se tourne vers moi.

— Pardon, je n'ai pas retenu votre prénom, ajoute-t-il.

— Gen, répond Lewis à ma place.

Heureusement, parce que la panique me fait perdre l'usage de la parole.

Pourquoi Zach ne m'a pas dit… oh, il a peut-être essayé. Il allait dire quelque chose avant que son boss le houspille. Merde !

M. Sallee nous regarde, curieux.

— Gen, comment vous avez entendu parler de nous déjà ?

— Je travaille avec Zach. C'est un ami de Lewis.

M. Sallee confirme de la tête et observe son fils, qui me dévisage.

— Si vous voulez en savoir plus sur la course et comment survivre aux épreuves, le meilleur pour en parler, c'est Lewis.

———

Lewis m'emmène dans son bureau, une version plus propre et ordonnée de celui de son père.

M. Sallee est le père de Lewis. C'est ouf.

Le soir du dîner de tacos, Zach a dit que Lewis travaillait pour l'entreprise de construction de son père. Et Zach savait que Sallee Construction fabriquait les obstacles. Pourquoi n'ai-je pas fait le lien ?

Parce que j'étais distraite par les prévisions de l'horoscope et, avant cela, par à peu près tout ce qui s'est passé, de ma dispute avec Cali à mes hésitations à dénoncer Drake.

Lewis s'assied à son bureau et incline le dossier de sa chaise avec une aisance qui contredit son expression tendue.

— C'est quoi cette histoire ? Pourquoi tu veux faire le mudder ?

Il aurait pu commencer par « comment vas-tu ? », mais cela exigerait un niveau minimum d'amabilité. Je croyais qu'on avait dépassé le stade du Lewis glacial. Il n'a pas agi de cette façon depuis le soir du club. Et après ce qui s'est passé avec Drake… Mais je suis partie en courant quand il a voulu me réconforter. Qu'est-ce que j'espérais d'autre ?

Parfait. Je préfère ce Lewis. Il est plus facile à gérer que celui qui me fait perdre la tête et émettre des petits bruits orgasmiques.

— Parce que j'en ai envie. Ça te pose un problème ?

Il ne répond pas tout de suite.

Je soupire et regarde autour de moi. Le niveau de responsabilité qu'il semble avoir au sein de l'entreprise de son père est impressionnant pour quelqu'un de son âge. Des certificats et diplômes que je ne peux pas lire d'où je suis assise sont encadrés sur les murs, ainsi qu'un tableau blanc avec une douzaine de dates et de noms de projets.

— L'Alpine Mudder est une compétition dangereuse, dit-il finalement. Tu pourrais te blesser.

Il est sérieux ? Je plisse les yeux et parle lentement, comme si je m'adressais à un petit enfant.

— C'est pour ça que je la fais.

Je bouge dans mon siège.

— Je ne veux pas être blessée, mais… je veux me dépasser, relever le défi.

— Tu t'ennuies ? Tu ne trouves rien d'autre pour occuper ton temps ?

Ma mâchoire se décroche une microseconde, puis je referme la bouche. C'est quoi son problème, bon sang ? Pourquoi il est si méchant ?

— Non.

Il me fixe. Il baisse les yeux un court instant avant de les remonter, comme s'il n'acceptait qu'un contact visuel direct.

C'est plus facile. Surtout s'il n'est pas intéressé par ma pomme.

Il sonde mes iris.

— Pourquoi tu veux le faire, en vrai ?

Je détourne le regard. Il est meilleur que moi au jeu des regards fixes.

— Tout le monde pense pouvoir me piétiner. Pense que je suis faible et vulnérable. C'est faux. Ou du moins, c'est ce que je vais prouver.

Je laisse échapper un soupir. Je ne voulais pas m'engager dans cette voie avec lui.

— Oublie ça. Je trouverai un autre moyen de m'entraîner pour la course.

Je me lève et marche jusqu'à la porte.

Cette ville est trop petite. Je déteste tomber sur Lewis partout où je vais.

— Attends.

J'ai la main sur la poignée et je ne lâcherai pas – c'est mon échappatoire –, mais je regarde par-dessus mon épaule parce que je ne peux pas m'en empêcher.

Il a le regard perdu dans le vide et il se frotte la joue.

— Je peux… t'aider. T'entraîner.

Quoi ? *Lui ?*

Pas question.

Il se penche en avant et pose les avant-bras sur ses genoux.

— Zach et quelques-uns d'entre nous ont fait la course l'année dernière. On s'entraîne encore ensemble cette année. Ça ne poserait pas de problème de t'ajouter au groupe. C'est mieux si tu fais partie d'une équipe. Ceux qui courent en solo ne finissent pas le parcours. Surtout les filles.

Mon dos se raidit, j'inspire à fond, mes yeux brasillent.

Il sourit.

Maudit soit-il. Il savait que ça m'énerverait.

Sait-il que je ne recule jamais devant un défi physique ? C'est impossible. Pas dans ma nature. Je veux finir cette course. J'aimerais gagner l'argent, mais je me contenterai de finir et de renforcer cette confiance en moi dont Nessa a parlé. Je n'ai pas de frères ni d'amis mecs proches. Peut-être qu'une bande de drogués à l'adrénaline m'aidera à prendre confiance en moi en présence d'hommes… mais je ne peux pas m'entraîner avec Lewis. C'est la catastrophe assurée.

— D'accord.

Mais qu'est-ce que je dis ?

Il hausse les sourcils.

— D'accord ?

— Quand veux-tu t'entraîner ?

Je n'arrive pas à croire que j'accepte. Il m'a lancé un défi, alors je le relève, c'est tout.

Il pousse un grand soupir et bouge sur son siège pour sortir son téléphone. Il regarde l'écran pendant quelques secondes et lève les yeux.

— Ce soir. Je te retrouve chez toi à dix-huit heures trente. Mets des chaussures de course.

J'ai récupéré ma voiture au garage. Le copain de Lewis ne m'a pas fait payer trop cher pour réparer le problème électrique. Je n'ai pas besoin qu'il m'emmène, mais je ne sais pas où nous allons, alors…

Je rêve ou c'est vraiment en train de se passer ? Je passe du temps avec Lewis ?

Même avec le retour de sa froideur bourrue, l'idée d'être seule avec lui me fait frémir. J'ai de sérieux problèmes.

Je porterai mes chaussures de course, ainsi qu'un short de course trop grand, mes cheveux en queue de cheval, et pas de maquillage, pas même de baume à lèvres. L'entraînement avec Lewis sera parfait. Je serai en sueur, moche, et il sera de nouveau distant. Je peux gérer ça.

— Et Gen…

Je m'arrête au moment de franchir la porte et me retourne.

— Quand les types sont des salauds, ils sont les seuls à blâmer.

Je me raidis. J'ai peur de ce qu'il sait, et de la facilité avec laquelle il devine le reste.

Il a peut-être raison à propos de Drake, mais j'aurais pu me défendre ou me battre, et je ne l'ai pas fait.

Chapitre Onze

— **A**rrêtons-nous pour souffler, dit Lewis à une rue de chez moi.

Nous avons couru huit kilomètres. Je cours plusieurs fois par semaine depuis que Cali et moi sommes arrivées à Tahoe. Je me suis acclimatée à l'altitude, donc la course était facile.

Des gouttes de sueur descendent le long des lignes lisses du front de Lewis, mais il n'est pas essoufflé. Il s'essuie le front avec le bas de son t-shirt ; une tablette de muscles abdominaux assaille ma vision.

Je trébuche sur l'asphalte.

Merde. Je sautille pour faire croire que je me décontracte les muscles.

Nous avons couru quarante-cinq minutes sans incident, mais il suffit que Lewis relève son t-shirt et révèle son ventre pour que mon cerveau convulse. Je l'ai vu torse nu au Beacon, mais l'aperçu est absolument trop sexy. Comment ai-je pu penser que je pourrais m'entraîner avec lui ?

— T'es une joggeuse, dit-il, apparemment sans remarquer l'effet que son ventre nu a sur moi, Dieu merci. On ne courra que pour s'échauffer si tu jogges de ton côté. Je vais te montrer des exercices de musculation avant de partir. On peut aller dans ton jardin ?

Je hoche la tête et nous entrons chez moi. Je prends des bouteilles d'eau et conduis Lewis au jardin. Il laisse tomber le sac de sport qu'il a pris dans son pick-up, qui atterrit par terre avec un bruit sourd en soulevant un nuage de terre poudreuse.

Lewis boit une gorgée d'eau et rebouche la bouteille en me regardant.

— T'as un soutif de sport en dessous ?

Où veut-il en venir ? Mon t-shirt XXL me couvre du cou aux cuisses, s'arrêtant juste au-dessus du bas de mon short. Séduisante.

— Ouais, réponds-je méfiante.

— Tu peux enlever ton t-shirt ?

— Quoi ?

Il me regarde d'un air impatient.

— Je te montre des exercices. J'ai besoin de m'assurer que ta position et tes mouvements sont corrects pour ne pas te blesser. Je ne peux pas le faire si tu portes un sac.

J'ouvre la bouche. Est-ce qu'il insinue qu'il a remarqué mes efforts pour être moche et qu'il n'approuve pas ?

J'enlève mon haut et lui lance un regard noir.

— C'est mieux ?

Sa mâchoire se resserre. Il marmonne une phrase que je ne capte pas et ramasse son sac.

— Écarte les jambes à la largeur des épaules.

Entendre sa voix masculine et suave me dire d'écarter les jambes m'envoie des frissons au creux des reins, que j'ignore, car ça ne m'aide pas. J'obtempère et il me tend deux poids de trois kilos cinq. Il en saisit une autre paire et exécute un exercice de base pour les épaules.

Il hoche la tête.

— À ton tour. Garde tes biceps près du corps.

Lewis se place face à moi et écarte les pieds jusqu'à ce que ses yeux soient presque au niveau des miens.

Ses larges paumes me soutiennent les coudes pendant que je reproduis son mouvement, ses doigts me réchauffant la peau. Des effluves d'après-rasage s'engouffrent dans mes narines et mes membres ramollissent.

Je respire à fond, mais cela ne fait qu'empirer les choses. Je fixe son menton, car je ne veux pas regarder plus haut ; ses yeux mystérieux sont un endroit dangereux.

Il enlève ses mains et recule, comme s'il s'éloignait d'un animal sauvage. Il s'accroupit sur la pointe des pieds et me regarde.

— Une série de vingt, dit-il, la voix un peu éraillée.

Je dois faire abstraction de cette tension entre nous. Levant les bras comme il m'a montré, j'essaie de me vider la tête.

— Ton père a l'air sympa. Parle-moi de ta mère.

Les yeux de Lewis suivent mes mouvements tandis que j'effectue l'exercice.

— Fougueuse. Intelligente. Porte la culotte.

J'expire et termine un autre mouvement.

— Ce n'est pas ton père qui commande à la maison ?

N'ayant pas de père, les rouages d'une vraie famille sont un peu un mystère.

Lewis lâche un rire sardonique.

— Non. Mon père est trop bordélique niveau organisation. Mais mes parents sont de bons partenaires. Ma mère s'occupe de la comptabilité de l'entreprise. C'est... tu sais, une femme forte.

Je déglutis, ma prochaine série est moins ferme. Je ne dégage pas la force dont il parle, mais je la sens en moi. Je l'ai juste gardée enfermée à l'intérieur.

— J'ai pigé cet exercice. Quelle est la suite ?

Il me montre quatre autres exercices pour renforcer le haut du corps, et son regard fixe pendant que je les exécute me rend dingue. Est-il obligé de le faire ? Me fixer ainsi ? Je suis en soutif de sport, ce qui révèle à peu près tout, mais il ne regarde même pas mes seins. Il regarde mon visage, mes yeux… comme s'il voyait une facette invisible de l'extérieur.

J'ignore pourquoi ça éveille des choses en moi. Le fantasme absurde de le faire basculer et de me jeter sur lui me trotte dans la tête.

Mon Dieu, je ressemble plus à ma mère que je ne le pensais.

Lewis ramasse les poids les plus lourds et les range dans son sac.

— C'est bien. Fais les exercices que je t'ai montrés tous les deux jours. Demain, on s'entraînera sur des obstacles.

— Les obstacles du mudder ? La course autorise ça ?

Il ferme son sac de sport.

— Non, on s'entraîne sur les nôtres.

— Toute l'équipe ?

Il secoue la tête et regarde au loin.

— Juste nous. Tu as besoin de plus d'entraînement qu'eux.

Triste, mais vrai.

— Est-ce que les autres participants fabriquent des obstacles pour s'entraîner ?

Il hausse les épaules comme pour dire : on s'en fout.

— Tu veux terminer la course, oui ou non ?

— Oui.

Merde. J'ai bien besoin de cela ; me faire rétamer sur le terrain par une bande de mecs alpha.

— Et si tu gagnais ? demande-t-il.

— Ce n'est pas une hypothèse très réaliste, mais

évidemment que je veux gagner. Qui ne voudrait pas de l'argent du prix ?

Il balance le sac sur son épaule et se raidit.

— Pourquoi ?

— Pourquoi quoi ?

— Pourquoi tu veux l'argent du prix ?

Je saisis mon t-shirt et je l'enfile par la tête.

— Je le veux, c'est tout.

Pourquoi il est si négatif sur le fait que je fasse cette course ?

— Il me servirait pour payer mes études, d'accord ?

Il opine comme je lui avais donné une explication recevable.

Merde alors ! Qu'est-ce que ça peut faire si je veux me refaire le nez avec ce fric ?

Sa bouche esquisse un sourire sexy et mon cœur palpite dans ma poitrine.

— Bonne chance, dit-il en se dirigeant vers le portail. Tu te battras contre moi. J'ai terminé premier l'année dernière.

Bonté divine. Les femmes ne rivalisent pas avec les hommes, mais quand même. Il vient de me lancer un autre défi.

Chapitre Douze

J'enfile un sweat-shirt par-dessus mon débardeur et déboule dans la cuisine en short de pyjama. Il y a une trentaine de mugs humoristiques dans le placard. En général, je choisis le *Biberon pour adulte*, mais ma main dérive vers le mug *Défi relevé* avec la silhouette qui croise les bras. Cela fait presque deux semaines que Lewis m'a montré des exercices dans le jardin et il fait maintenant très attention pendant les séances d'entraînement à ne pas me toucher, comme s'il croyait que l'agression de Drake me fait fuir les hommes. Il a en partie raison.

Je ne veux pas qu'un homme me touche, mais Lewis ? Lewis que j'aimerais gravir et lécher… fantasme inquiétant qui monte en puissance plus nous passons de temps ensemble. Je dois sans cesse me rappeler que ce n'est pas indiqué pour moi, qu'il n'est pas le bon choix et qu'il finira par me briser le cœur. Et puis, Mira est toujours sur la photo de famille. Mais pour une drôle de raison, ma libido a choisi ce moment de ma vie pour faire une apparition tonitruante et désirer cet homme.

Je ressens une grande attirance pour Lewis, et pas

seulement sexuelle. J'avais envie qu'il me prenne dans ses bras après l'incident avec Drake. C'est quoi ce truc ? La complicité que je ressens avec lui me fiche la trouille, alors j'essaie de ne pas y penser. Il me facilite la tâche avec la torture de l'entraînement qui me laisse percluse de douleurs, incapable de ressentir autre chose.

Pour le premier entraînement d'obstacle, Lewis m'a emmenée grimper sur un mur d'escalade en salle. La vache, j'ai eu mal aux avant-bras ce soir-là et je porte des plateaux super lourds pour gagner ma vie. Mes bras tremblaient comme des malades au boulot. Heureusement, je n'ai rien fait tomber.

La deuxième sortie était un parcours du combattant dans sa salle de sport, où Lewis m'a obtenu un abonnement gratuit de trente jours par l'intermédiaire du directeur de la salle, un ami à lui. Après ce voyage en enfer, je ne pouvais pas m'asseoir sur une chaise sans tomber pendant deux jours. Mes muscles ne me pardonneront jamais ce que je leur fais subir.

Sur le patio, je m'allonge sur la chaise longue en plastique à côté de Cali et j'observe les pins. La brise chaude qui tourbillonne autour de mes jambes nues me donne la chair de poule. Cali est revenue de chez sa mère, et après un accueil plutôt froid qui a duré deux jours, nous avons mis les choses au clair.

— J'aurais dû t'en parler plus tôt, lui ai-je dit à son retour. Je m'en veux de te l'avoir révélé aussi crûment.

— C'est le sentiment de trahison qui m'a fait le plus de mal, Gen. Puis, quand j'ai vu Jaeger te serrer dans ses bras et que j'ai cru qu'il y avait quelque chose entre vous… j'ai flippé.

Cali est venue au casino durant mon service pour me parler après notre dispute. Elle a vu Jaeger me réconforter après que Mason l'ait envoyée vérifier que j'allais bien, la nuit de l'incident avec Drake, et elle s'est fait un film. C'est pour ça qu'elle a quitté la ville. Elle avait besoin d'air.

— J'aime bien Jaeger. Beaucoup, même, m'a-t-elle avoué. C'est dingue comme je l'aime bien. Quand je t'ai vue dans ses bras, après ce que tu m'as raconté sur Éric, j'ai pensé que Jaeger faisait la même chose : te draguer dans mon dos.

— Il n'y a jamais rien eu entre Jaeger et moi, l'ai-je rassurée. Il est à cent pour cent amoureux de toi.

Elle a souri d'un air doux et mystérieux.

— Je l'ai compris quand j'ai rendu visite à Jaeger à mon retour.

Quand il s'agit de ce gars, j'ai compris que Cali n'était pas aussi sereine qu'elle le prétend. En tout cas, il n'y a plus de tension entre nous, Dieu merci, mais l'ex de Jaeger leur crée des problèmes. Sérieusement, c'est quoi ce contingent d'ex qui s'en prend à tout le monde ? Jaeger a disparu du paysage depuis qu'il doit gérer cette autre fille, et Cali stresse à mort.

Je m'allonge sur la chaise longue et pointe le soleil pour distraire Cali de ses inquiétudes et, j'avoue, parce que j'adore la chambrer.

— Je croyais que tu voulais te débarrasser de tes taches de rousseur ? Tu ne devrais pas te mettre à l'ombre ?

— Ce ne sont pas des taches de rousseur.

Cali est hyper susceptible au sujet de ses taches de rousseur. Elle en a deux sur le nez, rien à voir avec la plupart des blondes vénitien. J'aime bien activer sa paranoïa. Je ne vais pas me gêner vu les piques qu'elle balance au sujet de mes tenues classiques, de mon manque de maquillage, de la musique que j'écoute… la liste est longue. Je lui rends service ; ça lui permet d'oublier Jaeger et son ex pendant quelques secondes.

— J'ai quelques *grains de beauté* et j'ai mis de l'écran total.

J'adore déjà cette dispute. Cali est logique, sauf quand il s'agit de ses taches de rousseur. On a déjà eu cette discussion, mais je ne m'en lasse pas.

— Pourquoi prendre ce risque au lieu de te mettre à l'ombre ?

Ses yeux bleu clair apparaissent au-dessus de son livre, *Poésie et prose*. Le titre à lui seul déclenche un bâillement.

— Tu commences à parler comme ma mère. Je fabrique de la vitamine D. C'est sain.

— Mais si tu mets de l'écran total, ça n'empêche pas la production de vitamine D ?

Son visage devient écarlate. Son crâne va bientôt se mettre à fumer.

— T'as fini ?

— Ma démonstration logique ? Oui, j'ai fini.

Ses yeux se rétrécissent.

— T'es souvent dehors ces temps-ci. Tu vois toujours Lewis ?

Je fronce les sourcils. Elle sait qu'il n'y a rien entre nous, mais j'imagine qu'elle a envie de me taquiner elle aussi.

— On est amis. Il m'aide à m'entraîner pour la compétition sportive.

Lewis n'a pas de petite amie ; il a une Mira, ce qui est apparemment beaucoup plus stressant qu'avoir une nana. Cali les a vus ensemble. Même si son lien avec Mira n'est pas amoureux, je doute fort que Cali le cautionne. Mais Lewis a gardé les choses platoniques entre nous pendant l'entraînement et j'ai réussi à contenir mes pulsions sexuelles, donc le problème ne se pose pas.

Lewis est un super coach. Je remarque déjà une différence dans ma force. Grâce à lui, je suis certaine que je vais finir la course. Je pourrais même faire un bon temps. Ce serait un énorme booster de confiance.

— Bonne chance pour ton entraînement. Je te maudirai la prochaine fois que ma cuillère s'enfoncera dans une bassine de glace au beurre de pécan.

Son addiction aux saveurs étranges de crème glacée, le beurre de noix de pécan arrivant en tête, est à peu près aussi déroutante que son amour des olives vertes. Je plisse le nez.

— Inutile de m'en garder.

Elle sourit et pose son livre, son expression devenant sérieuse.

— Gen, il faut que je trouve du travail.

Changement *total* de sujet, mais je comprends.

Quand Cali est revenue de chez sa mère, nous n'avons pas seulement parlé de Jaeger et d'Éric ; je lui ai raconté la scène avec Drake. Il s'avère que Drake est le collègue qui avait raccompagné Cali chez elle le fameux soir du night-club. Et curieusement, elle a perdu son travail juste après. Maintenant, je comprends pourquoi.

Drake a tenté de forcer Cali à l'embrasser et Dieu sait ce qu'il aurait fait d'autre si Jaeger ne l'avait pas suivie en sortant du club. Cali gardait le silence sur ses sentiments pour Jaeger, alors ses options étaient soit de mentir sur la présence de Jaeger ce soir-là, parce qu'elle s'était mise en tête – l'idiote – que je m'intéressais à lui, soit de ne pas mentionner ce qui s'était passé. Elle a choisi cette dernière solution.

Bon sang, ça craint. Nous nous sommes toutes les deux caché des choses, en protégeant nos sentiments et en ne voulant pas blesser l'autre. Nullissime. Note à moi-même : dis toujours à ta BFF ce qui se passe. Ça peut mal tourner, mais au moins, on en parle.

L'histoire de Cali avec Drake apporte un nouvel éclairage effrayant à toute cette affaire. Vu la façon dont la situation a évolué – elle a été virée sans explications –, je ne suis pas convaincue que Drake soit le seul à tirer les ficelles. Il doit y avoir d'autres cadres véreux au sein du casino.

— Comment je peux t'aider à trouver du boulot ? je demande.

— Je suis grillée auprès des casinos. J'ai cherché dans d'anciens contacts professionnels, mais ça ne paie pas assez. Tu pourrais en parler à Nessa ? Voir si elle connaît quelqu'un qui cherche une employée superstar ?

— Tu ne serais pas un peu prétentieuse ?

Elle me regarde d'un air innocent.

— Quoi ? Tu sais bien que c'est vrai.

C'est vrai. Je rétame Cali coordination œil-main, mais elle pourrait me battre dans un concours d'agilité mentale.

— Je vais l'appeler.

Chapitre Treize

— **A**lors, t'en penses quoi ? Tu connais quelqu'un qui cherche une diplômée avec mention très bien ? je demande à Nessa au téléphone.

J'aurai bien ajouté et *acceptée à Harvard*, mais une partie de l'angoisse de Cali cet été provient du fait qu'elle ne veut pas faire une école de droit à la rentrée. C'est ce que tout le monde, et surtout sa mère, attend d'elle, mais Cali veut trouver un boulot afin de pouvoir se payer des cours d'arts et nourrir sa passion du dessin. Dieu merci, elle prend enfin ses gribouillis (comme elle dit) au sérieux. Jaeger, avec sa formation artistique, a réussi à la convaincre de son talent. Apparemment, *mon* avis sur le sujet depuis des années ne valait rien. Sincèrement, je suis très heureuse pour elle.

Un bâillement étouffé sort du récepteur.

— Pardon. Crevée.

Nessa vient de se réveiller de sa sieste de l'après-midi – une fille comme je les aime. Pas une lève-tard, mais une grosse dormeuse.

— Tu devrais appeler Sallee Construction. Lewis a

mentionné que son père cherche quelqu'un pour épauler leur architecte. Je ne suis pas sûre que Cali ait les qualifications requises, mais ça vaut le coup d'essayer. Le père de Lewis est *teeeeellement* gentil. Si John n'a rien pour elle, il se renseignera autour de lui et il connaît tout le monde.

— J'ai rencontré John. Son entreprise construit les obstacles de l'Alpine Mudder. Zach m'a recommandée auprès de lui.

— Parfait, alors dis à Cali de le contacter en précisant qu'elle vient de notre part.

Je pourrais en parler à Lewis, mais il vaut mieux qu'elle passe par son père ; je préfère ne pas lui demander une nouvelle faveur. Il m'a enrôlée dans son équipe pour le mudder. Il est dans son intérêt de m'aider à m'entraîner si je suis dans son équipe, mais c'est moi qui fais la meilleure affaire. Sans son aide, j'en baverais.

À la seconde où je raccroche, mon téléphone vibre. Je suppose que c'est un message de Nessa avec une autre piste pour Cali, mais c'est un texto de Lewis.

Lewis : *T'as des projets pour ce soir ? L'équipe se réunit autour d'une pizza et d'une bière. Tu devrais venir. C'est bon pour le team building.*

C'est du team building. Pas un rencard.
Gen: *Avec plaisir. Où et quand ?*

Quelques heures plus tard, je scrute la salle de la pizzeria Avalanche. J'ai mis mon chemisier habituel, que j'ai glissé dans mon jean slim, mais il est possible que j'aie fait plus d'efforts que d'habitude. J'ai lissé mes cheveux et je me suis maquillée. J'ai également associé à ma tenue classique des talons aiguilles au lieu de chaussures plates.

Ils ne font que cinq centimètres de haut, mais ils apportent une touche de sophistication.

Une bande de jeunes surexcités fait monter le niveau sonore dans le restaurant. Zach m'aperçoit en premier et me fait signe. Lewis est là aussi, mais il me tourne le dos.

Hormis Zach, je n'ai pas encore rencontré les autres membres de l'équipe. Apparemment je suis la seule fille, à en juger par les carrures masculines autour de la table.

Quand je les rejoins, Lewis se retourne et me scrute de la tête aux pieds, faisant virevolter des papillons dans mon ventre. Il reporte son attention sur les gars et avale une gorgée de bière. Pas de sourire, rien.

Ma poitrine se dégonfle.

Mince. Je me prends un vent, juste comme ça. Au fond, je préfère. C'est moins compliqué s'il reste distant, mais je ne peux pas m'empêcher d'être déçue. Nous avons appris à nous connaître ces dernières semaines et… j'aime bien le garçon. Il est droit, il me pousse à me dépasser et quand il pense que je ne le vois pas, il m'observe. Je déteste l'avouer, mais son indifférence me fait mal.

Zach me tend une bière et me fait de la place sur la banquette. Il me présente aux autres.

— Ne vous laissez pas tromper par son air doux, dit-il. Gen est un requin. Elle a cartonné ses lancers de pièce au quater le soir où je l'ai rencontrée, et elle nous a botté le cul.

Les sourcils d'un des gars se froncent. Il se penche vers une table vide et attrape un verre propre peu profond. Il le pose devant nous, fouille dans sa poche et pose sur la table trois pièces de vingt-cinq cents, deux pièces de dix cents, et une boule de peluches filandreuses.

Lewis secoue la tête.

— On s'entraîne demain. Allez-y doucement. La course n'est que dans trois semaines.

Quelqu'un souffle sur la peluche et d'autres poches se vident jusqu'à ce qu'une douzaine de pièces de vingt-cinq cents s'empilent devant moi. Je n'avais pas besoin d'autant de munitions.

— Testons son agilité, dit le gars qui tient le verre. Toute fille qui entre la pièce au premier lancer mérite notre respect, même si on doit la traîner sur le parcours dans trois semaines.

Ils pensent donc que je vais les ralentir ? Je ne peux pas dire le contraire, mais je vais les défoncer au quater.

Je ramasse une pièce, regarde le verre, puis le gars droit dans les yeux. Je frappe la tranche de la paume sur la table et la pièce s'envole.

Elle atterrit dans le verre avec un tintement caractéristique.

— Ouah ! s'exclame mon équipe comme un seul homme, en se frappant dans le dos.

J'enquille vingt-deux lancers gagnants avant que ma chance ne tourne. Lewis a l'air de s'ennuyer d'un bout à l'autre, mais le reste de l'équipe avale une gorgée de bière à chaque tir – en dépit de la règle de Lewis voulant que l'on ne boive pas. Quelques-uns des gars me posent des questions sur mes résultats sportifs au lycée et à l'université. L'un d'eux me demande si j'ai un petit copain.

Je regarde Lewis. Pourquoi ? Aucune idée. Mais il attend ma réponse tout comme les autres.

Je secoue la tête et souris.

— Non.

— T'en cherches un ? me demande mon voisin avec un sourire polisson.

— Bas les pattes, s'exclame Lewis en lui frappant l'épaule. Gen est dans notre équipe, ce que signifie qu'elle est intouchable. Considère-la comme ta petite sœur.

— Mais après la course ? insiste le gars.

Lewis se lève et s'approche.

— Bouge de là, Jake.

Il s'insère entre Jake et moi, et mon corps se tend.

La conversation passe à d'autres sujets, mais j'ai l'impression que les garçons nous observent. Pas de façon flagrante, mais comme si les bavardages avaient baissé d'un cran et que chacun nous épiait tour à tour.

Avec Lewis si près de moi, je rougis et j'ai chaud. Je déboutonne ma chemise blanche et l'enroule autour de ma taille.

La table devient silencieuse.

Je porte un débardeur en soie que je ne trouve pas sexy, mais il l'est peut-être. Ce haut est vraiment décolleté. Cali et ma mère seraient ravies.

Le regard de Lewis erre sur mes bras nus avant de se reporter rapidement sur sa bière.

C'est le moment d'aborder le sujet.

— Pas de Mira ?

Il plisse les yeux et essuie du pouce la condensation sur son verre.

— Ce n'est pas ma copine, Gen. C'est une amie proche, mais je ne suis pas au courant de tout ce qu'elle fait.

— Vous vous disputez comme si vous étiez en couple, dis-je en accentuant le dernier mot.

J'aimerais mieux qu'il soit en couple. S'il a une nana, je peux me convaincre de garder mes distances. L'effet que me fait Lewis m'effraie. C'est trop intense.

Il se penche vers moi, excluant les autres, même si je suis sûre qu'ils écoutent. Ils ne peuvent pas parler et écouter en même temps, aussi les conversations se tarissent.

— Nous n'avons pas de relation, pas dans le sens où tu l'entends. Mira est comme ma sœur.

Je le regarde, perplexe.

— Elle sait que tu la considères comme ta sœur ?

— Oui.

— Et elle le prend comment ?

Je pose des questions comme une psy, mais sérieusement, je veux comprendre leur relation.

Il hausse une épaule comme si cela n'avait pas d'importance.

Ça en a, merde. Ils ont une relation ambiguë et j'ai
besoin d'en connaître la nature.

— Comment a-t-elle géré tes anciennes petites amies ?

Il ne répond pas. Il regarde ailleurs, nerveusement.

Un sentiment de malaise me gagne. J'ai presque peur
de poser ma question.

— Lewis ? À quand remonte ta dernière relation
amoureuse ?

Peut-être que sa dernière histoire s'est mal terminée à
cause de la possessivité excessive de Mira.

— À quelques années.

Je bois de la bière pour apaiser le frisson qui menace de
me déstabiliser. Ce n'est pas ce que je veux entendre.

— Donc… Mira était d'accord avec ça, mais maintenant, elle ne supporte pas que tu parles à d'autres filles ?

Je ne vais pas tourner autour du pot. Il est flagrant que
Mira a des problèmes avec l'intérêt de Lewis pour d'autres
femmes pose des problèmes à Mira, et pour moi en
particulier.

Nouveau sourire, espiègle cette fois.

— Elle n'était pas au courant de cette histoire. J'étais
parti à l'université.

J'écarquille les yeux. Ça dure depuis tout ce temps ?

— Pourquoi tu lui caches tes petites amies ?

Il bouge sur la banquette.

— Petite amie. Il n'y en a eu qu'une.

— *Une seule ?* je glapis.

Lewis est un régal pour les yeux. Impossible qu'il n'ait eu qu'une seule nana. C'est forcément un dragueur, même si cette image ne lui correspond pas non plus. Il n'a pas maté une seule fille ce soir, contrairement à ses coéquipiers.

— Les sœurs ne cassent pas les coups, je fais remarquer.

Sa lèvre se retrousse.

Ai-je parlé à voix haute ?

— Enfin… tu vois ce que je veux dire, j'ajoute en jetant un regard nerveux aux gars.

La moitié d'entre eux me dévisage ouvertement.

C'est l'une des conversations les plus gênantes que j'ai jamais eues, alors bien sûr, elle a lieu avec Lewis et une demi-douzaine d'oreilles indiscrètes.

— Pourquoi elle est comme ça ? je demande à voix basse.

Il regarde sa montre.

— On devrait y aller. Il est tard.

Il m'ignore ? Encore ?

J'ai posé des questions brûlantes, et il a répondu à certaines. J'imagine que je devrais me satisfaire de ce maigre résultat.

Lewis descend sa bière et pousse le verre au milieu de la table. Il se lève et serre la main de Jake à côté de lui. Une poigne virile.

— J'y vais, dit Lewis. On se voit plus tard, les gars. La semaine prochaine, entraînement en équipe. Sois prête à huit heures demain, il ajoute en me regardant. Je passe te chercher.

— Huit heures ? Pourquoi si tôt ?

Il sourit et se tourne vers la sortie.

— Épreuve d'obstacle spéciale, déclare-t-il en partant.

Merde, il va me torturer. Plus qu'il le fait déjà.

Chapitre Quatorze

Il y a des chances que je me sois lavé les cheveux sous la douche ce matin. N'étant pas totalement réveillée, je n'en suis pas certaine. Ils sont humides, c'est tout ce que je sais. Il est possible que je les aie mouillés et que j'aie oublié de faire un shampoing, mais ça sent les fleurs, donc je pense que c'est bon.

Mes bras tremblent, les muscles n'étant pas habitués à fonctionner à cette heure indue, quand je tire les mèches humides en queue de cheval. J'ai quitté la pizzeria après que Lewis m'ait menacé de me faire subir un entraînement au foutu chant du coq, mais cela n'a pas changé grand-chose. Je n'ai pas réussi à m'endormir, trop habituée à me coucher tard avec mes horaires de travail. J'ai fini par regarder une émission nulle de télé-réalité avec Cali pendant deux heures.

Quand la Jeep rouge de Lewis remonte l'allée, je me précipite dehors. La seule raison pour laquelle je ne l'engueule pas d'avoir programmé un entraînement si tôt, c'est qu'il a apporté des donuts – et une tranche de pain complet avec du beurre de cacahuète et des bananes.

Je regarde le pain avec un rictus en montant dans la voiture.

— C'est pour quoi faire ?

Il sort de l'allée et s'engage sur la route.

— C'est pour toi. Mange-le et tu pourras prendre un donut.

Je me mords le coin de la lèvre, en essayant de rester calme.

Vous savez quoi ? Je ne vais même pas me disputer avec lui pour ces conneries de pain, pour deux raisons. Primo, ça ne vaut pas la dépense d'énergie mentale, n'étant qu'à moitié réveillée. Deuzio, j'ai faim et je peux manger son pain cartonneux, plus trois ou quatre donuts sans problème.

Je mange le truc fadasse au blé complet et à la banane en quelques bouchées, je bois du café et je me lance dans une orgie de sucre glace.

Il me jette un coup d'œil.

— C'est du déca ? Parce que tu ne devrais pas…

Sa voix s'étiole quand il voit mon regard.

Oh, oui, n'exagère pas, mon pote. Le matin, c'est Grincheux en personne. Pas. De. Bonne. Humeur. De. Bonne. Heure. J'avale une immense gorgée et je penche la tête sur le côté. *Vas-y, cherche-moi.*

Il esquisse un sourire amusé et reporte son attention sur la route.

J'engloutis quelques donuts de plus avant que nous arrivions à proximité du Camp Richardson, qui n'est pas tout près de la maison.

— Où va-t-on ?

— Au lac Fallen Leaf. La cascade.

Faire du tourisme ?

— Je croyais que l'objet de cette torture, je veux dire de

cette *charmante réunion de bon matin*, était un entraînement à un parcours d'obstacles.

Il ralentit sur le chemin étroit au sud de la boutique de souvenirs du Camp Richardson.

— C'est la cascade, l'obstacle.

Pourquoi cette phrase tire-t-elle la sonnette d'alarme dans ma tête ? Je replace avec précaution le donut numéro cinq dans la boîte. Peut-être que je devrais me calmer sur le sucre. Je le mangerai après l'entraînement.

Quelques minutes plus tard, le lac Fallen Leaf scintille à travers les arbres. Il est beaucoup plus petit que le lac Tahoe, mais tout aussi beau et probablement tout aussi glacé. J'espère vraiment que cette sortie n'implique pas de baignade. J'aimerais garder mes miches au sec et ne pas me les geler.

Nous passons devant la marina, puis Lewis grimpe sur une colline sinueuse à côté d'un ruisseau qui alimente le lac en eau. Il s'arrête et enclenche le frein à main.

Lewis se penche pour attraper quelque chose derrière mon siège et son torse en béton me frôle le bras. Une attirance magnétique m'aspire vers lui, l'odeur du pin et de Lewis siphonnant ma matière grise.

Il tire un sac à dos de derrière le siège.

— Prête ?

— Euh, oui.

Non. Tellement pas. Je descends de la Jeep.

La pierre de la cascade est grise et brune, comme du papier d'argile froissé et incliné vers la pente, sillonné par des ruisseaux peu profonds. Je jette un coup d'œil en bas. J'ai l'horrible pressentiment que je vais bientôt connaître intimement ces rochers.

— Attends ici.

Lewis grimpe sur le côté et descend vers la cascade sans

expliquer ce qu'on fiche là. Il se fraie un chemin à travers les rochers escarpés, son sac à dos solidement arrimé.

Ça ne paraît pas difficile avec ses longues jambes qui avalent la distance entre les rochers, mais ça ne me rassure pas. Il est dans son élément ici. J'ai l'habitude de courir sur les trottoirs et dans un cadre urbain où je me sens chez moi. Cet endroit représente la partie sauvage et indomptée du monde naturel que j'essaie d'éviter.

Quand il s'arrête enfin, Lewis est un grain de sable au loin. Il enlève son sac à dos et me fait signe de le rejoindre.

Et c'est parti.

Je descends, en essayant de suivre le même chemin que lui, et comme prévu, ce n'est pas aussi facile que ça en avait l'air. Je suis en sueur et essoufflée quand j'atteins enfin le rocher sur laquelle il se tient.

— Et maintenant ? je halète.

Il tapote sur son téléphone.

— Trop lente. Ça t'a pris dix minutes pour arriver ici.

Je regarde autour de moi. Les rochers sont pointus et escarpés, la pente abrupte. C'est dangereux. Monter des escaliers en courant serait plus sûr.

— Pourquoi s'entraîner dans une cascade ?

Il s'arrête de tapoter l'écran de son téléphone et me lance un regard perçant.

— La moitié des épreuves du mudder comporte des obstacles à escalader. La cascade fait partie de ta préparation.

Il pointe du menton la direction d'où nous sommes venus.

— Aller-retour, huit minutes. Huit fois.

Il lève son téléphone où s'affiche un chronomètre à zéro.

— C'est parti.

Il appuie sur le bouton départ et dix secondes s'évanouissent dans la nature.

Merde.

Je pivote et repars par où je suis venue aussi vite que possible. Je ne vais même pas penser au nombre d'allers-retours mentionnés, car cette seule idée fait monter de la bile de donut dans ma gorge.

Quelques minutes (heures ?) plus tard, mes quadriceps sont un mélange de feu et de boue. Lewis lève un doigt pour indiquer, je suppose, que c'est le dernier tour. J'ai escaladé la cascade près d'un millier de fois d'après mes estimations. Pendant tout ce temps, il a fait des exercices depuis son perchoir, effectuant des pompes, des redressements assis et autres callisthénies tout en criant que je vais trop lentement, néglige mon centre de gravité, utilise mon dos au lieu de mes jambes… Bref, je suis à deux doigts de le frapper.

— Temps écoulé, s'écrie-t-il alors que je rampe au pied de la falaise du dieu de la montagne.

Il brandit le chrono, aussi connu sous le nom de téléphone.

— Escalade ce dernier rocher et c'est fini.

— Celui à un mètre cinquante au-dessus de ma tête ? je glapis à bout de souffle.

Il confirme d'un hochement de tête.

Il veut vraiment me tuer. L'effort physique m'embrase les joues, mes jambes tremblent, et je suis quasi sûre d'être déshydratée au sens médical. Laper l'eau de la cascade me semble raisonnable à ce stade.

—Je ne peux pas. Trop haut.

Il sait que je n'ai pas de force dans le haut du corps.

— Tu peux. Si tu as peur d'essayer, autant renoncer à faire la course. L'Alpine Mudder comporte beaucoup d'épreuves d'escalade.

Il a dû dire la seule chose qui me ferait escalader un rocher à pic.

La peur ne me fera pas abandonner. C'est pour ça que je suis là, pour prendre des risques et renforcer ma confiance en moi – et il m'a encore défiée, le bougre.

Plaçant un pied mal assuré sur un rebord de la largeur d'un stylo, j'attrape une crevasse au-dessus de ma tête et je me hisse du bout des doigts. Les avant-bras en feu, je fais glisser une paume tremblante quelques centimètres plus haut sur la roche.

Mes doigts ripent et je tombe.

J'ouvre la bouche pour crier une seconde avant qu'un bras vigoureux n'agrippe mon poignet et me soulève comme un filin d'hélicoptère. J'atterris titubante au sommet et roule sur le dos pour reprendre mon souffle.

Mon regard tombe sur Lewis, la respiration légèrement saccadée, les yeux ronds, accroupis sur les orteils à côté de moi. Il me relève comme si je ne pesais rien.

— Tu n'es pas censé m'aider, je croasse, la gorge sèche et douloureuse.

J'aurais pu me blesser grièvement – alors je ne sais pas pourquoi ce sont les premiers mots qui sortent de ma bouche.

Lewis ouvre son sac à dos, dévisse le bouchon d'une gourde en inox et me la tend.

— Je ne te laisserai pas tomber.

Je m'assieds et je bois de l'eau jusqu'à ce que ma gorge se resserre et me fasse tousser. J'avale de l'air, puis une autre gorgée d'eau. Je retrouve mes esprits.

— Je dois y arriver toute seule, lui dis-je.

Il ne comprend pas ? J'ai besoin de me sauver moi-même. C'est le but de cette course stupide. Prouver que j'en suis capable.

Sa mâchoire se crispe.

— Je ne te laisserai pas te blesser.

Non, il va simplement me torturer avec des réveils à l'aube et des déchirures musculaires, sans parler de la pression émotionnelle que sa présence exerce sur moi. Pour qui se prend-il ? Il n'est pas mon frère, pas mon père – oh, c'est vrai, je n'ai ni l'un ni l'autre – et il n'est certainement pas mon petit ami.

— Tu le feras si je veux.

Sur une impulsion incontrôlée, je lui pousse le genou.

Accroupi sur ses orteils, il ne s'y attend pas. Son visage devient blême alors qu'il tombe en arrière, se rattrapant d'une main.

Je bondis sur mes pieds et me penche au-dessus de lui, car apparemment, la déshydratation a affecté ma santé mentale.

— Tu n'es pas mon boss, je crache en lui frappant la poitrine. Tu ne me dis pas ce que je dois faire et tu ne me marches pas dessus parce que tu es plus fort.

Je me rends compte que j'ai l'air d'une folle, mais ça ne m'arrête pas.

Les yeux de Lewis expriment la surprise, puis la colère, et ensuite, ils font le truc le plus inimaginable : ils se posent sur ma bouche, sa poitrine se soulevant plus rapidement qu'il y a quelques secondes.

Je me penche jusqu'à ce que nos souffles se mêlent. Il sent bon ; son haleine est fraîche et mentholée. Il ne franchit pas le dernier centimètre qui sépare nos lèvres. Il attend, comme s'il me laissait délibérément faire le premier pas.

Mon regard se focalise sur la cicatrice au coin de sa bouche. Je sais ce que je veux. C'est ce qui m'obsède en secret depuis qu'il m'a dit que Mira n'était pas sa petite amie, et mon fantasme absolu depuis notre première rencontre.

J'effleure des lèvres la cicatrice. Le souffle de la respiration hachée de Lewis me caresse la peau. J'embrasse sa lèvre inférieure, puis la supérieure, inclinant ma bouche vers la sienne.

Sa réaction est immédiate et dévastatrice : sa langue dans ma bouche, ses lèvres qui me dévorent le menton, le cou. Il pourrait s'asseoir, me prendre dans ses bras, mais il n'en fait rien. Il reste en appui sur ses coudes.

Alors je monte sur lui et m'installe à califourchon sur sa taille.

Lewis gémit, un son rauque qui m'embrase le ventre. Les angles durs sous mon cul et mes jambes nues, son érection qui gonfle contre ma cuisse ; tout conspire à me rendre folle.

J'agrippe ses épaules, passe les doigts le long de son cou puissant jusque dans ses mèches soyeuses. Sa bouche s'écrase sur la mienne, volontaire, sensuelle, pressante. Son corps sous le mien, son goût, son odeur, et parce qu'il se retient alors qu'aucun autre gars que j'ai connu ne l'aurait fait, m'incendient le corps. Je bouge les hanches.

Un autre râle lui déchire la gorge, mais il ne me touche toujours pas. Je promène mes mains sur ses épaules, ses avant-bras sexy, ses poignets, et je les tire jusqu'à ce qu'il lâche son appui au sol. Il s'assied et place les mains sur mes hanches.

Il ne se retient plus. Il enroule les bras autour de moi, me penche en arrière et me dévore la gorge, la poitrine.

— Geneviève.

Mon cerveau se paralyse. *Quoi ?*

Il m'a appelée…

Personne ne m'appelle Geneviève, à part ma mère… et Drake.

Je le repousse et recule en panique sur ses genoux, ressentant l'urgence de m'éloigner comme ce jour-là dans la suite. Je le dévisage comme si c'était lui la bête sauvage, et non moi, l'instigatrice du jeu de séduction. Mes réactions sont faussées, mais c'est inévitable ; la remontée de ces souvenirs indésirables est si violente que je n'arrive pas à reprendre mon souffle.

Lewis lève les mains, la question s'imprime sur son visage. *Qu'est-ce qui ne va pas ?*

— Ne m'appelle pas comme ça.

Il regarde ailleurs et inspire à fond. Il se redresse, se passe une main nerveuse dans les cheveux, repose les yeux sur moi.

— On devrait y aller.

Il me tend la main.

J'essaie de me relever sans son aide, mais avec le reflux de l'adrénaline sexuelle, je n'ai plus aucune énergie, et par énergie, j'entends muscles. Mes jambes lâchent et j'atterris sur le cul avec un bruit sourd.

— Donne-moi une minute… j'ai besoin d'une minute, dis-je d'un souffle tremblant.

Lewis enfile son sac à dos, s'accroupit et m'aide à me relever, soutenant mon poids d'un bras passé autour de mon dos, soutenant ma taille. Je devrais refuser son aide, cela va à l'encontre de mes récentes résolutions, mais j'ai l'esprit trop embrouillé pour m'en soucier. J'ai flippé parce qu'il m'a appelée par mon prénom. N'importe quoi.

Il m'entraîne à quelques pas de là vers un secteur du rocher moins abrupt que l'endroit où j'ai failli me rompre le cou et descend en portant la majeure partie de mon poids.

— C'est ma faute, s'excuse-t-il. Je t'ai mis trop de pression.

Il parle de la cascade ou du baiser ? Les allers-retours dans la cascade, oui, c'est absolument de sa faute, mais j'avais besoin d'un coup de pied au cul pour me montrer que je suis loin d'être prête pour la course. Quant au baiser, j'ai flippé, tout simplement… le souvenir de Drake a surgi comme une gifle.

Je cache mon visage dans sa poitrine, car je ne peux pas lui dire ce que je ressens intérieurement. Que je suis déboussolée. Que je l'aime bien, vraiment. Et notre baiser… je n'ai jamais vécu quelque chose de comparable.

Mes jambes bougent, mais je ne regarde pas où je mets les pieds, et honnêtement, c'est lui qui fait tout le boulot. Quand je lève les yeux, nous avons réussi à traverser la cascade. Il me déplace légèrement et j'entends le bip des serrures de sa Jeep.

— Je peux marcher toute seule maintenant.

J'essaie de m'éloigner de lui, mais je suis percluse de crampes. Je me frotte les cuisses du talon de la main.

Lewis me serre à nouveau et ouvre la portière de la Jeep, puis il m'aide à monter. Il pose les mains sur mes genoux pendant un long moment, les yeux pleins de regrets. Regrette-t-il de m'avoir embrassée ? Il dit qu'il m'a mis trop de pression, mais c'est faux.

Il s'éloigne de moi, et j'ai soudain froid. Je veux dire quelque chose pour le faire revenir, mais je ne trouve rien.

Sur le trajet du retour, je tente de m'expliquer.

— Lewis, je suis désolée. Ce qui s'est passé était ma faute.

Sa mâchoire se crispe.

— Non, Gen. Tu devrais… hésite-t-il. Le dire à quelqu'un.

Nous savons tous les deux ce qu'il insinue.

— À un psy ? je ris amèrement.

Je ne sais pas pourquoi je trouve ironique que l'étudiante en psychologie ait besoin de voir un psychiatre, mais ça me fait marrer.

— Ce n'est pas ce que je voulais dire. Même si tu pourrais. Parler à un psy pourrait t'aider. Je voulais dire que tu dois dénoncer ce type au casino.

— Je vais y réfléchir.

Je ne veux pas parler de ce qui m'est arrivé, mais je ne suis pas la seule personne à risque. Toutes les filles qui travaillent au Blue courent un danger avec Drake.

Je vais attendre de savoir ce qui se trame dans les suites du casino avant d'agir. Je ne suis pas encore tout à fait sûre du rôle de la direction, mais comme Cali s'est fait virer après *son* accrochage avec Drake, il faut faire quelque chose pour l'empêcher de nuire. Il est temps que j'intervienne.

Nous nous arrêtons dans l'allée du chalet. Mes jambes sont en guimauve et atrocement douloureuses, on dirait du Slime. Je descends de la Jeep et m'avance à petits pas vers la porte d'entrée.

Quand Lewis enroule de nouveau le bras autour de ma taille, je ne proteste pas.

— Où est ton lit ? demande-t-il une fois que nous sommes à l'intérieur.

J'indique la porte du menton. Il l'ouvre et m'accompagne au bord du matelas, supportant mon poids jusqu'à ce que je m'asseye.

— Je reviens tout de suite, dit-il.

Les tuyaux grondent sous la maison. Quelques minutes plus tard, il revient avec un verre d'eau, trois Advil et un sandwich à la dinde. Aucune idée de l'endroit où il a trouvé l'Advil, et il est probablement tombé sur un grand nombre de tampons et de serviettes hygiéniques en ouvrant les placards.

Il balaie du regard ma petite chambre, le couvre-lit marron et orange des années 70, les tables de nuit en bois rayées.

— Pas de télé ? Tu as un livre ?

Je me suis assez humiliée devant Lewis. Je ne vais pas

sortir le livre de poche sur le vampire souffrant de TOC. J'indique du menton le Kindle sur la table de nuit. Il le prend et le pose à côté du sandwich. Je m'allonge sur l'oreiller et je ferme les yeux, les rouvrant quelques secondes plus tard quand je le sens encore là.

— Ça va aller ?

C'est la façon dont il me le demande qui me serre la gorge, les larmes me montant aux yeux.

Je les frotte et souris.

— Oui.

Mais s'il continue de me regarder avec inquiétude et attention, et de m'embrasser comme il l'a fait, je ne suis pas sûre que tout ira bien.

Chapitre Quinze

V a savoir pourquoi, je me suis réveillée tôt ce matin et, oh surprise, j'ai mal partout. Non, mal n'est pas le bon mot. Percluse. Je marche comme une vieille dame.

— Gen, un cookie ?

Tyler, le frère de Cali qui habite avec nous quelques semaines, pose un cookie quadruple chocolat sur le comptoir, à environ un kilomètre de l'endroit où je suis assise sur le canapé. Il sourit et retourne devant son portable sur la table de la cuisine.

Cali et lui aiment me voir marcher. Ils trouvent ça drôle.

J'ai dû les gonfler une fois ou deux avec mes prouesses sportives – OK, Cali des centaines de fois –, mais je ne vois pas l'humour de la situation.

— T'es cruel. Et tu ne paies même pas de loyer.

Cali appelle Tyler le clodo de Tahoe. Il est professeur de biologie dans une université du Colorado, et pour une raison mystérieuse, il a décidé de venir squatter chez nous pendant les vacances d'été. Tyler n'a que deux ou trois ans de plus que Cali, mais c'est un surdoué qui a sauté plusieurs classes et

151

obtenu ses diplômes très jeune, tant au lycée qu'à l'université. Son intelligence ne saute pas aux yeux quand on lui parle.

— *Caliii*, je chouine. Force ton frère à m'apporter le cookie.

Assise sur une chaise longue dans le patio, Cali lève les yeux de son croquis. Le triangle que nous formons, moi sur le canapé, Tyler dans le coin-repas et Cali à l'extérieur, mesure environ cinq mètres entre les points les plus éloignés. Même si nous sommes chacun dans une pièce différente de la maison, elle est si petite que nous pouvons nous parler sans élever la voix.

Elle regarde son frère d'un œil noir.

— Tyler, ne sois pas un enfoiré. Rends-toi utile et aide Gen à bouger.

— Ouais, dis-je, parce que *merde* à Lewis et à son entraînement qui me *tue*.

Tyler bascule sa chaise sur deux pieds, étend son long bras jusqu'au comptoir et me lance le cookie sur les cuisses.

Mis à part les taquineries, j'aime bien qu'il soit là, même s'il nous oblige à regarder du motocross et d'autres sports au lieu de nos émissions de télé-réalité. Il nous a fait nous abonner à Hulu pour pouvoir regarder ses matchs en direct – soi-disant qu'il ne peut pas les enregistrer parce qu'il saurait le résultat avant le match.

Voilà, tout est dit. C'est ainsi que les hommes dirigent le monde. Les femmes sont trop accommodantes.

Un peu plus tard, Cali part pour son premier jour de travail. Elle a été engagée chez Sallee Construction, et maintenant que c'est fait, je ne sais pas trop ce que j'en pense. Je l'ai encouragée à postuler, mais j'ai oublié qu'il y a un autre Sallee dans la place, pour ainsi dire. Cali verra Lewis régulièrement.

Il y a tant de choses que je ne sais pas sur Lewis et tant

de choses que j'essaie de deviner. Je ne sais même pas ce que notre baiser signifiait, ni s'il signifiait quelque chose. J'ai totalement gâché ce moment avec mon flashback sur Drake.

Nessa vient chez moi après le départ de Cali pour mater un film, car Gen-ne-peut-pas-marcher.

Elle se pose à côté de moi sur le canapé.

— Comment tu te sens ?

Je rehausse mes jambes sur un coussin et soupire.

— Comme une invalide.

— Tu vas pouvoir bosser ce soir ?

— Sans doute.

Je ne sais pas trop comment je vais pouvoir porter mon lourd plateau toute la soirée.

— Je vais gober une poignée d'Advil une heure avant de partir et espérer que ça ira mieux.

Elle regarde autour d'elle. Il règne un silence surnaturel dans le chalet, chose inhabituelle quand Tyler est dans les parages.

— Où est tout le monde ?

— Tyler fait du vélo, enfin c'est ce qu'il dit, et Cali commence son nouveau job. Elle a une réunion d'intégration cet après-midi.

Nessa sort de son sac le DVD du film *Seize bougies pour Sam.*

— Je suis si contente que ça ait marché avec la boîte de Lewis.

Elle insère le film dans le lecteur de DVD sous l'écran plat ; les deux objets les plus chers du chalet. Cali et moi sommes persuadées que le propriétaire du chalet est un mec, car tout est vieillot et moche, sauf l'électronique.

Nessa adore les classiques des années 80 comme Cali, et donc je suis incollable sur les acteurs chevelus. *Seize bougies pour Sam* est l'un de mes préférés. Jake Ryan ? Oh, oui.

En parlant d'hommes mystérieux, aux cheveux noirs qui mettent l'eau à la bouche…

— Dis-moi Nessa, j'ai pas mal vu Lewis. Pour l'entraînement, j'ajoute immédiatement. Et je m'interroge sur sa relation avec Mira. Dans un but purement scientifique, bien sûr.

Elle sourit.

— Bien sûr. Rien à voir avec le fait qu'il soit sexy.

Je souris aussi.

— Non, rien à voir. Bref, c'est quoi leur histoire ? Il dit qu'elle n'est pas sa nana, mais ils ont l'air si… si…

— Ensemble ?

— Ouais. Comme un couple qui se dispute, qui se montre possessif, enfin Mira en tout cas. Je ne comprends pas.

Le micro-ondes bipe et dégage une odeur de popcorn. Nessa continue d'assurer le room service et va chercher le sac fumant, qu'elle ouvre en le tenant à distance pour ne pas se brûler le visage avec la vapeur.

— Ils ont une amitié compliquée, explique-t-elle en gobant un grain jaune boursouflé. C'est comme…

Elle croque, les yeux dans le vide, en réfléchissant.

— Comme si tout était imbriqué.

Elle me tend le sac, j'en prends une poignée.

— Zach m'a raconté que Lewis était là le jour où son père a sauvé Mira d'un foyer violent quand elle avait trois ans. Sa mère se droguait et l'avait abandonnée pendant plusieurs jours. Par chance, son père travaillait sur un chantier dans le voisinage et il l'a trouvée.

Mon cœur se serre.

— Oh mon Dieu, abandonnée à trois ans ? Dire que je pensais avoir une mauvaise mère.

Nessa opine.

— Oui, alors c'est compréhensible que Mira ait des problèmes. Quand Lewis et son père sont entrés, elle s'est jetée dans les bras de Lewis. Il n'avait que quelques années de plus, alors c'est logique, mais elle ne le quitte pas depuis. Lewis prend son rôle de protecteur au sérieux. C'est fou tout ce qu'il fait pour qu'elle soit heureuse.

Il l'a sauvée et c'est super, alors pourquoi mon cœur chavire ? Lewis et Mira ne sont pas ensemble, mais ils ont un lien tellement profond et intime. Pour ma part, je n'ai qu'un baiser. Un baiser très, très sensuel.

— Lewis m'a dit qu'il n'avait eu qu'une seule copine. J'ai l'impression qu'il ne sort avec personne à cause de Mira.

Son regard s'attendrit, comme si elle lisait dans mes pensées, qui sont sûrement transparentes.

— Sans doute. Je l'ai vu avec quelques filles, jamais la même. Mira a piqué une crise la seule fois où il a amené une fille à une fête. Ça a toujours été comme ça. Zach dit que Lewis n'a jamais eu de copine au collège ou au lycée. Des tonnes de filles l'aimaient bien. Bref, tu sais…

Elle me désigne en exemple de celles qui se pâment devant lui. Absolument transparente.

— Personne ne s'est demandé pourquoi il voulait rester chez lui et préparer les examens d'entrée à l'université au lieu d'aller au bal de fin d'année, alors qu'il avait eu son bac avec mention. Maintenant qu'il est adulte, peu de choses ont changé côté amour. Il garde ses distances… Je pense que c'est à cause de Mira. Elle se transforme en diable de Tasmanie dès qu'elle sent qu'il s'intéresse à quelqu'un.

Fréquenter Lewis est une mauvaise idée depuis le début. Pendant un moment, quand il m'a dit qu'il ne sortait pas avec Mira, une étincelle d'espoir a jailli, mais son lien avec Mira est trop fort, trop primordial ; ça ne marchera jamais. Je l'ai senti, et maintenant j'en ai la certitude. Alors pourquoi l'ai-je assailli ? Car je parle bien d'un *assaut*.

Je ne me suis jamais jetée sur un mec avant. Je ne fantasme même pas comme certaines filles le font (Cali). Le sexe fait partie des relations homme-femme, et parfois, je me contente de le supporter. Mais avec Lewis, j'y pense. Des trucs dingues comme son odeur, ses yeux, cette cicatrice… Interrompre nos ébats à la cascade était la dernière chose que je désirais jusqu'à ce que la vision de Drake dissipe brutalement ma bouffée hormonale.

Nessa se tourne vers la télévision et monte le son.

— Bon, maintenant tu sais pourquoi Mira agit bizarrement. J'ai de la peine pour elle, mais elle a besoin d'aide. Lewis ne devrait pas avoir à renoncer à sa vie d'homme pour qu'elle se sente en sécurité.

À la télé, *Seize bougies pour Sam* commence par la scène où Molly Ringwald examine sa silhouette d'ado de seize ans dans la glace. Son corps est encore celui de l'innocence, alors que le mien est un brasier hormonal qui se jette sur Lewis avant même que mon cerveau ne puisse distinguer le haut du bas.

On frappe à la porte.

Nessa et moi nous regardons, perplexes.

— T'attends quelqu'un ? demande-t-elle.

— Non.

Je veux me lever et retombe sur le canapé. Foutues courbatures musculaires.

Je roule sur le coussin, agrippe l'accoudoir pour me redresser et je boitille jusqu'à la porte. Nessa a fermé les stores pour regarder le film et une épaisse couche de poussière lacustre obture le judas, ce qui ne m'aide pas. J'ouvre la porte qui coince par à-coups.

Lewis se tient sur le seuil, un sachet en papier à la main. Il me regarde de haut en bas avec une expression sérieuse.

Je rougis immédiatement, comme si mes hormones indisciplinées et mon envie lubrique de me le faire en haut de la cascade se voyaient sur mon visage. Il porte son jean habituel et une chemise à carreaux boutonnée, alors pourquoi est-ce si sexy ? J'ai vu Lewis en short de surf, mais il y a quelque chose dans cette chemise de bûcheron qui me fait fantasmer de glisser les mains dessous pour toucher sa peau. Je veux être la seule à savoir ce qu'il y a en dessous.

— Salut, dis-je, tournant la tête en direction de Nessa.

J'ai l'impression d'être prise en train de faire une chose interdite. Je ne sais pas pourquoi je m'inquiète. Il est évident que Nessa est de mon côté.

— Comment tu te sens ?

Percluse d'atroces douleurs.

— Euh, courbatue.

Il me tend le sachet en papier.

— Ça devrait t'aider. Tu travailles ce soir ?

— Oui.

Il s'agrippe la nuque. J'ai déjà vu ce geste chez lui. Il est nerveux ou hésitant.

— Est-ce que ça ira ?

Inquiet.

Les sous-entendus de Lewis ne sont jamais clairs. Est-ce que ça ira à cause de mon incapacité à marcher droit ou à cause de Drake ?

— Je me débrouillerai.

Il hoche la tête. La réplique « arrête de te tirer sur l'élastique » de Long Duk Dong tonne derrière nous. Lewis hausse un sourcil.

— *Seize bougies pour Sam.* Nessa est là. Tu veux entrer ?

Il regarde par-dessus mon épaule et salue Nessa de la tête.

— Non, je dois y aller. J'étais… je voulais m'assurer que tu allais bien.

Bien après le baiser ? Après qu'il m'ait paralysée ? *Quoi* ?

— Oui, ça va.

— Bon, très bien. À plus tard. Vas-y doucement ce soir, dit-il en m'examinant une dernière fois avant de tourner les talons et retourner à sa voiture.

Je ferme la porte et boitille jusqu'au canapé. Si Nessa n'était pas là, que se serait-il passé ? Est-ce qu'il serait entré ?

Je pose à mes pieds le sachet en papier qu'il m'a donné. Je regarderai son contenu plus tard, après le départ de Nessa. Elle me regarde déjà avec un sourire amusé.

— Il voulait quoi ?

Je secoue la tête et fixe l'écran.

— Rien. Juste s'assurer qu'il ne m'avait pas flinguée avec l'entraînement d'hier.

Ce qu'il a plus ou moins fait. À bien des égards.

Je l'ai embrassé – un baiser à faire honte à tous les baisers – et je n'arrive pas à l'oublier.

———

La combinaison du baume du tigre que Lewis a déposé et de l'ibuprofène m'évite de souffrir le martyre. Je schlingue la pharmacie, mais je pourrai marcher ce soir durant mon service.

Lewis m'a apporté un cadeau. Un cadeau qui pue le camphre et la culpabilité, mais ça prouve qu'il pense à moi.

Je me sèche les cheveux quand Cali fait irruption dans la salle de bain.

Je mets une main sur mon cœur affolé, saisissant la brosse de l'autre.

— Merde, Cali. Tu m'as fait peur.

— Pardon.

Elle baisse le couvercle des toilettes et s'assied dessus.

— Je dois te dire un truc, dit-elle essoufflée. Lewis travaille chez Sallee Construction. C'est le fils du propriétaire.

Ai-je oublié de le mentionner ?

Ses yeux se rétrécissent.

— Tu n'es pas amoureuse de ce mec… ?

Cali ne veut pas que je fréquente Lewis parce qu'elle pense qu'il est ambigu avec Mira. Elle n'est pas complètement à côté de la plaque, mais j'aimerais gérer ça toute seule.

— Ne t'en mêle pas, Cali.

— Gen…

Je sors en trombe de la salle de bain, car je n'ai pas besoin de ça en ce moment. Mes fessiers et un tas de muscles inconnus me font mal. Mon état émotionnel n'est pas mieux.

Cali me poursuit dans le salon.

— J'étais nulle au début de l'été. Je ne comprenais pas ce que tu traversais, car je n'avais jamais été amoureuse. T'étais plus attachée à ton C-O-N que je ne l'ai jamais été à Éric. Je comprends maintenant.

Elle se goure. Par rapport aux émotions que Lewis suscite, je ne ressentais rien pour le C-O-N. Lewis me fait *tout* ressentir.

Cali pose un bras sur le canapé et tapote nerveusement un ongle sur ses dents du bas.

— Et je ne veux pas te dicter ta conduite, parce que je n'ai pas autant d'expérience de l'amour que ce que je pensais, mais j'ai peur pour toi.

Je la regarde d'un air interrogateur, puis je fouille dans mon sac sur le canapé, oubliant une seconde plus tard ce que je cherche. Je secoue la tête.

— Cali, il n'y a rien à craindre.

— J'ai peur de t'avoir poussée à sortir avec des mecs avant que tu ne sois prête et maintenant tu replonges tête la première dans la même situation que celle qui t'a rendue malheureuse.

— Tu t'accordes trop de mérite. Et je te l'ai dit, la situation avec Lewis n'est pas la même que mes relations passées. En plus, je ne suis pas avec lui. Un baiser ne fait pas une relation.

Je rentre dans la chambre et je sors mes vêtements. Cali m'observe depuis le couloir.

— Je ne peux pas lutter contre mon attirance pour certains mecs, dis-je. C'est la nature, mais je n'ai pas l'intention de répéter le passé, si c'est ce qui t'inquiète. Et même si c'était le cas, ce ne serait pas ta faute.

— D'accord. Mais Mira est passée voir Lewis au bureau aujourd'hui. Si tu traînes avec lui, sois prudente, c'est tout.

La nouvelle me provoque une douleur à la poitrine. Est-ce pour cela qu'il n'est pas resté cet après-midi ?

Lewis et Mira ne sont pas ensemble, mais je ne comprends pas la nature exacte de leur relation.

— Promis, lui dis-je.

C'est un mensonge. Je veux être plus qu'une amie pour Lewis et ce n'est pas le choix de la prudence.

Chapitre Seize

—Je le crois pas que Maryanne t'a refilé sa zone. Elle n'aurait pas dû le faire, tu sais.

Les boucles d'oreilles géantes d'Amber ondulent comme des doigts quand elle parle.

J'ai mal partout et je suis troublée par Lewis, notre baiser et sa signification. Je n'ai pas besoin qu'Amber me cherche des poux.

Je claque mon plateau sur le comptoir, ce qui fait sursauter le barman.

— Eh bien, elle l'a fait. Remets-toi.

Amber me regarde avec méfiance, comme si j'étais une inconnue. L'élan impulsif qui a abattu tous mes filtres à la cascade pulse encore dans mes veines. Il contamine toutes mes conversations.

Drake montre les marches du bar lounge, son regard passant d'Amber à moi. Amber déguerpit et je reste seule, coincée dans les profondeurs glacées de ses yeux gris.

Je déteste cet instinct qui me pousse à me figer face aux hommes qui m'ont fait mal. C'est ce que j'ai fait quand le

C-O-N s'est pointé au casino, et là, je recommence avec Drake.

La colère me brûle la poitrine, me vole mon souffle. Je prends le plateau, les bras raides, et je retourne vers mes clients, sans perdre Drake de vue.

Il ne s'approche pas de moi. Il bavarde avec un groupe à l'avant du lounge, puis il redescend dans la salle, échange quelques mots avec le chef des croupiers. La tension dans mes membres se relâche un peu. Il est peut-être venu pour parler aux clients, mais la confiance qu'il dégage en dit long. La façon dont Amber a détalé, ma paralysie soudaine, comme une biche prise dans les phares... Drake a le pouvoir ici.

Il passe devant le lounge, et il est presque hors de vue quand je le surprends en train d'enlacer la taille d'une fille qui marche en direction du hall. Il la guide vers un couloir et ils disparaissent de la vue.

Je compte jusqu'à vingt, puis cinquante. La fille ne revient pas.

Mes jambes se mettent en marche avant que ma tête accepte l'idée que je suis en train d'aller chercher Drake et la jeune et jolie serveuse que je n'ai jamais vue auparavant. Quand je passe le coin du couloir, Drake a plaqué la fille contre le mur. Il lui agrippe le bras et se penche pour lui parler à l'oreille. Elle sourit timidement et essaie de le contourner. Il fait un pas de côté, lui bloquant le passage.

— M. Peterson, dis-je d'une voix forte et déterminée.

Tout le contraire de ce que je ressens. Je me demande ce que je suis en train de faire. Ma rage refoulée jaillit de tous mes pores, à pleine force.

Drake lève la tête. Il libère la fille qui se faufile sous son bras, me jetant un regard inquiet au passage.

— Je t'ai manqué, Geneviève ?

Il se tourne lentement vers moi.

— Pas vraiment. Tu aimes tripoter les filles qui ne veulent pas de toi ?

Son visage rougit, ses lèvres se pincent.

— C'est drôle, parce que je vois que *tu* en redemandes.

Il ne bouge pas, et je m'assure de rester loin de sa niche dérobée. Il y a un globe noir à proximité, mais la caméra est cachée par un palmier.

— Je vais le dire à la direction.

J'essaie de provoquer son attaque ou quoi ? De toute évidence, je n'ai pas assez réfléchi aux moyens de m'en sortir indemne.

Je recule, mais mes paroles inconscientes incitent Drake à passer à l'action. Il s'avance, me forçant à reculer encore. Mon épaule heurte le palmier devant la caméra de surveillance. Drake m'empoigne douloureusement par le cou, me traînant vers l'angle mort que je cherchais à éviter.

— Lâche-moi.

J'ai peur, mais mon cerveau n'est pas tétanisé pour une fois. Je ne peux pas dire pour autant que je prends des décisions intelligentes. Maudite bouche ! Pourquoi je ne suis pas partie avec la fille ?

J'ignore ce qui a déclenché cette bravoure soudaine. Une accumulation de rencontres merdiques depuis que je suis arrivée dans cette ville et ma frustration envers Lewis ont sans doute contribué à me faire passer de la passivité à l'intolérance aux salauds.

Les doigts de Drake s'enfoncent dans ma chair, cruel rappel de sa force physique. Je laisse échapper un gémissement – de douleur, pas de peur.

Ses yeux se promènent sur mon corps.

— Je t'ai vue un soir après le travail. Au club.

Il me pousse et je trébuche en arrière jusqu'à ce que je

me retrouve aussi isolée que la jeune serveuse tout à l'heure.

— Je voulais te trouver, mais j'ai été distrait.

Il parle du soir où il a voulu forcer Cali à l'embrasser ? Il *me* cherchait ? Mon cœur s'emballe. Je regarde par-dessus son épaule, mais les ascenseurs sont vides. Où diable sont-ils tous passés ? Ma bravoure a des limites. J'aimerais rester en vie, et les vagues d'hostilité qui émanent de Drake ne sont pas bonnes.

— J'aime bien te regarder bouger dans le casino, parler à ta copine courte sur pattes, Nessa. Pas mon type. Les grandes se défendent mieux. Mais pas toi, tu t'effraies vite. Mais maintenant…

Il inspire, les narines dilatées, son regard se fige.

— J'aime ta nouvelle audace.

Il me caresse le bras avec la main qui ne me maintient pas en place, frôlant le côté de ma poitrine. Je sens à peine son toucher à travers le bustier guêpière, mais l'insinuation me révulse, la gorge me brûle.

Je me redresse. Quand je ne me recroqueville pas, je suis aussi grande que Drake avec mes talons, même s'il est bien plus large et costaud. Mais autant ne pas y penser.

— Lâche-moi avant que…

Il écarquille les yeux et se lèche les lèvres.

— Avant que ?

Il pose la main sur ma hanche, et c'est tout.

Je me penche vers lui, sentant son parfum luxueux et son haleine aigre.

— Avant que je t'éclate les couilles.

Drake sourit, mais il me lâche et recule. Je respire fort. Il s'éloigne et pointe deux doigts vers ses yeux, puis vers la caméra de surveillance.

— Je t'ai à l'œil. J'ai hâte de notre prochain moment d'intimité.

J'ai menacé d'avertir la direction et il est aussi détendu qu'un ours qui écrase une mouche. Pourquoi croit-il pouvoir s'en tirer impunément ?

Mason me fait un petit signe quand je passe devant l'East Bar pour rejoindre le secteur de Maryanne, l'air inquiet. Je l'ignore et touche l'épaule de Maryanne pour attirer son attention.

Elle se retourne sans que ses cheveux noirs hyper laqués bougent.

— Qu'est-ce qu'il y a ?

Je déglutis, aucun mot ne sort.

— Oui ? s'agace-t-elle.

— Tu veux bien t'occuper de mes tables ? réussis-je à articuler. Je… je dois aller déposer une plainte pour harcèlement sexuel.

———

MARYANNE n'a pas sourcillé quand je lui ai dit où j'allais. Elle a hoché la tête et dit : « c'est d'accord. »

M. Beadon, le directeur des ressources humaines, n'a pas sourcillé *non plus*, ce qui m'inquiète. Il m'a donné un formulaire à remplir, puis il l'a classé et m'a dit de prendre ma soirée, qu'il me contacterait après avoir examiné la question.

L'attitude de M. Beadon m'a semblé trop désinvolte. J'ai la sale sensation qu'il a dit qu'il ferait son enquête juste pour me rassurer. Et si la direction ne s'émeut pas du comportement de Drake, alors Lewis avait raison : il n'est pas prudent de travailler au Blue.

Je me gare et je remonte l'allée jusqu'au chalet, quand je repère une tente gigantesque qui occupe le patio sur toute sa longueur et s'élève au-dessus de la clôture du jardin.

C'est quoi ce truc ? J'entre dans la maison et je pose mon sac sur le canapé, puis je traverse le salon jusqu'à la porte-fenêtre donnant sur le patio.

— Cali ?

— Par ici.

Sa tête émerge de la tente.

— Qu'est-ce qui se passe ?

Je m'appuie contre le cadre de la porte pour l'observer.

— Oh, eh bien, Jaeger va rester quelques jours chez nous.

— Il va vivre avec nous… et ton frère ?

Elle hausse les épaules d'un air penaud.

— Oui…

Je n'ai jamais vécu avec un mec avant, même pas avec un des copains de ma mère. Elle a été assez maline pour que leurs visites soient éphémères. Maintenant, je vis avec deux mecs…

Je me gratte le front.

— Il va dormir là-dedans ?

Cali tapote le côté de la tente. Le matériau industriel ne tremble pas.

— Ouais, c'est pas génial ? Je serai ici avec lui, donc tu auras la chambre pour toi toute seule.

Cali et moi avons partagé l'unique chambre tout l'été. Le chalet dispose d'un couchage supplémentaire sur la mezzanine au-dessus de la cuisine, mais l'échelle est un piège de la mort. On a relégué Tyler là-haut.

Jaeger sort la tête de sa nouvelle piaule et me salue avant de se lancer dans des travaux manuels virils, comme installer une lanterne et enfoncer un piquet de tente de soixante centimètres avec le talon de sa botte de géant.

— D'accord, eh bien, profitez-en. Je rentre.

Cali sourit jusqu'aux oreilles.

— Oh, on va en profiter.

Je n'avais pas besoin d'entendre ça. Je suis reconnaissante à Jaeger d'avoir installé leur nid d'amour à l'extérieur.

Je m'affale sur le canapé et je fixe mon téléphone. Tyler est sorti et Cali est occupée. Elle ne s'est pas étonnée de mon retour prématuré, ce qui montre à quel point elle est heureuse et à fond dans sa nouvelle relation. Je ne sais pas trop pourquoi Jaeger vit dans notre patio. J'imagine que cela a un rapport avec son ex. Au moins, lui et Cali tiennent bon. Les galères avec son ex ne les ont pas séparés. Je vais attendre que nous soyons seuls pour parler à Cali de Drake et de ma visite à la direction.

Je cherche le contact de Nessa et lui envoie un texto.

Gen : *Tu fais quoi ? Je ne t'ai pas vue au boulot et ils m'ont renvoyée chez moi ce soir. Tu veux qu'on se retrouve ?*

Je fais chauffer un burrito surgelé (ou trois) quand mon téléphone vibre.

Nessa : *Viens à la fête !!! Timber Boathouse, DJ, open-bar!!! C'est les 25 ans de l'ami d'un ami.*

Ça fait beaucoup de points d'exclamation. Je pense que Nessa a déjà bien profité des consommations gratuites. Je ne suis pas sûre d'être partante pour une fête, mais c'est mieux que de rester seule à la maison. Cali est trop occupée avec Jaeger pour traîner avec moi.

Gen : *D'accord. C'est où le Timber Boathouse ??*

Elle m'envoie des indications alambiquées qui, j'espère, auront un sens une fois sur place. Mon téléphone vibre de l'arrivée d'un nouveau texto.

Nessa : *Sape-toi. C'est une soirée habillée.*

Je peux m'habiller sans problème. Ma mère, Française dans l'âme, m'a inculqué le sens de l'élégance dès mon plus jeune âge. J'ai toujours des robes de cocktail dans ma valise, essentiellement parce qu'elle débarque partout où je suis et me traîne dans les restaurants les plus chics de la ville. C'est une tactique de survie. Apporter une robe chic, ou mourir de honte d'être mal fagotée.

— Tu vas porter ça ? s'étonne Cali avec un sourire approbateur quand je vais la prévenir que je sors. Sexy, ma fille. Super sexy. Tu vas faire des ravages.

Je regarde ma robe. Elle est un peu osée. Drake est un vrai psychopathe, mais je ne l'ai pas laissé m'intimider. Lui tenir tête m'a fait du bien ce soir, et je suppose que ma confiance est revenue.

J'entends un sifflement dans mon dos. Tyler ferme la porte d'entrée et mate ma tenue.

— Jolie. Pourquoi tu t'es sapée comme…

Il s'interrompt en voyant la tente par la porte-fenêtre du salon.

— C'est quoi ce truc ?

— *Ça*, c'est le nid d'amour de Cali et Jaeger.

— Quoi ? Pourquoi ?

— Je préfère ne pas savoir ce qu'ils vont faire là-dedans. Je me casse.

Il serre la mâchoire, un frisson lui secoue le corps.

— Je crois que je vais me barrer aussi.

— La fête où je vais accueille sûrement tout le monde. Nessa est là-bas.

Je sourcille. Tyler jette un œil à ma robe de soirée noire.

— Nessa ? Je dois m'habiller bien ? Je n'ai pas apporté de costume.

— As-tu apporté autre chose que des jeans et des t-shirts élimés ?

Il regarde par la fenêtre et grimace.

— Je vais trouver quelque chose. Donne-moi cinq minutes.

Chapitre Dix-Sept

Y a-t-il quelque chose de plus agaçant que la vitesse à laquelle un mec se prépare ? J'ai chronométré Tyler, car je ne pensais pas qu'il pouvait être prêt en cinq minutes. Il s'est douché et habillé en quatre minutes trente-sept secondes. Les hommes sont agaçants.

Tyler a déniché un chino sombre et une chemise bleue qui fait ressortir ses iris bleu pâle comme du cristal. Ses cheveux brun-roux sont presque noirs au sortir de la douche et ébouriffés comme s'il s'était peigné avec les doigts. Je dois reconnaître qu'il est beau gosse.

— Tyler, tu vas faire des heureuses ce soir, jubile-t-il en s'installant au volant de son Land Cruiser mastoc. Quoi ? C'est vrai.

C'est bien que Tyler m'accompagne. Il sait comment aller au Timber Boathouse, alors qu'une fois sur place, je réalise que je n'aurais jamais trouvé. En plein jour, des indications comme *tourne à gauche à la souche carbonisée* ou *prends le chemin bordé de rochers* peuvent être pertinentes. La nuit, il fait noir comme dans un four. J'aurais pu me diriger à la musique, mais j'aurais tourné en rond au moins trente minutes.

Je me tords les chevilles dans le chemin en gravier qui mène au hangar à bateaux. Tyler me soutient d'un bras.

— Doucement. Ne marche pas comme une ivrogne avant d'être bourrée pour de vrai. Tu vas attirer les pervers.

Je m'arrête net.

— T'es sérieux ?

Son sourire s'efface.

— Quoi ? dit-il en posant la main sur mon épaule. Gen, c'est bon. Il ne peut rien t'arriver avec moi.

Oh l'agréable sentiment d'avoir un homme protecteur à mes côtés. Les grands frères, ça déchire.

L'air frais s'engouffre dans mes poumons et je me remets en marche. L'incident avec Drake m'a rendue nerveuse.

Des guirlandes lumineuses suspendues aux chevrons éclairent l'intérieur du hangar. Des tables hautes sont chargées de gobelets en plastique vides et de tranches de gâteau entamées. Des confettis et des ballons jonchent le sol. Nous avons manqué des moments clés, comme le soufflage des bougies, mais la fête bat son plein. Des invités dansent devant le DJ, d'autres tiennent des discussions animées et bruyantes, le brouhaha des voix se mêlant à la musique.

Tyler montre du doigt une silhouette au loin.

— C'est Nessa.

Même dans une foule alcoolisée, Tyler a le don de flairer les jolies filles. Effectivement, Nessa est dans un coin du hangar, vêtue d'une robe bustier à jupe évasée, perchée sur des talons aiguilles. Elle est sublimement belle… et elle parle à Lewis.

Mon cœur s'emballe à un rythme effréné. Lewis, dans un costume bleu nuit sans cravate, la veste ajustée à son corps mince et musclé, est un régal pour les yeux. Le film de notre baiser à la cascade surgit au premier plan de mon esprit. J'attrape le bras de Tyler pour m'aider à marcher et surtout à réfléchir.

Lewis tourne la tête, son regard se pose sur moi et ses yeux s'illuminent… jusqu'à ce qu'il avise Tyler à mon bras. Sa mâchoire se resserre.

Pense-t-il que je suis avec Tyler ? Nous sommes arrivés ensemble, et Lewis ne sait pas que Tyler est le frère de Cali.

Lewis était très occupé cet après-midi. Je ne sais pas ce que notre baiser signifie pour lui, mais la façon dont il me regarde maintenant…

Je lâche le bras de Tyler et fais un pas de côté.

— On devrait y aller, dis-je.

— Oh mon Dieu, s'écrie Nessa alors que nous approchons, renversant à moitié son verre.

Elle est saoule. Pire que la soirée au club, mais j'étais moi-même dans un sale état ce soir-là.

Elle m'enlace d'un bras, et sa boisson gicle sur le côté. Elle recule.

— Trop contente que tu sois venue. J'aurais bien mentionné la fête cet aprèm, mais t'as dit que tu travaillais. Comment t'as pu partir si tôt ? T'es magnifique, au fait, ajoute-t-elle en avisant ma robe.

Je rougis, jette un coup d'œil à Lewis.

— Merci. Je… euh… j'ai déposé plainte contre un employé. Ils m'ont renvoyée chez moi pour la soirée.

— Sérieusement ? Raconte.

Tyler serre la main de Zach, puis ils discutent en aparté. Je mets Nessa au courant pour Drake. Lewis hésite entre nos deux groupes, mais son attention se porte sur ma conversation avec Nessa. Je le sais, car sa poitrine se soulève et sa mâchoire se serre quand j'aborde la partie où Drake m'a menacée près des ascenseurs.

Nessa en reste bouche bée.

— Oh merde, c'est terrible. Je suis mal pour toi, dit-elle en me pressant le bras. Tu vas bien ?

— Oui, ça va.

— Le casino va faire quelque chose.

Je ne mentionne pas mes réserves à ce sujet.

Tyler tend à Nessa une boisson fraîche et glisse son bras autour de sa taille, en lui parlant à voix basse dans l'oreille. Elle glousse et il l'entraîne un peu plus loin.

C'est vraiment bizarre de voir Tyler draguer. Ça doit faire cet effet quand on surprend son frère ou sa sœur en train de flirter. Pas étonnant que Tyler ait voulu partir de la maison, où Cali et Jaeger construisaient leur nid d'amour.

Lewis s'approche, sa veste ouverte sur le côté, un verre dans une main, l'autre dans la poche de son pantalon. Je ne sais pas comment il passe du dieu de la montagne au prince de la ville en changeant de fringues, mais c'est Lewis.

— Ça ne te dérange pas ? demande-t-il.

— Quoi ? Tyler qui parle à Nessa ? Pourquoi ça me dérangerait ?

Il hausse les épaules.

— T'étais avec lui…

— Tyler est le frère de Cali. C'est un copain.

L'expression impénétrable de Lewis ne change pas.

Il pense sérieusement qu'il y a quelque chose entre nous ? Tyler est en train de mordiller le lobe de Nessa.

— Il vit avec Cali et moi.

Euh, ça n'aide pas.

— Il pique la télécommande et il m'embête.

Ça ressemble à des préliminaires. Merde.

Tyler est beau, très beau. S'il ne me traitait pas comme sa sœur, et si j'avais la moindre étincelle avec lui, je pourrais être intéressée.

— Il ne m'aime pas comme ça, dis-je finalement.

Un sourire entendu se dessine sur les lèvres de Lewis.

— N'importe quel mec t'aimerait *comme ça*.

Je le regarde, transportée par son sourire, jusqu'à ce que je percute.

— Je ne suis pas attirée par Tyler. Et lui non plus. Il est protecteur, c'est tout.

Ce qui pourrait être interprété comme un signe d'attirance… J'ai du mal à trouver des arguments probants.

La vérité est qu'il n'y a qu'un seul homme qui m'intéresse. Tous les autres se fondent dans le décor, alors même si quelqu'un était attiré par moi, je ne le verrais pas.

Lewis étudie mon visage. Il pose le gobelet en plastique transparent sur une table et me prend la main.

— Tu danses ?

Son regard est sombre, déterminé, et il déclenche une gerbe d'étincelles dans mon ventre. Lewis est difficile à cerner, sauf quand il ne l'est pas, ce qui peut paraître déroutant, mais c'est ainsi. Ses actes en disent plus que ses mots, et parfois même, les deux se contredisent.

Je fais glisser mon foulard de mes épaules et le pose à côté de mon sac à main sur la table que nos amis ont réquisitionnée. Ma robe noire est simple, mais ajustée et courte. Je mesure plus d'un mètre quatre-vingt sur mes talons de dix centimètres, et j'ai mis le paquet ce soir. Je porte les boucles d'oreille chandelier en rubis que ma mère m'a offertes pour Noël et des escarpins noirs à bride sertis de métal doré assorti au bracelet en or à mon poignet.

Lewis me boit des yeux. Après une pause anormalement longue, il pose la main au creux de mon dos sans dire un mot et m'entraîne vers la piste de danse. Il me guide vers le côté de la piste, où peu de couples dansent, et me serre contre lui. Une fille fredonne des paroles sur la fin de l'été et l'adieu à son amour, des couples s'enlacent sur le slow.

Malgré la hauteur de mes talons, Lewis a quelques centimètres de plus que moi. Une odeur du linge propre, de pinède, et son incroyable parfum inondent mes sens. Le frôlement de sa mâchoire sur mon front me hérisse les poils des bras. Il me rapproche de lui, son grand corps chaud ondulant dans un rythme lent et sensuel.

Ma respiration est trop rapide, mais je ne peux pas vraiment la contrôler avec l'objet de mon désir lové contre moi. Je suis en surcharge de stimuli. Et comme je ne peux pas me contrôler, je me déplace jusqu'à ce que ma joue et le coin de ma bouche touchent sa mâchoire. Ça semble la chose logique à faire.

Son souffle se hache.

C'est lui qui a commencé cette histoire de collé-serré. Je n'y peux rien si mes hormones hyperactives en veulent plus.

Lewis traîne son menton sur ma peau – un menton légèrement rugueux qui semblait lisse de loin. Si je me tourne légèrement, mes lèvres toucheront l'ourlet de sa bouche.

La tentation est forte.

Nous restons ainsi, à nous balancer au rythme de la musique, enlacés, nos bouches toutes proches, mais pas assez, jusqu'à ce que je n'en puisse plus. Je dois savoir ce qu'il pense, et comme son regard est plus disert que ses mots, je penche la tête en arrière pour le regarder dans les yeux.

Ils sont sombres et rivés sur ma bouche.

Ses doigts descendent le long de mon dos, effleurant mes fesses au moment où il me prend la main. Je ressens au creux de mon ventre cette caresse involontaire de mon fessier. Nos doigts s'entrecroisent, puis à un moment donné, sa main m'effleure la cuisse.

Sans un mot, il me conduit vers les deux portes immenses à l'arrière de la salle qui donnent sur la plage. À l'extérieur, une bande de jeunes est réunie autour d'un tonneau, l'ambiance est plus cool. À perte de vue, la plage est déserte.

Lewis marche d'un pas décidé vers le sud, nos mains enlacées. Je le tire doucement pour le ralentir.

— Mes chaussures, dis-je en baissant les yeux.

Il s'agenouille à mes pieds, tête penchée, et détache adroitement la bride de chaque cheville tandis que je garde l'équilibre en m'appuyant sur ses épaules. Il m'enlève mes escarpins et les enfonce dans les poches de sa veste.

— C'est mieux ?

Non. C'était incroyablement sexy. Il veut ma mort ou quoi ?

— Où est-ce qu'on va ?

Il me reprend la main.

— On marche.

— C'est tout ?

Merde, d'où ça sort ? Pourquoi mon esprit devient-il lubrique en sa présence ?

Il sourit en glissant sa main libre au bas de mon dos pour me guider.

— Je sais par Zach qu'il t'a dit qu'on était en partie Washoe. Que sais-tu de notre tribu ?

Ils ont parlé de moi en mon absence ?

— Rien.

Il opine. Le bruit de la fête se réduit à un faible murmure à mesure que nous avançons sur la plage.

— Jusqu'à il y a deux cents ans, les Washoe migraient l'été vers le lac Tahoe. Ils venaient ici.

Je pointe le sable du doigt.

— Ici ?

Il sourit.

— Peut-être. Le camp Richardson se trouve dans une zone où ils avaient l'habitude de se rassembler. Ils faisaient provision de poissons et de plantes pour l'hiver, et se mêlaient les uns aux autres.

Accent tonique sur le verbe *mêler*.

— Se mêler comment ?

— Revoir de vieux amis, faire des jeux, des courses… des mamours.

— Mamours ? C'est un mot très adulte.

Il me fait un sourire en coin et se penche jusqu'à ce que sa bouche me frôle l'oreille, son souffle me brûle la peau.

— Je suis un mec très adulte.

Oui, oui, c'est vrai. Ce qui le différencie de la plupart des garçons de son âge, ou de tous ceux que j'ai connus. J'attends deux secondes pour m'assurer que ma voix ne vrille pas.

— De quel genre de mamours parle-t-on ?

Il jette un regard en direction de la fête. Elle est à peine audible à cette distance, matérialisée seulement par un halo lumineux sur le sable et la rive.

— Peu de choses étaient autorisées avant le mariage, mais si ça avait été le cas, les rassemblements auraient probablement ressemblé à ce qui se passe là-bas. Des flirts et tout le toutim.

— *Le toutim ?*

— Des histoires plus sérieuses. Là-bas, dit-il en indiquant le hangar de la main, les gens cherchent des minutes intimes.

Quelle pudeur de sa part. J'aurais utilisé d'autres termes.

— Mes ancêtres cherchaient leur partenaire pour la

vie. Les familles échangeaient des cadeaux quand l'accord était conclu.

— Ah, les fameux cadeaux en échange d'une épouse. La famille de la mariée donnait-elle du bétail en guise de dot ?

Il sourit d'un air enfantin.

— Les mariages étaient tous conclus d'un commun accord, mais c'était plutôt des lapins, des noix de cèdre, une antilope ou deux… pas de bétail à l'époque.

— Exactement le rêve de ces dames, dis-je en souriant. Une dot en lapin renforce à mort l'estime de soi.

Il rit, et le plaisir que ce son me procure est comme une drogue. J'en veux encore. Je veux le rendre heureux et le faire rire tout le temps.

— Hé, les lapins et les noix étaient comme de l'or à l'époque. Et l'échange de cadeaux allait dans les deux sens. La famille du marié offrait des noix de premier choix avec leur fils.

— OK, on doit arrêter tout de suite cette conversation. Quand on parle des hommes et de leurs noix, ça devient forcément grivois.

Lewis rit en remontant le rivage vers une souche massive. Il enlève sa veste et l'étale sur le sable à ses pieds.

— On s'assied ?

— Sur ta veste de costume ? Tu n'as pas envie de la remettre un jour ?

Ses yeux pétillent. Il frotte ce menton dont je sais intimement qu'il est rugueux et jette un coup d'œil à ma robe.

— Si tu y poses tes fesses, absolument.

Mon visage s'échauffe. D'où vient ce Lewis coquin ? Il fait rarement d'allusions sexuelles et c'est incroyablement sexy.

Des mamours.

Je pose mon cul sur la veste et plie mes jambes sur le côté.

Il s'assied à côté de moi et se penche en avant comme pour contempler les flots sombres, mais c'est moi qu'il regarde.

— Qu'est-ce qui s'est passé à la cascade ? Pourquoi tu m'as repoussé ?

Mon sentiment d'attirance s'étiole rapidement.

Je croise les bras sur mon ventre comme pour me protéger de la vérité, mais le sujet ne peut pas être évité indéfiniment.

— Tu m'as appelée Geneviève.

Il se tait, il attend.

Les vaguelettes reflètent le clair de lune comme des éclats de verre, tranchants et acérés.

— Personne ne m'appelle Geneviève à part ma mère. Drake a découvert que je suis une Geneviève plutôt qu'une Jennifer. Depuis, il m'appelle comme ça. Quand on était ensemble à la cascade, je l'ai entendu prononcer mon prénom à ta place. Tu m'as prise au dépourvu, c'est tout.

Je brosse le sable au bord de sa veste et recule jusqu'à ce que mes fesses touchent la souche.

Son silence m'inquiétant, je jette un œil vers lui.

— Essaie, dis-je.

— Essayer quoi ?

— De dire mon prénom.

Il bascule la tête en arrière et l'appuie sur le tronc épais.

— Geneviève.

Sa voix est grave et naturellement séduisante.

— Tu vois ?

Je m'éclaircis la voix.

— Il ne s'est rien passé. Je n'ai pensé qu'à ta façon de le dire.

Il redresse la tête, sonde mon regard.

— De quelle façon je l'ai dit ?

— De façon sexy.

— Hum. La dernière fois, je te touchais quand je l'ai dit. On devrait peut-être faire l'expérience.

Je rigole, parce que c'est vraiment une réplique de mec. Je n'ai jamais vu cette facette de Lewis ; son côté joueur et dragueur.

— À quoi as-tu pensé ?

Il promène une main chaude sur mon bras nu. J'étais tellement concentrée sur lui que je n'ai pas remarqué la fraîcheur de la nuit.

— *Geneviève*, dit-il en se rapprochant. Tu as froid ?

Je frémis au son de sa voix, grave et rauque.

— Oui.

Je suis son exemple et me colle contre son flanc.

Son bras m'entoure les épaules.

— Et comme ça ? L'expérience se passe bien jusqu'à présent, *Geneviève ?*

Le grondement sourd de sa voix quand il prononce mon nom et sa bouche pleine et sensuelle avec cette cicatrice irrésistible éclairée par la lune sont diaboliquement sensuels.

— Oui. Tout va bien.

Il me lève le menton, m'effleure les lèvres d'un baiser.

— *Geneviève*, tu as bon goût.

J'allais lui renvoyer le compliment quand sa bouche revient, nos langues s'entremêlent et je perds le fil de mes pensées. Il me tire vers lui et je me blottis contre sa poitrine, faisant courir mes mains de haut en bas sur ses flancs, sur son ventre. Ses muscles se crispent.

Il s'écarte de moi, l'air préoccupé.

— Geneviève…

— Ton expérience a marché. Je suis guérie, je

murmure, affairée à sortir sa chemise de son pantalon et à lui bécoter le cou.

J'ai fantasmé sur ce qui se cache sous les chemises boutonnées de Lewis, l'essence de son être. J'aime le désir dans ses yeux quand il m'observe. Mes doigts parcourent les reliefs de ses abdos et il m'embrasse à pleine bouche.

Il me penche en arrière, niche mon crâne dans sa main au-dessus du sable et m'embrasse avec une tendresse et une chaleur qui font jaillir des étincelles de mon ventre à mes cuisses. Le bas de ma robe ajustée s'enfonce dans mes hanches et commence à remonter vers ma taille. C'est tellement bon de le sentir au-dessus de moi, et par bon, je veux dire *incroyable*.

J'enroule ma jambe autour de la sienne et je pose les mains au creux de son dos, presse ses fesses musclées.

— Gen.

Le désir fait vibrer sa voix.

Je lèche la cicatrice au coin de sa bouche – je ne sais toujours pas d'où elle vient. Je me renseignerai plus tard.

— Chut, je suis occupée, je marmonne en traînant mes lèvres sur son menton, sa mâchoire.

— On devrait ralentir.

Je me penche en arrière.

— Qu'est-ce qui te gêne ?

Est-ce que j'y vais trop fort ? Ce serait une première, mais vu l'effet qu'il me fait, c'est tout à fait possible.

Il passe les mains sur ma taille, soulève ma cuisse plus haut et fait courir ses doigts sur la peau fine et sensible.

— On devrait soit ralentir, soit s'arrêter. Tu ne sais pas à quel point t'es sexy. J'essaie de ne pas aller sur un terrain où tu n'es pas prête à aller.

Il parle de sexe ? Et il s'inquiète de ce que je veux ? Je n'ai jamais eu de mec qui prenne son temps. Ils essaient généralement de voir jusqu'où ils peuvent aller. Est-ce un genre de psychologie inversée ?

Testons la théorie.

— D'accord.

Il m'embrasse, lentement et tendrement, puis s'écarte de moi.

Euh ?

— Attends…

Mes pensées s'embrouillent car un coup de vent s'engouffre dans un endroit habituellement caché, me soulève la robe et dévoile ma culotte. Coucou !

Lewis tire sur le tissu.

Est-ce qu'il vient de remettre ma robe en place ? Quel mec fait *ça ?*

— On peut s'arrêter si tu veux, dis-je, mais rien ne nous oblige à le faire.

Son regard est hésitant.

— On ferait mieux d'arrêter. On est sur la plage. Il y a du monde dehors.

Mince, une minute… c'est *moi* la prude coincée. Cette soudaine inversion des rôles est nulle.

— Tu es pudique ?

Ses yeux s'embrasent.

— Pour mon corps ? Non. Pour le tien ? Je ne veux pas qu'un mec te voit, y pense, ou mate ce qu'on fait ensemble. Je veux un lieu intime, juste toi et moi. Et je veux aller jusqu'au bout, si tu te posais la question. Alors quand tu seras prête – vraiment prête –, préviens-moi.

Eh bien, merde.

Lewis me relève, secoue sa veste et la pose sur mes épaules. Nous retournons à la fête, avec un stop à mi-parcours pour que je remette mes chaussures. Je suis tellement plongée dans mes pensées, à essayer de comprendre ce qui vient de se passer, que je ne remarque pas immédiatement les regards qui se posent sur nous lorsque nous entrons.

Le visage de Tyler est plus rouge que d'habitude, il plisse les yeux comme s'il était en colère.

— T'étais où, bordel ? Tu ne dois pas quitter la fête sans me le dire, Gen. J'ai cru qu'un connard avait filé en douce avec toi, dit-il en fusillant du regard Lewis, qui pose son bras sur mes épaules .

Techniquement, un gars a effectivement filé en douce avec moi, mais je pense que Tyler voulait dire *sans ma permission*. Et oui, c'est une pensée effrayante au vu de mes dernières expériences avec des connards ces derniers temps.

— Excuse-moi, Tyler. J'aurais dû te prévenir.

Il exhale un soupir nasal et se passe une main dans les cheveux, ébouriffant sa tignasse brun-roux dans tous les sens. Il s'éloigne vers le bar.

Je suis nulle. Je savais que Tyler veillait sur moi ce soir et je suis partie sans rien dire. Où avais-je la tête ?

Nessa nous rejoint.

— C'est pas ta faute. Il était déjà furax avant ton retour.

Je jette un coup d'œil méfiant à Tyler. Il est en train de prendre un shot d'un breuvage qui sent la gueule de bois assurée.

— Pourquoi ?

Nessa tourne la tête vers Mira, sans poser les yeux sur elle.

C'est la première fois que je vois Mira ce soir. J'ignorais qu'elle était là. Elle discute avec une fille que je n'ai jamais vue et jette des coups d'œil furtifs à Lewis qui observe la piste de danse en faisant semblant de ne pas la remarquer.

— Mira ? Quel est le rapport entre Mira et la colère de Tyler ?

Nessa vacille en me tirant sur le côté, une légère odeur de parfum floral et de champagne flotte autour d'elle.

— Il a flippé de ne pas te trouver, mais il venait juste de réaliser ton absence. Avant ça, dit-elle en grimaçant, Mira est arrivée. Tu sais quand on parle d'*attirance instantanée ?* Eh bien là, c'était la *haine* au premier regard. Tyler lui a jeté un regard assassin. En réponse, Mira lui a fait un œil noir de chez noir. C'est tout Mira. C'est elle qui a inventé le regard de la mort.

Nessa secoue la tête.

— Comment deux personnes aussi belles peuvent-elles se détester en une seconde ? Ils s'étaient déjà vus ?

Va savoir ? Tyler a grandi au lac Tahoe avec Cali, et il n'a que deux ou trois ans de plus.

— J'en sais rien.

Tyler s'agrippe au bar, puis tourne sur lui-même, en titubant légèrement. Il a encore le visage rouge. Il ignore carrément Mira en lui passant devant pour venir me rejoindre.

— Allons-y.

— D'accord…

Je regarde Lewis.

— Besoin d'un chauffeur ? suggère-t-il, lisant dans mes pensées.

— Ou…

— Non, aboie Tyler.

Je me penche vers lui et baisse la voix.

— Tu ne peux pas conduire. T'as trop bu.

— Pas toi.

C'est vrai. Je cherche un prétexte pour rester avec Lewis, mais ce n'est pas évident avec la voiture de Tyler ici et une Mira courroucée dans les parages.

— Je vais conduire, dis-je à Lewis.

Il jette un regard agacé à Tyler et me tire vers lui.

— Il ne devrait pas boire quand il est censé te ramener. T'es sûre d'être en sécurité avec lui ? Tu sais conduire sa bagnole ?

— Je ne risque rien, et j'ai emprunté sa voiture quand mon tas de boue est tombé en panne.

Mira s'approche de Lewis et lance ses cheveux par-dessus son épaule en direction de Tyler, comme un torero agite sa cape.

Tyler respire entre les dents. Il me prend la main et m'entraîne vers la sortie.

Lewis fronce les sourcils.

En trottinant sur les orteils pour suivre sa foulée rapide, je lui fais au revoir de la main.

— Tyler, qu'est-ce qui te prend ? dis-je quand nous sommes sortis du hangar à bateaux.

Il ne répond pas, mais il ralentit l'allure pour rejoindre la voiture. Il déverrouille les portes, puis me tend les clés. Il me faut une bonne minute pour régler le siège, les rétroviseurs et trouver mes marques. Heureusement que je l'ai déjà conduite, parce qu'elle a une trentaine d'années et n'est pas facile à manœuvrer.

Je m'engage sur la voie rapide et j'atteins enfin notre vitesse de croisière. Tyler regarde par la fenêtre, la tension irradie de son corps. Les shots n'ont rien fait pour le détendre.

— Tyler, qu'est-ce qui ne va pas ?

Il ne me répond pas, ce qui m'énerve.

— Tu connais Mira ou quoi ?

Il s'agrippe la cuisse au-dessus du genou.

— Je la connais.

— Ah ouais, parce qu'on dirait que vous avez une sacrée rancœur.

Sa pomme d'Adam remue comme s'il venait d'avaler une boule.

— Il n'y a pas de rancœur. Je ne l'aime pas, c'est tout.

Tyler est plutôt facile avec les femmes, *facile* étant un euphémisme. D'après Cali, c'est un queutard. Sa façon d'être avec Nessa ce soir, drôle et flirteur, c'est le Tyler que je connais en société. Cette colère contre Mira détonne.

— Alors qu'a-t-elle fait pour que tu la détestes ?

Il me lance un regard agacé.

— Je ne la déteste pas, et ça ne vaut pas le coup d'en parler.

— Je comprends que tu ne l'aimes pas. Elle rebute souvent les gens, mais a-t-elle fait quelque chose en particulier ?

Même si Lewis a protégé Mira quand elle était jeune, son obsession pour lui n'est pas normale. A-t-elle déjà eu ce genre d'attitude possessive ? Avec Tyler ?

— Je n'ai pas dit qu'elle avait fait quelque chose. C'est juste que… on s'est connus au lycée.

Intéressant. J'ai l'impression que Mira ne s'entoure que d'amis intimes.

— Donc, tu ne la détestes pas. Elle n'a rien fait. Mais tu ne l'aimes pas et tu l'as connue au lycée… Tu la connaissais intimement ?

Ses épaules se tendent, sa mâchoire se crispe.

— Je ne veux pas en parler. Laisse tomber, d'accord ?

Je secoue la tête, exaspéré. Cette histoire de grand frère a un côté chiant finalement.

— Comme tu voudras.

Mais je ne crois pas une seconde qu'il n'y ait rien entre Mira et Tyler. Je pense qu'il y a une énorme anguille sous roche.

Chapitre Dix-Huit

L ewis appelle le lendemain ; le matin pour être exact.

— *Mouais ?*

Un rire rauque résonne dans mon portable.

— Gen ?

Je m'assieds et dégage les cheveux de ma bouche.

— Oui ?

Je regarde l'heure. Sept heures. Qu'est-ce que… ?

— T'es réveillée ?

Je me frotte la figure et essaie de garder les yeux ouverts.

— Plus ou moins.

— OK. Je me disais qu'on pourrait faire un entraînement matinal.

— Tu veux que je m'entraîne *à sept heures du mat ?*

— Ça pose un problème ?

Je laisse échapper un soupir rauque. Il fait ça pour moi, dois-je me rappeler.

— Mon cerveau fonctionne mal si tôt…

— C'est pas grave. J'ai juste besoin de tes jambes. Et de tes bras.

Je me tourne sur le flanc et pose la tête sur mon coude pour rester éveillée.

— Pour ?

— Nager.

Oh, je n'aime pas ça.

— Où ? je demande hésitante.

— Dans le lac.

Je n'aime définitivement pas cette idée.

— Tu m'apportes une combinaison de plongée ?

— Tu veux rire ?

— Ben, non.

— Pas besoin de combinaison. Je serai là dans vingt minutes.

———

Lewis quitte la voie rapide et prend une route qui mène sur la rive nord de l'anse Zéphyr, un endroit appelé Cave Rock. Une brume flotte au-dessus du lac, preuve que l'eau est glaciale le matin – comme à toute heure du jour. Les lacs de montagne ne sont pas réputés pour leur chaleur.

— Pourquoi on vient si tôt ? je ronchonne.

Il me regarde et sourit.

— T'es pas du matin ?

Je sourcille.

— Tu t'en aperçois seulement maintenant ? Pourquoi ? T'es du matin ?

S'il dit oui, je vais devoir mettre un terme à notre relation naissante.

— Quand je n'ai pas le choix. Je ne dors pas beaucoup.

Il sort de la Jeep et prend d'épaisses serviettes-éponges dans le coffre pendant que je descends maladroitement.

Lewis mate mon jogging et mon sweater, capuche relevée.

— Tu as bien un maillot de bain en dessous ?

Je le regarde méchamment.

Il sourit. Il porte un jean et un sweater, les cheveux ébouriffés comme s'il se réveillait.

Malgré ma mauvaise humeur, je dois avouer qu'il est mignon dès le matin. Et il m'a apporté du café, ce qui lui sauve la vie. Je ne peux pas être tenue responsable de mes actes lorsqu'on me réveille à une heure indue.

En levant les yeux (haut, très haut), je vois l'imposante falaise qui s'avance fièrement vers le lac comme un sphinx égyptien. Un tunnel creusé dans la pierre permet d'accéder à l'autoroute.

— C'est quoi, Cave Rock ?

Lewis suit mon regard.

— Un site sacré Washoe.

— C'est vrai ?

Je regarde à nouveau. Les strates de pierres friables, semblables à des briques, qui forment la falaise paraissent érodées et différentes des rochers sur la rive en contrebas.

Lewis se dirige vers une rampe de bateau et grimpe sur les rochers de la jetée. Je l'observe, pantoise.

— Tu t'attends à ce que je te suive ou quoi ?

Il me fait signe d'avancer.

— Viens. Je te raconterai une histoire quand tu seras là.

— C'est censé être une carotte ?

Je fais quelques pas hésitants, mes baskets Keds glissent dangereusement.

— Parce que ça ne marche pas, dis-je en m'arrêtant.

Il fronce les sourcils.

— Geneviève, la course a lieu dans deux semaines. Tu n'es pas prête. Escalader ces rochers et me rattraper est la première phase de l'entraînement d'aujourd'hui.

La première phase ?

Je lève les poids, je cours, sans parler des exercices de gym et de la torture de la cascade, mais je le crois s'il dit que je ne suis pas prête pour la course. Mentalement, je ne suis certainement pas prête. Physiquement, c'est discutable. Je pourrais finir le mudder avec un temps décent, compte tenu de mon chrono — si je suis capable d'escalader les murs, ce qui est douteux. Mais le mudder ne teste pas seulement l'endurance physique, il teste aussi la résistance mentale.

Nous atteignons le bout de la jetée et je m'assieds sur un rocher plat, les jambes dans le vide. Elles ne sont pas douloureuses pour une fois, et bien que l'escalade exige de la concentration, je ne me sens pas fatiguée. La brume s'est levée, mais ça ne veut pas dire que l'eau est chaude. La température de l'air est de seize degrés et augmente, donc l'eau doit être à seize aussi. *Gla-gla.*

— Alors, quelle belle histoire vas-tu me raconter ?

Lewis dézippe son sweat-shirt et le pose sur les serviettes. Il s'allonge sur un rocher et lève un genou, appuyé sur son coude. Mes yeux s'attardent sur le biceps lisse et sculpté qui sort de son t-shirt. Tout chez Lewis est fascinant : sa façon de bouger, ce qu'il dit, son corps.

Quand je lève les yeux, il m'observe. Je devrais être gênée qu'il m'ait surprise en train de le mater, mais je suis trop troublée par la lueur dans ses yeux. *Du désir.*

Je crois qu'il va m'embrasser, mais son regard de braise dérive vers le lac, et il ne dit rien.

Je contemple l'eau en essayant de comprendre ce qui vient de se passer. Ai-je fait quelque chose de mal ? Ça ne m'aurait pas dérangé qu'il m'embrasse, même si je suis fatiguée et irritable.

Un petit canard prend le soleil sur un rocher à l'écart de la jetée. C'est une pierre lisse, de la couleur de Cave Rock : brune et érodée.

Lewis ramasse une poignée de terre meuble et la soupèse.

— Comme je t'ai dit, c'est un endroit sacré.

Il arbore une expression pensive, comme s'il hésitait à poursuivre. Il jette le sable sans perturber le bain de soleil du canard.

Des vaguelettes plissent la surface de l'eau miroitante.

— Les guérisseurs utilisaient la grotte comme un lieu de communion avec les esprits. Toute autre personne était indésirable à Cave Rock.

Il me regarde, sa lèvre se retrousse.

— Mes ancêtres étaient furieux quand les hommes ont creusé des tunnels pour construire une route. Des grimpeurs ont ensuite cimenté l'intérieur des grottes. Des tentatives ont été faites pour réparer les dégâts, mais comme tu peux le voir (il me montre les voitures qui entrent dans la falaise), certains dommages sont irréparables.

Il regarde dans le vide, et pendant un instant, il semble ailleurs.

— Lewis ?

Il cligne des yeux et jette un coup d'œil à la falaise.

— Une légende Washoe prétend qu'un oiseau appelé Ong traque quiconque s'aventure sur Cave Rock. On dit que ses ailes s'étendent sur les villages entiers, que leurs battements font plier les pins. Seuls les guérisseurs voient réellement Ong ; pour tous les autres, il vole dans l'ombre.

Lewis me scrute, son expression est hyper sérieuse.

— Les Washoe croient qu'Ong vit dans le monde souterrain et surgit par le centre du lac pour se nourrir de ceux qui marchent sur la terre sacrée.

Je souris. Il essaie de me faire peur.

— C'est un mythe destiné à éloigner les indésirables pour que les guérisseurs aient un endroit à eux, dis-je pour rétablir la logique.

Il hausse les épaules et observe le centre du lac.

— Plusieurs des grimpeurs qui ont cimenté le sol de la grotte sont morts de façon mystérieuse.

Il pointe du doigt la base de la falaise, à environ quatre cents mètres.

— Nage jusque là-bas et reviens. Deux fois.

J'éclate de rire.

— Tu plaisantes ?

— Nan.

— Tu me racontes une histoire effrayante sur un oiseau de malheur qui dévore les gens qui s'approchent de Cave Rock et tu veux que je nage jusque là-bas ? Deux fois ?

Il se penche et me pince le biceps.

— Pour t'endurcir.

— Aïe, je râle en me frottant le bras. Pourquoi tu ne viens pas avec moi ? Le lac est glacé. Et si je tombe en état d'hypothermie ?

Il se frotte le menton.

— C'est une possibilité. Je vais garder un œil sur toi.

Il enlève son t-shirt et déboutonne son jean, et je mate parce que… *ahhhh*.

Lewis, c'est la beauté masculine incarnée, tout en muscles et tendons. Comment suis-je censée ne *pas* regarder ?

Mes joues sont en feu et je suis presque sûre que la rougeur gagne ma poitrine.

Vêtu seulement d'un short de surf, il s'assied sur la jetée et indique la tête de l'eau.

— Tu ferais mieux d'y aller avant qu'Ong se réveille.

— En quoi exactement ça va m'aider pour la course ?

— En rien. Lors de la course, tu nageras au milieu de la glace. Ce lac est un bain chaud en comparaison, mais c'est ce que j'ai trouvé de plus approchant, dit-il en se grattant la tête. Je pourrais demander aux gars du boulot de construire une petite piscine et la remplir de glaçons…

— *Non !* C'est bon.

Je me lève et j'enlève mon survêtement. Mieux vaut ne pas le laisser aller au bout de l'idée, car je pense qu'il est sérieux.

Quand je le regarde, Lewis fixe mes jambes, ses yeux balayant ma peau nue.

Je porte l'un de mes bikinis les plus épais et les plus couvrants – je me suis dit que Lewis me torturerait d'une manière ou d'une autre et je voulais être prête –, mais ça reste un bikini parce que c'est tout ce que j'ai. On pourrait penser que je serais plus à l'aise dans un maillot une pièce, étant donné mes goûts vestimentaires classiques, mais tout le monde se dénude à la plage ou à la piscine. Je suis juste un corps parmi les autres, et ça ne m'a jamais troublé.

Jusqu'à maintenant.

Je n'ai jamais été aussi dénudée devant Lewis, et sa façon de me regarder me brûle la peau.

Il sourit quand je le surprends à me mater.

Il flirte. Très dangereux. Mes inhibitions s'envolent quand Lewis flirte. Heureusement que je lui en veux de m'avoir traînée ici.

Je me bouche le nez et saute dans l'eau.

Immédiatement, mes organes se ratatinent, mes articulations se bloquent à cause du froid.

Le salopard. Je remonte à la surface, agitant les bras et les jambes pour émerger au maximum de l'eau arctique.

— Oh la vache, la vache…

— Tu ferais mieux de te dépêcher avant qu'Ong ne te trouve, s'écrie Lewis.

— Tu es le diable ! je crie en claquant des dents.

Je nage aussi vite que je peux vers Cave Rock, le rire de Lewis résonnant derrière moi.

L'angoisse fait battre mon cœur à tout rompre. J'ignore pourquoi cette stupide histoire d'oiseau m'a terrifiée. C'est peut-être sa façon de la raconter. Ou bien cet endroit, mais *bon sang*. Des oiseaux mangeurs d'homme et d'anciens sites amérindiens ? Je n'ai pas besoin de ces foutaises.

Mais si, j'en ai besoin. Drake et tous les salauds qui l'ont précédé prouvent que je dois m'endurcir, comme Lewis l'a si bien dit.

Le mudder, c'est l'objectif. Après, je serai une dure à cuire et les types y réfléchiront à deux fois avant de m'emmerder.

Des rochers et des masses informes passent sous moi dans l'eau claire. Je tente de ne pas regarder ces ombres ni deviner leur nature, mais ça ne marche pas. Foutu Lewis. Je me tourne dans l'eau et nage sur le dos pendant un moment.

Aux deux tiers de la traversée, je me retourne et finis à la brasse. Ma main tremble comme une folle quand j'attrape prudemment l'une des pierres brunes et érodées de Cave Rock, comme si elle pouvait me punir de mon intrusion comme une clôture électrique. Mais au lieu d'un contact fugace, mes doigts s'y attardent un moment. C'est un morceau de l'histoire de Lewis, son passé et son présent. La roche m'attire et m'effraie en même temps.

Je la contourne et repars dans l'autre sens dare-dare.

Merde, dire que je dois le faire deux fois.

Au moment où je rejoins Lewis, je suis officiellement morte. Je le foudroie du regard pour le principe, ce qui le fait sourire. Il est incroyablement sexy torse nu, souriant, le regard sombre et malicieux. Je me fais violence pour ne pas lui rendre son sourire.

Je me pousse des pieds sur les rochers de la jetée et repars vers Cave Rock pour donner à Ong une nouvelle occasion de croquer une bouchée juteuse de mon cul.

Mon dernier trajet vers la jetée est plus lent. Poumons douloureux, bras brûlants, jambes dysfonctionnelles, je ne sens plus le froid quand je me hisse lamentablement sur les rochers. Lewis n'essaie pas de m'aider. Il a retenu la leçon la dernière fois, quand je l'ai assailli verbalement et sexuellement pour m'avoir hissée sur le rocher afin de m'éviter une chute mortelle.

Dans cette logique, si Lewis était un mec normal, il trouverait une raison de me sauver, mais il n'est pas normal. Il est réfléchi, réservé et déroutant, bien que son corps ait réagi de manière prévisible sur la plage. Je peux encore sentir la chaleur de ses mains…

Un grand tremblement s'empare de mes membres et provoque un claquage de dents féroce lorsque mon corps se dégèle.

Lewis enroule une serviette autour de mes épaules, et m'essuie les jambes et les pieds avec une autre.

— Comment tu te sens ?

— Une épave, dis-je entre deux frissons.

Il m'assied sur ses genoux et me serre contre sa poitrine, chaude comme les braises. Je colle ma joue contre sa peau douce. Soudain, je n'ai plus froid, et ne suis plus si grincheuse. Mon esprit vogue vers la soirée de la veille, les choses que nous avons faites, celles que nous pourrions faire.

— Est-ce que tous ceux que tu entraînes ont droit à ce traitement ? Je vais être jalouse si tu fais pareil à Zach.

Il rit.

— Seulement à toi.

Parle-t-il de l'entraînement ou d'autre chose ? Suis-je la seule qu'il embrasse ? Lewis n'a pas l'air d'être un chaud lapin, mais je me suis déjà trompée. A-t-il arrangé les choses avec Mira au point de pouvoir sortir avec une fille sans qu'elle incendie sa maison ?

— Donc Mira est d'accord ? Avec ça ?

Je me penche en arrière pour sonder son regard. Son visage ne révèle pas grand-chose, mais j'ai remarqué que ses yeux sont expressifs si j'y prête attention.

Il me serre plus fort et m'effleure les lèvres.

— Tes lèvres ont besoin d'être réchauffées.

Ma respiration s'accélère, mes poumons sont contractés et essoufflés comme après la baignade.

— La faute à qui ?

— À moi, et je prends mon travail d'échauffement très au sérieux.

Il traîne ses lèvres sur ma joue, mon oreille, les enroule autour du lobe et l'aspire.

Un frisson qui n'est en aucun cas dû au froid me parcourt l'échine.

Mes oreilles n'ont jamais été une zone érogène. J'ignore pourquoi elles le sont avec lui.

Je passe les bras autour de son cou, l'attire contre moi. L'air frais effleure ma peau nue lorsque sa serviette tombe. Ses mains m'agrippent la taille, nos bouchent se scellent. C'est un baiser intime et profond, exprimant ce que nous ne disons jamais.

Je n'ai plus froid. Un feu brûle sous ma peau, centré sous les mains de Lewis qui caressent mon dos nu et mes côtes, ses doigts effleurant le dessous de mes seins. Mon souffle se hache et il s'arrête.

Je me cambre, plaque les seins contre sa paume caressante. Un gémissement rauque jaillit de sa poitrine — ou de la mienne ?

Peu importe.

Le baiser devient passionné et profond. Lewis me soulève, ou je me lève (je ne sais pas trop), et je me retrouve à califourchon, les jambes enroulées autour de sa taille.

Les serviettes ont glissé en tas sur les pierres. Seuls mon

bikini et le short de Lewis forment un rempart entre nos peaux. Sentir son érection sous mes fesses me fait haleter entre les baisers.

Il baisse la tête et fait glisser le haut de mon bikini sur le côté, sa bouche se referme sur mon mamelon. Je caresse ses larges épaules, mon corps tremble de plaisir et de savoir qu'il est à moi en ce moment, même éphémère.

Je sens son sexe dur et chaud. Je me balance pour accroître la friction, car ce qu'il me fait me rend folle et ivre d'hormones. Sa bouche s'immobilise, un grondement roule dans sa poitrine. Cette fois, ce bruit vient vraiment de lui.

Sa bouche remonte le long de mon cou, ses mains se posent sur mes fesses. Il me pousse doucement vers lui pour m'embrasser, ce qui est inutile, car je tends déjà dans cette direction.

Tandis que sa langue m'explore la bouche, Lewis lève une main et m'effleure doucement le téton, son érection massive frottant au bon endroit, de manière répétitive.

Mon pouls s'accélère, ma respiration s'envole.

Et puis, l'entrejambe de mon bikini s'écarte sur le côté. La barrière entre nous se réduit à une fine couche, lui laissant juste la place de s'y glisser à travers son caleçon…

Je vais jouir.

J'ouvre les yeux, pousse un petit cri, et recule d'un bond sur ses genoux. Il me rattrape prestement juste avant la chute.

Je tire mon soutif sur mes seins, ma poitrine se soulève tandis que je reprends mon souffle et remonte la serviette.

Des touristes qui n'étaient pas là à notre arrivée sortent de plusieurs voitures sur le parking en surplomb. Des véhicules roulent à toute blinde sur l'autoroute. Assis au bord du rivage et cachés partiellement par les rochers, nous ne sommes pas vraiment en vue, mais quand même, j'ai failli jouir sur un garçon qui n'est pas mon petit ami. *Devant des familles et des enfants.* Qu'est-ce qui me prend ?

Je ne fais pas ça.

Les pupilles dilatées par l'excitation, Lewis m'attire contre lui. Face au lac, il ne voit pas les touristes en surplomb. Il devrait les entendre, mais il est trop absorbé par le moment.

— On y va ?

Regard hagard.

— Quoi ?

— Il y a du monde…

Il jette un coup d'œil vers le parking et se passe une main sur le visage.

— Donne-moi une minute.

Ce qu'on a fait est dingue, mais je ne peux pas m'empêcher de regarder, fascinée, le dessin de sa bouche, la forme anguleuse de ses pommettes hautes. Pourquoi m'attire-t-il autant ? L'envie de retourner dans ses bras me dévore.

Il sourit.

— Ça irait plus vite si t'arrêtais de me regarder comme ça et changeais de rocher.

Oui. J'ajuste discrètement ma culotte et je me lève, non sans me frotter contre son sexe.

Lewis se tend, mais il n'essaie pas de me toucher. Je tremble et je ne sais pas si c'est de frustration, de froid, de gêne, ou les trois.

———

LE TRAJET jusqu'à chez moi est silencieux. Je me repasse en boucle la scène de la jetée. Nous étions à deux doigts de forniquer – en public – comme si Armageddon débarquait et que c'était notre dernière chance de faire l'amour.

Lewis se gare dans mon allée, regardant droit devant lui.

— On devrait sortir. Dîner ensemble.

Wouah… il m'invite à un rencard ? Maintenant ?

On devrait, il a dit. Qu'est-ce qu'il veut dire ?

— Tu en as envie, ou… Tu ne penses pas que je fais ça tout le temps, hein ?

J'agite vaguement la main entre nous.

— Parce que je ne fais jamais ça. Jamais.

Son regard est si intense qu'il me paralyse pendant un instant.

— Je veux t'inviter à dîner. J'en ai toujours eu envie. J'ai tenté de t'inviter au barbecue.

Il détourne le regard comme s'il était troublé, mais Lewis ne se trouble pas.

— Je veux passer du temps avec toi. C'est tout. T'es libre ce soir ?

Je secoue la tête.

— Je travaille.

— Alors, quand ?

— Samedi. J'ai mon samedi de libre.

— Dix-neuf heures ?

Ce n'est qu'après qu'il se soit éloigné et que j'ai passé en revue les minutes de notre session d'entraînement que j'ai réalisé qu'il n'avait pas répondu à ma question sur Mira, à savoir si elle était d'accord pour qu'on se voie. Ce rendez-vous devrait être intéressant − tout comme ses conséquences.

Chapitre Dix-Neuf

On pourrait penser, après les baisers sensuels et l'imminence de notre premier rendez-vous officiel, que Lewis serait plus gentil avec moi pendant l'entraînement, mais non. Il m'a scié les pattes dans une course en côte de six kilomètres, puis m'a fait grimper à une corde dans sa salle de gym à la force des bras. Environ un milliard de fois. Hier, il a convoqué toute l'équipe sur un terrain de foot pour nous entraîner à des manœuvres et des exercices d'assistance aux autres pendant la compétition. Il nous a expliqué ce qui était autorisé et ce qui ne l'était pas. J'ai battu les gars dans les sprints, et je n'ai perdu que contre Lewis dans une course en montée, plus courte que la précédente. Je l'aurais battu s'il ne m'avait pas chuchoté « Cave Rock » à l'oreille pour me distraire.

Très sournois de sa part de tester mon endurance mentale. Je dois travailler là-dessus et trouver un moyen de lui rendre la monnaie de sa pièce.

C'est samedi, le soir de notre rencard. Cali est sortie avec Jaeger. Je suis nerveuse, mais aussi fière de moi, car j'arrive à rester calme alors que je flippe à mort. Est-ce logique ?

J'ai passé ma garde-robe au peigne fin trois fois pour trouver un truc à me mettre. Une tenue qui ne crie pas : « je suis une chaudasse qui t'a sauté dessus sur une corniche, puis t'a chevauché jusqu'à l'orgasme devant des familles » – vous savez, ce genre de fringues. Mes chemises à boutons classiques et impeccables rentrées dans un jean moulant ne semblent pas non plus très appropriées.

Je combats les réactions hormonales que Lewis provoque en moi, parce qu'aller plus loin me fait peur. Ce ne serait pas juste du sexe avec Lewis. Il est différent. *Je suis différente* avec lui.

J'opte pour une robe en dentelle sans manche bleu marine. Elle n'est ni moulante ni décolletée, mais elle est cintrée à la taille par une large bande noire et s'arrête quelques centimètres au-dessus du genou. Classe, avec du chien. Je ressors mes escarpins noirs et métalliques, parce que cette nuit au hangar à bateaux dans ces talons était magique. Lewis ne s'est pas enfui quand je lui ai avoué pourquoi j'avais paniqué à la cascade. Il m'a embrassée.

Je ne suis peut-être pas prête pour une nouvelle histoire, mais ce qui se passe entre nous a son existence propre. Je n'ai pas encore couru le mudder, mais je me sens plus forte et bien dans ma peau. C'est peut-être grâce à l'entraînement ; ou au gars qui m'entraîne.

Je suspends ma main au-dessus du tiroir à lingerie. Je fais rarement confiance aux mecs, mais je *lui* fais confiance. Le C-O-N avait accès à mon corps, mais pas à moi. Lewis voit tout (presque tout ; il ne sait pas pour ma mère), et je lui plais quand même.

Sur une impulsion, je sors un ensemble soutif-panty sexy. Un coup à la porte d'entrée me fait sursauter et serrer les sous-vêtements contre ma poitrine. C'est qui bordel ? Je me regarde dans la glace. Mes cheveux sont humides et frisottés et je suis en peignoir. Je vais mourir si c'est Lewis, grave en avance.

Je jette un œil par la fenêtre en resserrant mon peignoir. Une voiture non identifiée est garée dans la rue devant notre maison. Je fourre la lingerie sexy sous un oreiller et je glisse la chaînette de sécurité dans son rail avant d'entrebâiller la porte.

Une version élégante de Cali, plus âgée et rouquine, se tient sur le seuil. Je pousse un gros soupir.

— Maddie.

J'ôte la chaînette pour faire entrer la mère de Cali.

— Salut, ma chérie. Tu te prépares pour sortir ?

Mon visage s'échauffe d'un ou deux degrés.

— Euh, j'ai un rendez-vous.

Son sourire s'élargit.

— Si bien que ça ? Eh bien, je ne veux pas te retarder. J'ai besoin d'un verre d'eau, mais je vais me servir.

Elle me fait signe de vaquer à mes occupations, mais je l'accompagne à la cuisine.

— Nom d'un chien, s'exclame-t-elle une seconde plus tard en voyant l'évier. Les filles, vous avez des trucs qui poussent là-dedans.

Ouais, nous sommes nulles en vaisselle. Il n'y a pas de machine, et j'assimile cette histoire de lavage à la main au Moyen Âge. La présence de Tyler n'arrange rien. C'est encore pire. En gros, nous ne faisons pas la vaisselle à moins d'avoir besoin d'un truc, nous lavons le plat ou l'ustensile en question et laissons le reste moisir.

— Désolée, Maddie. Je vais te laver un…

Elle lève la main.

— Non, non. Je vais le faire. Je n'ai pas souvent l'occasion de m'occuper de vous, les enfants.

C'est toute la différence entre Maddie et ma mère. Maman se serait pincé le nez et aurait changé de pièce.

Je me sèche les cheveux, me maquille légèrement, et m'habille. Quand je retourne dans la cuisine, Maddie a les bras plongés dans l'eau mousseuse, et empile la vaisselle propre à vive allure sur un torchon à droite de l'évier. Elle me jette un coup d'œil.

— Oh, chérie, tu es ravissante.

Je tripote le bracelet que j'ai choisi, une chaîne noire et or qui a attiré mon attention dans une boutique du quartier. Cali a insisté pour que je l'achète. Elle a dit que ça ajoutait une touche rock'n'roll à ma garde-robe classique.

— Tu ne trouves pas que ça fait trop ?

Elle me regarde, perplexe.

— Trop quoi ?

Je baisse les yeux.

— Les jambes nues, les talons aiguilles ?

Son expression s'attendrit.

— Non, chérie, tu es très jolie quand tu t'habilles en femme.

— Ça ne fait pas trop salope, parce que…

Elle éclate de rire.

— *Salope* ? Gen, chérie, comment pourrais-tu avoir l'air d'une salope ? Soit tu es libre avec ton corps, soit tu ne l'es pas. Mais rien ne peut te donner l'air d'une salope, à part agir comme une salope.

— Comme s'envoyer en l'air en public ?

Ma voix sort plusieurs octaves trop haut. J'ai envie de ravaler ces mots à la seconde où je les prononce.

Maddie sourcille.

— Si on parle de la pratique consistant à embrasser tout un tas d'hommes en public, on peut dire qu'il s'agit d'une interprétation libre du fait de sortir avec un homme. D'un autre côté, même si tu as couché avec plusieurs hommes, est-ce que tu en as honte, te sens mal dans ta peau ? Ou est-ce que tu es heureuse ?

Être avec Lewis me donne l'impression d'exister, non d'être l'ombre de moi-même. C'est le seul homme que j'ai envie de tripoter en haut d'une falaise.

— Heureuse.

— Alors tout va bien, ma belle.

Elle s'essuie les mains sur le torchon et appuie les poings sur ses hanches étroites.

— Bon, où est mon fils ? Tu ne saurais pas où il se cache, par hasard ? J'ai deux mots à lui dire.

Ça n'augure rien de bon.

Je secoue la tête.

— En général, il est dehors dans la journée, mais il rentre vers cette heure-là… avant de ressortir avec ses potes.

J'espère ne pas mettre Tyler dans la mouise. Nous sommes des adultes, mais au regard de Maddie, j'ai l'impression d'être soumise à l'inquisition parentale.

Je n'ai jamais connu ça avec ma mère. Elle me laissait faire ce que je voulais, c'est probablement pour ça que je me censure autant dans mes activités et mes tenues.

— Hum…

La bouche de Maddie se tord, elle a l'air soucieuse.

— Tout va bien ?

Son sourire n'atteint pas ses yeux bleus.

— Oui, sûrement. Tyler a manqué les réunions préparatoires de la rentrée. Son employeur m'a contactée. Il pensait qu'il lui était arrivé quelque chose. Ça doit être un malentendu, déclare-t-elle sans conviction.

Tyler est préoccupé. Pas particulièrement heureux, sinon de monopoliser notre télévision. Il n'a pas l'air d'un gars qui prévoit de retourner dans le Colorado de sitôt.

— Ne t'en fais pas, chérie, me dit-elle quand je n'ai pas de réponse à lui donner. J'irai au fond des choses.

Je n'en doute pas. La mère de Cali est une coriace. Elle me rappelle Maryanne à cet égard. Pas du genre à supporter les conneries. J'ai énormément de respect pour Maddie et c'est pourquoi sa définition d'une salope me rassure plus que tout ce que ma mère aurait pu me dire.

J'ai passé ma vie à essayer de ne pas ressembler à ma mère. Jusqu'à Lewis, je n'avais pas de libido. Les deux orgasmes de ma vie ont eu lieu les deux fois où le C-O-N a été particulièrement attentif. Jouir exige une perte de contrôle que je m'autorise rarement. Le C-O-N n'avait aucune emprise sur mon cœur. Je n'avais pas peur qu'il le brise, et j'avais raison. Au final, il a seulement blessé ma fierté.

Avec Lewis, l'intimité est un tourbillon de sensations. Garder le contrôle est le dernier de mes soucis.

J'ai peur de devenir comme ma mère, comme si un gène latent de lubricité prenait soudainement le dessus. Je ne sais toujours pas comment je me suis arrêtée à Cave Rock. L'orgasme imminent m'a procuré une extase incroyable. Avec le C-O-N, ces deux fois n'étaient que des vaguelettes sur un horizon plat. Avec Lewis et l'intensité d'un simple baiser, ça pourrait se produire tout le temps, et ce serait dangereux. Si je ne peux pas contrôler mon corps, comment vais-je protéger mon cœur ?

Lewis se présente à la porte, vêtu d'un pull gris chiné sur une chemise à carreaux, les manches du pull et de la chemise étant roulées jusqu'aux coudes.

Il fallait qu'il montre ses avant-bras. Il n'a vraiment aucune idée de l'effet qu'ils ont sur moi.

J'attrape mon sac à main sur le comptoir d'une main tremblante et présente Maddie à Lewis.

— Amusez-vous bien, s'esclaffe-t-elle en faisant un clin d'œil tandis que nous partons.

Seigneur. Pourquoi ai-je mentionné les câlins en public ?

— La mère de Cali a l'air sympa, dit Lewis en quittant la route pour une voie secondaire.

— Elle est géniale. Cali a vraiment de la chance.

Il me jette un coup d'œil.

— Tu n'as jamais parlé de ta famille.

Exactement. J'essaie d'éviter ce sujet. Mais si l'intérêt de sortir ensemble est de faire connaissance…

—Je n'ai que ma mère. Pas de père. Inconnu.

Lewis s'arrête sur le parking d'un joli restaurant avec des topiaires en spirale de chaque côté de l'entrée.

— Comment est ta mère ?

Voilà pourquoi je ne parle pas de la famille. Je ne veux pas que les gens pensent que je suis comme ma mère, mais je ne vais pas mentir à Lewis.

— Excentrique, belle, juvénile.

— Belle et juvénile, je le devine au physique de sa fille.

Il me trouve belle ?

— En quoi est-elle excentrique ?

Nous entrons dans le restaurant, et mon cou se raidit à sa question — et à la déco de l'endroit. Une brasserie française. Le genre de restau chic où ma mère me traîne.

— Eh bien, dis-je sèchement, pour commencer, elle est obsédée par tout ce qui est français. Elle a légalement changé de nom pour adopter un patronyme français.

Lewis étudie mon visage et suit mon regard qui balaie la déco, les nappes blanches, les verres en cristal…

— Viens.

Il me prend la main et m'entraîne vers la sortie.

— Où est-ce qu'on va ?

Je regarde l'hôtesse stupéfaite.

— Dans un autre endroit qui sera mieux pour notre premier rendez-vous.

Je le regarde d'un air sceptique.

— Vraiment ?

Il sourit et déverrouille la Jeep.

— Non. Mais ce sera plus confortable.

— Tu n'es pas obligé.

Je l'empêche de refermer la portière.

Il se penche et m'embrasse doucement sur la bouche.

— Je veux que tu sois heureuse.

Une bouffée de chaleur me gonfle la poitrine.

— Je ne suis pas doué pour les rencards, dit-il en indiquant d'un geste le restaurant. J'ai entendu dire que c'était un endroit sympa, mais je me fiche de l'endroit où on va pourvu qu'on soit ensemble.

Oh, la perfection au masculin…

Il ferme la porte et je me demande s'il est sage de craquer autant pour lui. Et que voulait-il dire exactement quand il a dit qu'il n'était pas doué pour les rencards ? Il n'a eu qu'une seule petite amie, mais j'imagine qu'il est sorti un peu.

Il y a quelques mois, j'aurais évité les questions indiscrètes, mais aujourd'hui, j'ai besoin de savoir. Je veux tout savoir avec Lewis. Nous roulons quelques minutes avant que j'aborde le sujet.

— Pourquoi tu dis que tu n'es pas doué pour les rencards ?

Lewis hausse les épaules alors que nous passons la frontière de l'état du Nevada.

— Je n'invite pas de femmes à dîner.

Ouais, à ce propos. Peut-être que ça éclaircira le problème Mira.

— Pourquoi ?

— En partie parce que…

Il se racle la gorge, me regarde brièvement.

— Je n'ai jamais eu besoin de le faire. Tu sais, sortir avec quelqu'un. Passer du temps avec une femme.

— Alors comment… *Ohhh.*

Évidemment qu'il n'a pas besoin de le faire. C'est le dieu de la montagne. Les filles se jettent sur lui. Mince, comme *moi*.

— Tu rentres avec des filles, tu ne sors pas avec, j'ironise.

Il se presse la nuque.

— Je t'ai dit que j'avais une copine à la fac, dit-il d'un ton léger. Ces deux dernières années, je n'ai pas eu de déclic assez fort avec quelqu'un, et puis j'ai des obligations.

Mira fait-elle partie de ses obligations ? Sa seule obligation ? Je ne vois pas ce qui pourrait empêcher un homme de se rapprocher d'une femme pendant une période aussi longue. Seulement, c'est ce que j'ai fait, n'est-ce pas ? Garder mes distances ? J'ai eu des histoires, mais je n'ai jamais laissé les mecs me découvrir vraiment jusqu'à Lewis, et seulement parce qu'il a vu des choses que je ne voulais pas qu'il voie.

— Tu n'es plus attiré par les femmes ?

Je plaisante pour détendre l'atmosphère. Si nous sommes tous les deux novices en la matière, comment saurons-nous quoi faire ? Ses obligations lui permettront-elles d'accepter ce genre de rendez-vous ?

Il me fait un sourire sardonique.

— Tu sais que ce n'est pas vrai.

Il hausse un sourcil et je rougis. Il sourit, comme s'il était satisfait de ma réaction, et reporte son attention sur la route.

— Très bien, donc tu es attiré par les femmes. La plupart des mecs que je connais aiment généralement faire des trucs.

Il me regarde d'un air entendu, avec un sourire en coin.

— D'accord, dis-je. Tu as fait des trucs. Des coups d'un soir.

Je déteste l'imaginer avec d'autres femmes. Et si j'étais ça aussi, un coup d'un soir ? Il m'invite à dîner, ce qui est rare selon ses dires, mais si j'attendais trop de lui, comme je l'ai fait avec le C-O-N sans m'interroger sur ses fréquents retours dans sa ville natale ?

Et si je voulais plus que ce que peut me donner Lewis ? Mon cœur résonne dans mes oreilles, ma respiration s'accélère et…

— Gen.

Lewis me saisit le poignet et fronce les sourcils. Son regard passe sans cesse de la route à moi, l'air inquiet.

— Je t'ai dit que je ne sortais pas avec des filles. Voilà pourquoi je suis mauvais en rencard. Tu n'es pas comme les autres. Tu me rends…

— Il pousse un soupir qui s'achève en grognement.

— Tu me rends un peu fou en fait. Je veux… je veux juste…

Il me regarde d'un air suppliant.

— Je veux.

Chapitre Vingt

Lewis se gare devant un bar miteux, pas d'autre mot pour le décrire. Un de ces bouges qui sert à manger ou non, selon ce qu'on entend par manger. Une truite est dessinée à côté de l'enseigne. Je ne sais pas si elle fait partie du logo Rotten Roy (Roy le pourri) ou indique le genre de nourriture qu'on y sert.

À l'intérieur, nous sommes de loin les clients les mieux sapés du lieu. En fait, j'aurais pu venir en tongs sans choquer personne. Des néons publicitaires de marques de bière ornent les murs. Ma préférence va au cochon rose au-dessus du billard qui tient une queue, avec marqué *Joli coup*.

Lewis me guide vers une table au fond. Un éclat de rire masculin ponctué par une toux sèche, comme si celui qui se bidonne était un gros fumeur, amplifie le bruit blanc du choc des verres sur les tables en bois usées et le brouhaha des conversations. Malgré l'animation, tous les yeux sont braqués sur nous lorsque nous traversons la salle.

Normalement, j'évite ce genre d'attention, mais c'est impossible avec Lewis. Comment les gens pourraient-ils ne pas le mater. Même les mecs le regardent, pour d'autres raisons que les femmes, mais quand même.

— C'est un peu bruyant, mais la cuisine est correcte, dit Lewis en me tendant un menu plastifié collant dont les coins rebiquent. Je viens souvent ici avec les gars du boulot.

Rotten Roy semble être le genre d'endroit où l'on sert une cuisine bas de gamme, mais je ne questionne pas ses goûts. Qui n'aime pas de la bouffe grasse de temps en temps ? Je parcours le menu et commande des nachos quand la serveuse arrive.

Le moment est venu de lui retourner une de ses questions. La vengeance n'est que justice.

— Comment est ta famille ?

Il hausse les épaules.

— Je t'ai parlé un peu de ma mère, et t'as rencontré mon père.

John Sallee.

— Ton père a été très sympa quand je suis venue lui poser des questions sur les obstacles.

Lewis prend le verre d'eau que la serveuse a posé devant lui et boit.

— On est diamétralement opposés lui et moi.

J'arque un sourcil.

— Mon père est un bavard.

Et Lewis est un taiseux, même si j'ai l'impression qu'il se confie plus avec moi.

— Passe trente minutes avec lui et tu connaîtras toute sa vie. Mais ce n'est pas un défaut, il ajoute comme s'il regrettait ses mots. C'est un père génial.

— T'inquiète. Je n'ai jamais connu mon père, alors je ne sais pas ce que je rate.

Un ange passe, puis :

— Pourquoi tu ne connais pas ton père, Gen ?

(Je me tortille sur mon siège.)

— Désolé, je ne voulais pas être indiscret. Je veux juste… Je veux seulement te connaître.

Je ne devrais pas lui dire. Je vais dégringoler dans son estime.

— Je ne connais pas mon père… parce que je ne sais pas qui c'est.

Je le laisse digérer l'information.

— Ma mère avait… elle avait des mecs. Tout un tas de mecs. Tu vois ce que je veux dire ?

Il hoche lentement la tête.

J'ignore pourquoi je lui dis ce que je n'ai jamais confié à personne. J'ai en partie envie qu'il le sache et en partie envie de le repousser avant qu'il ne me fasse souffrir. Je baisse les yeux vers la table et gratte une miette collée.

— Je suis presque sûre que ma mère se fait entretenir par ses mecs, dis-je doucement.

Je coince une mèche de cheveux noirs derrière mon oreille pour occuper ma main agitée.

Plusieurs secondes de silence s'écoulent. Je n'aurais jamais dû lui dire. C'est le moment où il va me jeter. La panique m'étreint la poitrine alors que je réalise trop tard que je suis déjà trop mordue. S'il me quitte, je vais en baver comme jamais.

Lewis tend la main et me presse les doigts.

— Je suis content que tes parents se soient rencontrés, sinon on ne serait pas ici.

Il sourit d'un air coquin, sexy, et un grand sourire me fend le visage.

Mon secret honteux n'est plus un secret. Lewis ne me juge pas, il me rassure, et soudain, je me sens plus légère et plus heureuse que jamais.

Je n'ai jamais fait part de ma théorie sur ma mère à personne, pas même Cali, et le fait de le dire à Lewis me donne confiance. Je n'ai pas l'intention de le crier sur les toits, mais s'il y a une chose que j'ai apprise cet été, c'est que cacher des informations à ses meilleurs potes se termine toujours mal. Je dois le dire à Cali aussi.

Ensuite, nous ne parlons plus de mon père, de ma mère ou des parents de Lewis. Nos plats arrivent et je suis trop occupée à manger mes nachos et à me pencher sur la table pour mordre dans le futur pontage coronarien de Lewis, le fameux Destroyer : un hamburger si gros et si gras que je crains littéralement pour sa vie, au point de l'aider à se débarrasser du monstre.

Lewis vole dans mon assiette une chips dégoulinante de fromage et de bœuf.

— Ça te dit qu'on se fasse un billard ?

Je mate la chips qu'il enfourne dans sa bouche.

— Hé, je la voulais celle-là.

Il sourit.

Je regarde derrière moi. La table de billard est libre. Je tambourine des doigts. Voilà. C'est ma chance pour botter le cul de Lewis. Toute la semaine – enfin depuis deux semaines, mais qui compte ? –, il a sapé mon mojo sportif avec ses entraînements de la mort. Mais donnez-moi une queue et des boules et je *l'explose.*

— Ouais, avec plaisir, dis-je innocemment.

Inutile de l'avertir de la raclée que je vais lui infliger.

Nous prenons mon verre d'eau et le soda qu'il a commandé après son burger de la mort – apparemment, son estomac est un puits sans fond, ce que j'admire –, et nous choisissons chacun une queue sur le rack mural.

Lewis frotte la craie bleue sur son embout.

— Honneur aux dames.

J'essaie de ne pas afficher un sourire suffisant, mais c'est dur. Il mérite tellement de morfler pour ce qu'il m'a fait subir, mais je ne veux pas encore me dévoiler.

— Ben, merci.

J'examine les boules d'un air désinvolte et fronce les sourcils comme si j'hésitais.

Je me penche, vise, recule la main, et frappe la boule blanche qui explose le triangle avec grand bruit. Deux boules rayées et une pleine rentrent.

Lewis se frotte le menton.

— T'as déjà joué ?

— C'est possible.

Je souris, car je ne peux plus me retenir. Je ne vais lui laisser aucune chance de tirer.

J'empoche trois autres boules rayées dans les angles et je me prépare pour ma quatrième quand je sens Lewis dans mon dos. Il essaie de me distraire ?

Bien tenté, mais ces entraînements de folie m'ont appris à me concentrer. Je recule la queue, me concentre sur le triangle formé par la boule blanche, la bande latérale et la poche dans l'angle droit, puis… je sens son parfum.

— Bonne chance, me susurre-t-il dans l'oreille, à un millimètre de moi.

J'ai déjà propulsé ma queue en avant et je ne peux pas arrêter mon geste, mais l'angle est mauvais. Je frappe mal la blanche, qui va s'écraser sur la 12-violette, qui ricoche dans un no man's land. La blanche disparaît dans la poche.

— Merde.

Je le regarde bouche bée.

— Tu l'as fait exprès, je ronchonne, l'œil noir.

Il tente de masquer son sourire, mais sa lèvre se retrousse.

Le reste de la partie se poursuit dans cette veine. Je frôle le mollet de Lewis du bout de ma canne quand il tire, il m'effleure les fesses des phalanges quand c'est mon tour. Je gagne, mais le score est serré avec tous les tripotages — je veux dire les *distractions*.

Nous sommes garés dans l'allée du chalet et je cherche

mes clés, car personne ne pense jamais à laisser le porche allumé et je ne trouverai pas mes clés dans la nuit noire de Tahoe si je sors de la voiture.

Nouvelle règle de la maison : la dernière personne à partir allume le porche, sinon corvée de vaisselle.

Le temps que je trouve ce que je cherche, Lewis a ouvert la portière et m'attend. Nous marchons jusqu'à l'entrée, et je suis soudain nerveuse.

Va-t-il vouloir entrer ? Dois-je attendre qu'il le demande ou lui proposer en premier ? Je n'ai pas envie que la soirée se termine. Dire que Lewis m'attire est un euphémisme, mais il est aussi drôle et je me sens proche de lui.

Dans la pénombre du porche, il se penche et m'embrasse doucement sur les lèvres.

— Je peux te revoir cette semaine ?

— Oui, dis-je rêveusement. Attends… cette semaine ? Tu ne veux pas entrer ? je lâche d'un ton moins désinvolte que voulu, mais il m'a désarçonnée avec son intention de partir si vite.

Il jette un œil vers la porte ouverte, semble hésiter.

— C'est notre premier rendez-vous alors… je t'appelle bientôt, d'accord ?

Il se retourne et s'en va.

C'est quoi ces conneries ?

— Lewis, la règle qui limite le premier rendez-vous à un baiser ne s'applique qu'aux personnes qui ne sont pas allées plus loin.

Je souris d'un air suggestif.

Mais pourquoi je deviens soudain une fille désespérée de s'envoyer en l'air ? Ah oui, parce que j'en suis une.

Il se tient à la rampe du porche, affiche un visage grave.

— Je veux faire les choses bien, Gen.

On vient de manger dans un bouge et de jouer au

billard en se tripotant, je pense, mais je ne le dis pas. Je lève la main, déconcertée.

— Et la bienséance exige d'attendre le prochain rendez-vous ?

Il hausse une épaule, se pose la question.

— Très bien, dis-je et je m'enfuis dans ma chambre.

J'arrache ma robe et j'enfile un jogging et un t-shirt posés sur le dessus du panier. Propres ou sales, je m'en fous. Je ne suis même pas sûre qu'ils soient à moi.

Je m'en fiche.

Effectivement, le jogging trop court de dix centimètres s'avère être à Cali, ce que j'aurais constaté si j'avais pris la peine d'allumer la chambre.

Ce que je m'apprête à faire n'est pas malin ni prudent. C'est carrément culotté. Mais je n'ai pas envie que Lewis s'en aille, et depuis que j'obéis à mes envies, tout semble aller mieux.

Je veux qu'il reste. Avec moi. Cette nuit. Je n'ai jamais autant désiré une chose.

Je ressors en courant et m'appuie contre le cadre de la porte, croisant les jambes au niveau des chevilles pour cacher les talons que je porte toujours. Lewis a dû s'attarder dans les parages après mon départ, car il n'a pas encore atteint sa Jeep.

— Lewis ?

Il se retourne.

— Le rencard est officiellement terminé.

J'indique d'un geste le jogging froissé et trop court.

— Tu veux entrer ?

Pendant une seconde, son visage est inexpressif, puis il affiche un air concentré et résolu. Il ferme la portière de la voiture, clique sur le porte-clés, faisant clignoter les phares, et me contourne pour entrer dans la maison.

Chapitre Vingt-Et-Un

Dans ma hâte de virer ma robe, je n'ai pas remarqué la faible lumière qui brille dans la tente de Cali et Jaeger. Aucun signe de Tyler toutefois, donc au moins j'ai la maison pour moi. Pas besoin d'autant d'espace, cela dit.

— Je ne veux pas te donner une fausse idée de moi, mais ça t'ennuie si on va discuter dans ma chambre ?

Lewis hausse un sourcil, un petit sourire aux lèvres.

Je suppose que je ne trompe personne.

— Le… le petit ami de Cali, Jaeger… il loge chez nous.

Je bafouille parce que mince, je ne veux pas qu'il pense que je suis comme ça avec tous les mecs. Plus je vois Lewis, plus j'ai envie de lui sauter dessus, de l'embrasser et de le toucher.

C'est entièrement sa faute. C'est comme ça depuis le début et ce dîner fatidique. Il a ébranlé ma paix intérieure et abattu des murs vieux de dix ans.

— On manque de place, alors ils dorment dans une tente dehors.

Lewis repère la tente par la fenêtre et hoche la tête en signe d'appréciation.

— Énorme.

— Ouais, Jaeger est un géant. Bref…

Je le tire par le bras et le traîne dans la chambre, fermant la porte derrière nous. Il s'assied sur le lit, car ma chambre a la taille d'un dressing et, comme Jaeger, Lewis n'est pas petit. Les ressorts du matelas grincent sous son poids, mon lit double ressemblant à un lit une place quand il est dessus.

— Tu veux quelque chose à boire ? À manger ?

J'aurais dû y penser avec de l'enfermer dans ma chambre.

Il pose les avant-bras sur ses cuisses.

— Je vais bien. Merci.

Il m'observe, et j'ai l'impression qu'il me découvre. Regard oblique vers ma poitrine, ma taille, mes jambes, retour sur mon visage. J'ai allumé la lampe, car la laisser éteinte aurait été un acte désespéré – je ne ferais jamais ça.

Il a une vue sympa sur mon t-shirt froissé, mais quelque part, je ne pense pas que ça le gêne. Mon petit cœur s'emballe, mes seins pointent. J'avale ma salive et inspire à fond. Calme, paix, sérénité – pas question de faire de l'hyperventilation à l'idée que Lewis est dans ma chambre et mate mes tétons à travers le t-shirt fin et mon soutif en dentelle.

Je m'assieds à côté de lui et louche sur sa bouche comme si c'était le centre de l'univers.

— Alors, qu'est-ce que tu veux faire ? je demande en levant les yeux vers les siens.

Il regarde mes lèvres.

Il se penche en avant et m'embrasse, une main sur ma joue. La tête me tourne.

— Ça va ?

Sa voix normalement suave est éraillée et rauque, ses lèvres s'éloignent.

Quoi ?

— Oui…

Je tends le cou et j'écrase mes lèvres sur les siennes.

Comme une tornade s'abat sur la ville, tous les gestes qui étaient auparavant sages et hésitants se transforment en un tourbillon frénétique. Je lui arrache sa chemise, il glisse les mains sous mon haut, nous tombons à la renverse sur le lit.

J'arrive à lui enlever son pull, mais je galère avec les boutons de sa chemise. Tandis que je les trifouille, il dégage les mèches de mon front et me regarde dans les yeux.

— Gen, on n'est pas obligés de le faire. Maintenant, je veux dire. Je peux attendre. J'attendrai.

Aucun mec n'a jamais dit qu'il attendrait pour coucher avec moi. Parfois, je n'étais pas prête à aller aussi loin, mais j'ai accepté parce que je voulais un petit ami. La plupart du temps, j'étais la seule fautive, car je n'ai pas osé dire non.

Attendre est la dernière chose que je veux en ce moment.

— Et si je ne veux pas attendre ? Ça ne m'est jamais arrivé. Je me fous de tout ça, c'était juste pour… dis-je en agitant la main comme une hystérique. Et maintenant, tu me dis que tu ne veux pas ?

Ma voix est trop aiguë, mais c'est difficile de parler alors que je suis en hyperventilation à cause des hormones et de la crainte qu'il freine des quatre fers comme il l'a fait lors de la soirée au hangar à bateaux.

Je commence à m'asseoir, mais il m'aplatit avec son corps, la bouche sur mon cou.

— J'en ai envie, me susurre-t-il à l'oreille.

J'avale une goulée d'air. Mes épaules se détendent, puis mes bras. Je pose les paumes à plat sur son dos.

— Oh, je minaude avant que ses lèvres effleurent les miennes. Je te plais assez ?

Il se penche en arrière, incrédule.

— J'ai failli t'embrasser dans le couloir le premier soir où on s'est rencontrés – avant même de te parler. Tu as vraiment des doutes sur mon attirance ?

Il roule sur le dos et se passe les doigts dans les cheveux en fixant le plafond.

— Gen, je suis devenu fou en essayant de trouver comment te joindre. Je pensais que tu me détestais, que tu me prenais pour un sale mec infidèle, et puis on s'est embrassés à la cascade. Je n'allais pas te lâcher après ça.

Eh bien, présenté de cette façon…

— Si c'est vrai, pourquoi faire l'amour avec moi te pose un problème ?

Il se frotte la mâchoire comme s'il cherchait les bons mots, et roule sur le côté pour me faire face, la tête posée au creux de sa main.

— Ça ne me pose pas de problème. Seulement… c'est important pour moi. Je ne veux pas te mettre la pression.

— Mais tu ne comprends pas. Aucun mec ne m'a jamais excitée…

Il sourit.

— Enfin, tu vois ce que je veux dire. Je t'aime bien. Même si tu me tortures à l'entraînement, je grommelle.

— OK.

Il m'embrasse tendrement sur la bouche.

— Du moment qu'on est d'accord. Juste pour que tu saches…

Il fait courir ses lèvres sur ma gorge et lèche le haut d'un sein.

— Je devrai tuer tous ceux qui te regarderont de

travers ou te feront du mal, maintenant que tu es ma petite amie.

Il dit que je suis sa petite amie… *Assez bavassé.*

Il lève la tête et je fronce les sourcils.

— J'étais à deux doigts de tuer ce connard à ton travail.

— Qui ? Drake ? C'est tout l'intérêt du mudder, je marmonne en cherchant ses lèvres, qu'il recule quand j'avance, ce qui m'exaspère. Je vais être une dure à cuire, et les mecs n'oseront plus me peloter.

— De quoi tu parles ?

— L'Alpine Mudder.

Je lui embrasse le menton, dardant la langue sur sa cicatrice.

Il déglutit, les yeux dans le vide.

— Quel est le rapport entre le mudder et les mecs qui te pelotent ? *Et qui te pelote ?*

Cette conversation fait affluer son sang au mauvais endroit.

— Personne. J'essaie juste de m'affirmer davantage avec les hommes, mais… on peut parler de ça plus tard ?

Je le caresse à travers son pantalon. Je suis très intéressée par l'énorme objet qui m'a tourmentée sexuellement ces dernières semaines.

Ses yeux se perdent. Il roule sur le dos et me hisse sur lui en m'embrassant passionnément.

Les boutons enfin défaits, j'enlève sa chemise, exposant à ma vue un hectare de peau lisse et musclée que mes doigts s'empressent de caresser. La respiration de Lewis s'accélère quand il me regarde baisser sa braguette et descendre son pantalon et son caleçon dans la foulée.

Je ne plaisantais pas quand je disais que j'avais besoin de le toucher. Je désire Lewis dans tous les sens du terme.

Je n'ai jamais voulu faire ça (je ne l'ai jamais fait avant), mais je le veux maintenant.

Je referme ma bouche autour de son sexe.

Sa tête bascule en arrière avec un gémissement et ses yeux dardent vers moi comme s'il ne voulait rien manquer du spectacle.

— Geneviève.

Sa voix feutrée et rauque allume un incendie dans mon ventre.

Instinctivement, je lèche de la base vers le haut en le serrant dans ma main et en enroulant les lèvres autour de son gland, que je suce. Je suis en territoire inconnu, mais jusqu'ici tout va bien. Il sent la pinède, même dans cet endroit intime, mélangé au savon et à l'odeur masculine que j'associe à Lewis.

Il halète, ses cuisses sont dures comme du granit sous mes bras.

— Ça va ? je demande.

Un borborygme proche d'un râle de plaisir s'échappe de ses lèvres.

Je vais prendre ça pour un oui.

Je comprime la base épaisse et l'engloutis en entier, puis le ressors quelques secondes plus tard pour inspecter son gland soyeux qui me semble soudain être l'objet le plus fascinant du monde, alors qu'avant je ne regardais même pas.

J'aime le velours de la peau de Lewis sur mes lèvres. Je fais courir ma bouche le long de son sexe, et mon menton frotte contre la fermeture éclair de son pantalon. Ce qui me rappelle que je veux voir le reste de son corps. Mais je n'ai pas fini ici. Peut-être que si je le déshabille vite fait ?

Je me recule et fais glisser son pantalon jusqu'à ses chevilles pour qu'il l'enlève plus facilement.

Lewis se redresse plus vite que son ombre, m'enlève mon t-shirt et dégrafe mon soutif qu'il envoie valser.

Je me penche au bord du lit, bien décidée à défaire ses chaussures pour faire glisser son jean, lorsqu'il baisse mon jogging et me caresse l'intérieur des cuisses.

Ma tête se vide.

Ses grandes mains sont à quelques millimètres du cœur qui palpite entre mes jambes. Il les glisse sur mes fesses pour me rapprocher de lui, et m'embrasse langoureusement, un bras passé derrière mon dos.

— Enlève le reste de tes fringues.

— Oui, je dis à bout de souffle.

Il rit.

— Tes chaussures ?

Je louche sur les escarpins que je porte encore. Avec un jogging trop court.

C'est hyper sexy.

— Viens…

Il me déplace jusqu'à ce que je sois assise sur ses jambes, puis il me lève un mollet, déboucle la lanière pour moi.

Pourquoi ses mains masculines qui détachent les boucles de mes escarpins sont-elles si excitantes ? Je fais glisser ma paume de haut en bas de l'érection qui effleure ma hanche et m'appelle.

Sa respiration s'accélère en même temps que la vitesse de ses doigts sur les lanières. Je sens un tiraillement et une secousse, puis les deux chaussures volent à travers la pièce et il me renverse sur le matelas, s'allonge sur moi, cette fois entièrement nu parce qu'il a enlevé le reste de ses vêtements, et mon Dieu, c'est bon.

Et il m'embrasse la bouche, une main passant sur ma poitrine, le long de mon flanc, mon ventre. Ses lèvres suivent la trace, me bécotent le nombril, la hanche. Ses mains et ses épaules m'écartent les genoux et il m'empoigne les fesses, soulevant…

— *Attends*.

J'essaie de me redresser, mais je ne peux pas vraiment, parce que mon cul est en l'air avec sa tête entre mes jambes.

Il embrasse le pli en haut de ma cuisse.

— Oui ?

Il darde la langue et me lèche *à cet endroit*.

— Ohhhh, je ne suis pas…

La vache, c'est bon…

— … à l'aise avec ça, je soupire d'une voix tremblante.

Je n'ai jamais été à l'aise avec le sexe oral. J'ai l'habitude de relever la tête des mecs quand ils s'attardent dans la zone, mais là ?

Là, ça me semble une excellente idée.

Il m'écarte et plonge la langue, et la fait tourner autour de mon bourgeon qui est enflé et palpite à cause de lui. Ses doigts talentueux entrent dans la danse et je suis faite.

Il reste là environ trente secondes avant que je crie, et je parle de cris et de halètements, puis il remonte le long de mon corps, me dévore la bouche. Il insère ses hanches entre mes jambes, son sexe se frottant contre la zone sensible qu'il vient juste de séduire à mort, puis il me pénètre et tangue en moi, lentement, avec application – relançant *mon moteur à explosion*.

Je lui empoigne les fesses et je les pétris, parce que soudain un deuxième orgasme me semble une idée fantastique.

— *Capote ?* je halète.

Je prends la pilule, mais nous n'avons pas parlé de ces détails.

Son souffle me brûle la joue, ses lèvres m'effleurent l'oreille.

— Elle est en place.

Elle est en place ? Wouah. J'avais vraiment, euh, l'esprit ailleurs.

C'est ma dernière pensée cohérente alors que Lewis va et vient en moi, adoptant un rythme régulier, et puis je gémis et halète, emportée par un nouvel orgasme plus puissant que le premier – ce que je ne pensais pas possible.

Son corps se tend et un grognement sexy jaillit de sa poitrine, ses bras se raidissent de chaque côté de ma tête. Il se tient au-dessus de moi, sa respiration s'emballe, puis il s'effondre sur le côté, me faisant rouler avec lui.

C'est officiel, me dis-je alors que nos jambes s'emmêlent. Je suis passée de sainte-nitouche à obsédée sexuelle. Je suis collée contre lui, je sniffe son odeur comme une drogue, il me tient dans ses bras et je ne suis pas sûre de vouloir quitter cette place un jour. J'envisage de recommencer dès que j'aurais oxygéné mon cerveau.

Mes membres alanguis et inutiles sur le matelas, je m'assoupis, dans les bras de la seule personne au monde à qui je me suis autant confiée. Ma vie, les conneries de ma mère, mon corps, mon cœur…

Chapitre Vingt-Deux

Un rayon de soleil traverse les rideaux beiges en face de mon lit, me réchauffant le visage et m'éblouissant. Je me blottis contre le grand corps chaud et doux à côté de moi. Lewis passe une main derrière lui, me tapote la cuisse comme pour se repérer, et enroule le bras autour de mon dos en position de cuillère inversée. Ses larges épaules se déplacent et me cachent la lumière. Je me rendors – jusqu'à ce que mon téléphone sonne le glas du plus beau matin de ma vie.

Je tâtonne pour trouver le téléphone sur la table de nuit. Le couple sonnerie-vibration hurle comme une sirène qui me secoue le cerveau. J'ai l'intention d'appuyer sur Refuser, mais mes yeux fonctionnent mal et je tape accidentellement sur Répondre.

— Allô ? … *Allô ?* Geneviève ?

— Maman, je coasse. Il est tôt. Trop tôt pour…

— Tu dors encore ? J'aurais dû m'en douter. Franchement, comment veux-tu réussir ta vie si tu dors toute la journée ?

C'est ironique, étant donné que ma mère a beaucoup

dormi le matin après les nuits blanches passées avec des types deux fois plus jeunes qu'elle.

— Je travaille le soir, maman, et je me suis entraînée. Je suis morte. On s'appelle plus tard ?

— Entraînée ? Pour quoi ?

— L'Alpine Mudder, je bâille. Tu devrais venir. C'est dans deux semaines.

Lewis se glisse hors du lit et mes pensées coagulent en une bouillie épaisse. *Son corps nu. Son cul... ce qu'on a fait la nuit dernière.*

Ma mère dit quelque chose.

— Quoi ?

Elle pousse un soupir, puis elle cesse de respirer.

— Attends une minute. Il y a quelqu'un avec toi ?

Ma main broie le téléphone.

— Le mudder, dis-je hâtivement en m'en tenant au sujet précédent.

— Oui ! Il y a un garçon avec toi. C'est qui ? Je le connais ? S'il te plaît, dis-moi que ce n'est pas l'enculeur de mouches.

— Le quoi ? Non, maman. Je dois y aller. N'oublie pas le mudder. Tu disais que tu voulais revenir me voir avant la rentrée. Le week-end de la course serait parfait.

Ou désastreux. Je ne sais pas encore.

— J'aurais dû me douter que tu serais une sportive, grommelle-t-elle.

Voilà qui attire mon attention. Ma tête s'éclaircit et je me redresse.

— Pourquoi ça ? T'es nulle en sport... je lance avant de réaliser ma bourde. Enfin, tu aimes le golf, mais... qu'est-ce que tu insinuais exactement ? Y a-t-il un autre sportif dans la famille ?

— Non, non, rien.

Sa voix est tendue.

— T'as raison. Ça a sauté une génération. Je crois que ton arrière-grand-père était un joueur de baseball, ou de football ?

— Mais tu as dit que tu aurais dû t'en douter, alors t'avais quelqu'un en tête, non ?

— Quoi ? Non, Geneviève. On va discutailler de ça toute la matinée ou tu vas enfin me parler de cette course et du garçon qui couche avec toi ?

Je lui donne la date de la course et j'ignore sa deuxième question.

— Je t'aime, maman.

— Mais…

— Bye.

Je raccroche et frissonne, serrant le drap contre ma poitrine. Je ne souhaite pas parler de ma vie sexuelle avec ma mère.

Lewis est en pantalon, torse nu. C'est une jolie, très jolie vue.

Je me rallonge et souris.

— T'es sûr que tu dois partir ?

Ses yeux effleurent mon corps sous le drap comme si j'étais nue. Il a un sourire coquin.

— Malheureusement… je dois bosser… Mais comme la boîte m'appartient en partie, je fixe mes horaires.

Il se jette sur le lit et je rebondis de dix centimètres dans les airs, un couinement s'échappant de mes lèvres.

Ce n'est que récemment que Lewis a montré cette facette de lui-même – le côté joueur et drôle – et ce, alors que j'étais déjà dangereusement attirée par lui.

Il tend le bras et prend son téléphone portable sur la table de nuit, sa paume me caressant la hanche tandis qu'il tape rapidement avec son autre main. J'essaie de jeter un coup d'œil à l'écran, mais il détourne le téléphone et me lance un regard sévère. Il jette le téléphone derrière lui.

— Je me suis donné ma matinée.

Il fait glisser le drap sous mes seins et je passe les mains sur ses épaules, ses biceps.

— C'est pour ça que tu bosses avec ton père ? Pour fixer tes propres horaires ?

Je ne m'en plains pas du tout. Je valide totalement cette éthique de travail, car elle me profite.

Le téléphone de Lewis vibre deux fois.

— Ignore-le, murmure-t-il en embrassant le sillon entre mes seins.

Nouvelles vibrations insistantes alors qu'il m'embrasse près du nombril. Il lève les yeux. Agacé, il ramasse le téléphone, en me maintenant sur le lit d'une main. Il regarde l'écran et pousse un gros soupir. Puis il me couvre du drap, fait pivoter ses jambes et pose les pieds par terre.

Je me redresse.

— Y a un problème ?

Il m'embrasse sur la joue et se lève.

— C'est un texto de l'archi pour me rappeler une réunion avec un client. Ils sont déjà sur place.

Merde. Dommage qu'il doive partir.

— Et Mira a besoin d'un truc, ajoute-t-il.

Mon cœur chavire. Il part à cause d'un texto de Mira ou d'un rendez-vous client ? Si c'est pour le travail, pourquoi mentionner Mira ?

Lewis tique en voyant son pantalon froissé.

— Ça peut le faire ? Pas le temps de passer chez moi.

J'exprime un « bof » par un mouvement de tête.

— Ta chemise est bien, cela dit.

Par un heureux hasard, la chemise a fini drapée sur la lampe et non chiffonnée au sol. Il l'enfile, pull en main, et je dis bye bye au corps nu de Lewis et à cette matinée de rêve.

Ce sera toujours comme ça ? Lewis qui décampe pour rendre un service à Mira ? Cette idée me déprime.

Il caresse des yeux ma silhouette sous le drap et fronce les sourcils comme s'il regrettait de partir.

— Je t'appelle plus tard, d'accord ?

Il se penche, me fait un smack, me presse la main. Je me demande s'il voit ma contrariété, car il m'embrasse encore, tendrement cette fois, m'effleurant le menton du pouce avant de franchir la porte de la chambre.

Je me précipite à la fenêtre, enveloppée du drap. Lewis monte dans sa voiture et part en marche arrière, jetant un dernier regard au chalet, puis il s'engage dans la rue et disparaît.

Une douloureuse sensation de vide se répand dans ma poitrine. J'ignorais ce qui se passerait en moi après l'amour, mais le besoin désespéré d'être avec lui n'en faisait pas partie.

Est-ce de l'amour que je ressens – pour celui dont j'ai promis de ne pas m'approcher ? Le problème Mira existe toujours, c'est plus qu'évident.

Merdum.

———

J'ESSAIE de me rendormir sans succès. Allongée dans mon lit, je broie du noir, m'inquiétant de la dangerosité de Lewis sur ma santé mentale. La dernière fois que j'ai aimé un mec, il m'a trompée, et mes sentiments pour le C-O-N étaient loin d'être aussi enivrants que ceux que Lewis fait naître en moi.

J'enfile un jogging et un débardeur, me traîne dans la cuisine et j'essaie de verser des Cheerios dans un bol sans en mettre par terre – ce qui m'arrive fréquemment le matin. On frappe à la porte d'entrée.

Cali est partie au boulot avant mon réveil, Jaeger aussi, et Tyler n'est pas là. Il disparaît souvent ces derniers temps. Apparemment, le jour où sa mère a débarqué, ils se sont disputés parce qu'il n'a pas repris le travail. Je ne sais pas trop ce qui lui arrive.

Étant seule à la maison, cet heureux visiteur va avoir droit à ma tête du matin. Au moins, je ne suis pas en robe de chambre.

J'ouvre la porte collante et trouve Lewis sur le seuil. Mon visage se fend d'un grand sourire, jusqu'à ce que je remarque son air préoccupé.

— Qu'est-ce qui ne va pas ?

— C'est Cali, dit-il d'une voix tendue. Je suis allé au bureau. Elle était mal.

Il jette un coup d'œil à mon débardeur de pyjama, et très probablement à mes tétons qui pointent à travers le tissu fin. Je rougis au souvenir de ce qu'il leur a fait il y a quelques heures à peine. Il se racle la gorge et fait un geste vers mon haut.

— On doit y aller, mais peut-être pas dans cette tenue ?

Je me précipite dans la chambre et prends un pull léger. Si Lewis a annulé son rendez-vous pour revenir, il a dû se passer quelque chose de grave.

Mon cœur s'emballe, mes mains tremblent quand j'attrape mon téléphone et mon sac à main et me regarde dans le miroir. J'ai une choucroute des années 80, mais je m'en fous pour l'instant. J'aplatis ma tignasse avec les paumes et je cours vers Lewis.

— Qu'est-ce qu'elle a exactement ?

Il ferme la porte d'entrée, la main au creux de mon dos, et me pousse vers la Jeep.

Il regarde droit devant lui, le visage crispé.

— Je ne sais pas. Ils l'ont emmenée à l'hôpital. Elle va très mal.

Chapitre Vingt-Trois

Comment la vie peut-elle basculer en un instant ?

Lewis et moi apprenons en arrivant à l'hôpital que Cali est aux soins intensifs.

Ma meilleure amie au monde a failli mourir ce matin.

Mon estomac se serre douloureusement à cette idée, et le danger n'est pas écarté. Cali a fait une réaction à la Molly ou l'ecstasy – peu importe –, une drogue festive que j'ignorais qu'elle consommait. Cali a un côté déjanté, mais elle ne se drogue pas. Du moins, je le croyais jusqu'à maintenant.

Sa mère travaillait dans les casinos. Cali a entendu parler en grandissant du danger des addictions. Elle disait qu'elle ne prendrait jamais ce genre de merde. Et le matin, avant d'aller bosser ?

C'est absurde.

On ne peut entrer qu'à deux aux soins intensifs, et sa mère et son frère s'y trouvent. Ils me laissent jeter un œil à l'intérieur, mais Cali dort, fiévreuse, et je ne reste pas longtemps.

Lewis et moi attendons des nouvelles en salle d'attente. Je passe toute la journée et la nuit sur une chaise d'hôpital en polyester, agrippée au bras de Lewis, paniquée, ne sachant pas si le médicament que les médecins ont donné à Cali pour contrer sa réaction aux drogues va fonctionner. Maddie a dit que Cali a fait un malaise et s'est évanouie. Si elle n'avait pas été au travail quand c'est arrivé… si elle avait été seule… je ne veux pas laisser mon esprit aller sur ce terrain.

La tête penchée sur l'épaule de Lewis, les yeux fermés, je sens mon portable vibrer. Je le laisse presque tomber dans ma hâte de lire le texto, impatiente d'avoir des nouvelles de Maddie.

Jaeger: *Elle est réveillée. Chambre 12.*

Jaeger est à l'hôpital ? Je ne cherche pas à savoir comment il est entré aux soins intensifs, pas le temps. Je cours vers la chambre, les pas lourds de Lewis à mes trousses.

Maddie est la première personne que je vois en entrant, puis Cali, la tête relevée sur les oreillers, ses cheveux blond-roux plaqués à des angles bizarres sur sa tête. Elle est assise, les yeux clairs avec des cernes noirs, mais alerte.

Je cligne des yeux pour chasser mes larmes et m'installe à son chevet tandis que les autres sortent pour nous laisser la place.

— T'es réveillée.

Je souris en tripotant ses draps. Elle les repousse et j'étouffe un sanglot. C'est une dure à cuire. Elle va s'en sortir.

Jaeger jette un œil dans la chambre, les traits tendus.

Vu la façon dont il rôde dans le couloir, j'imagine que c'est à l'usure qu'il a trouvé le moyen de passer la nuit dans la chambre avec les proches de Cali. Qui dirait non à un type visiblement désemparé et si costaud ?

Le sourire de Cali s'efface quand elle aperçoit Lewis. Beaucoup de choses ont changé depuis deux jours. Cali ne sait pas que je sors avec Lewis, mais je vais attendre qu'elle soit à la maison, tirée d'affaire, pour lui en parler.

Pour le moment, j'ai quelques questions.

— Cali, comment t'es-tu retrouvée mêlée à tout ça ?

Elle laisse tomber sa tête sur l'oreiller.

— Pas toi aussi. J'ai bu un moka hier matin, c'est tout.

Elle explique longuement, pour la deuxième fois apparemment, qu'elle n'a pas pris de drogue volontairement. Elle a été droguée. Par l'ex-petite amie de Jaeger ou un ami à elle. La même ex qui squatte la maison de Jaeger, d'où la tente dans le jardin. Jaeger pense que son ex est responsable du fait que quelqu'un ait mis de la drogue dans son moka hier matin quand un ami l'a emmenée au travail en voiture.

C'est quoi ces gens qui n'acceptent pas qu'on les largue ?

———

La police n'a pas cru à l'histoire de Cali aussi facilement que nous, ses proches. Quand elle sort de l'hôpital quelques jours plus tard, elle est immédiatement arrêtée.

C'est un gros micmac.

Jaeger a payé sa caution (car apparemment, il est plein aux as) et elle est se repose et reprend des forces à la maison, alors que je dois retourner au travail.

Je regarde ma montre. Plus qu'une heure avant la fin de mon service et l'arrivée de Lewis. Il m'a laissé de l'espace ces deux derniers jours pour m'occuper de Cali, mais il me manque.

Le casino accueille chaque année un tournoi de golf de célébrités, et avec la foule présente de cette semaine, c'est l'une des rares fois où cela ne me dérange pas de servir les tables du fond au Mont Belle Lounge. Je suis débordée et je gagne une tonne de pourboires, et pas seulement de la part des habitués. J'ai servi plusieurs célébrités, la dernière étant un joueur de ligne offensive à la retraite, un sale con qui a exigé que je lui change son cocktail après avoir jugé le citron défraîchi. Il m'a quand même filé un pourboire de dix dollars.

Les gens célèbres ont une réputation à défendre. Personne ne veut passer pour un radin. Les ragots se répandent vite ; Cali et moi sommes les premières à regarder religieusement les news people.

Un homme d'âge moyen et sa femme remplacent le joueur de ligne offensive à ma table. C'est un beau couple. Elle est menue et blonde, l'homme est brun et grand, avec des épaules larges. Il est bien gaulé et trop séduisant pour ne pas être une célébrité.

Je m'approche immédiatement de leur table, car les people deviennent désagréables si on les fait attendre plus de dix secondes.

— Qu'est-ce qui vous ferait plaisir ?

J'affiche un grand sourire, ce qui augmente le pour-boire en principe.

L'homme cligne des yeux, il regarde la femme avant de toussoter.

— Ma femme prendra le vin blanc de la maison, et moi une bière pression.

D'accord, peut-être pas des célébrités. Les VIP commandent du haut de gamme, pas le vin de la maison.

— Je vous rapporte ça tout de suite.

Je pose des serviettes à cocktail sur la table et je tourne sur moi-même.

Mon souffle s'arrête et mes genoux flanchent. Drake est debout devant moi, à quelques centimètres de mon visage.

— Geneviève, dit-il. J'ai besoin de toi dans l'une des suites.

La gorge serrée, le pouls affolé, il me faut quelques secondes pour retrouver ma voix.

—Je ne peux pas, je suis débordée.

Il sourit placidement, enroule ses longs doigts minces autour de mon bras d'une poigne meurtrière et entreprend de m'entraîner dans un coin.

— Allons discuter de…

— Il y a un problème ?

L'homme à ma table se lève. Il mesure trente centimètres de plus que Drake.

— Bien sûr que non, minaude Drake d'une voix courtoise en me relâchant l'air de rien. Comment allez-vous, M. Kendrick ?

L'expression de l'homme est tendue.

— Bien, jusqu'à ce que vous tentiez d'embarquer notre serveuse.

— Eh bien.

Drake me foudroie du regard.

—Je ne voudrais pas gâcher votre expérience au Blue.

Il s'incline légèrement, ses épaules sont tendues et son sourire aussi.

Il se tourne pour que le client ne puisse pas voir le regard assassin qu'il me lance.

—Je vais trouver une autre serveuse. Passez une bonne soirée, M. et Mme Kendrick.

Je regarde le couple d'un air gêné et je file vers le bar.

Je n'ai pas eu de nouvelles de la direction au sujet de ma plainte pour harcèlement sexuel. Le signalement officiel n'a pas empêché Drake de m'attraper à l'instant, ce qui est mauvais. Très, très mauvais. Il ne m'a pas touchée depuis ses menaces près de l'ascenseur, mais ce soir il a essayé de m'entraîner dans une suite. Pourquoi aurait-il fait ça après que j'ai parlé de lui à la direction ?

Parce que c'est un cadre de la direction.

Il me teste pour voir jusqu'où je peux aller. Si je vais trop loin, je risque de perdre mon travail. Cette ville touristique fourmille de personnes qui attendent que des emplois lucratifs se libèrent dans les casinos. La seule raison pour laquelle Cali et moi avons été acceptées, c'est grâce aux relations de Maddie. Je devrai à nouveau dépendre de ma mère et de son argent douteux s'ils me virent.

Je déteste ça. Je déteste que ma mère soit ma seule option, mais j'exècre encore plus Drake. Il semble prendre son pied à me provoquer, me tester, m'apeurer. Dois-je aller voir la police ?

Je reviens avec le vin, la bière et un sourire moins insouciant.

— Tout va bien ? demande le client, son beau visage arborant une expression inquiète.

— Oui, mens-je. C'est la folie pendant les week-ends chargés.

Il jette un coup d'œil à sa femme, qui l'encourage d'un sourire.

— Vous vous appelez Geneviève ?

Je tique à l'emploi de mon prénom formel. Maudit Drake. Je le déteste.

— Oui, mais tout le monde m'appelle Gen.

L'homme opine, ouvre la bouche pour parler, semble hésiter.

— Vous travaillez ici depuis longtemps ?

— Seulement pour l'été. Je retourne à l'université à la rentrée.

Sa pomme d'Adam bouge, mais sinon son visage reste inexpressif. Un peu trop. En fait, il a l'air pâlot pour un type aux cheveux noirs – et à la peau claire. Nous avons le même teint, assez inhabituel.

— Quel est votre nom de famille, Gen ?

Attends, pourquoi il me pose ces questions personnelles ? Je le fixe sans répondre, mon cerveau tentant de comprendre ce qui me turlupine.

La femme sourit chaleureusement.

— Vous ressemblez à la fille d'une connaissance. Vous n'auriez pas par hasard une Elizabeth Tierney dans votre famille ?

Le nom de jeune fille de ma mère.

La plupart des gens ne connaissent pas le vrai nom de ma mère, à moins qu'ils ne l'aient connue à l'époque de ma naissance, lorsqu'elle a décidé de le franciser. Comment la connaissent-ils ? Je n'ai jamais rencontré ce couple.

L'homme a l'air à deux doigts de s'évanouir. Ses lèvres sont pincées, une petite fossette se dessine sur le côté gauche. Ce n'est pas une fossette habituelle. Elle est discrète, comme si elle n'était visible qu'en cas de joie ou de stress extrême. J'en ai une aussi. Exactement au même endroit.

Non. *Non, non, non.*

Les pensées s'abattent sur moi comme une avalanche meurtrière. Une douleur fulgurante palpite derrière ma tempe, troublant ma vision, aspirant l'air de mes poumons…

— Non, je murmure d'une voix presque inaudible.

Puis c'est le trou noir.

———

Lewis, penché sur moi, me sourit. Oh, j'aime vraiment me réveiller avec lui. Je pourrais m'y habituer.

— Salut, dis-je avec un sourire. J'ai fait un drôle de rêve où…

Un autre visage apparaît à côté de Lewis, puis je l'entends. Le brouhaha. Des voix, des sonneries, des jingles. Le casino, pas ma chambre. Un agent de la sécurité presse l'épaule de Lewis et parle dans un talkie-walkie.

Je me redresse brusquement. J'ai la tête qui tourne. Je me penche, me la tiens à deux mains.

Je me souviens maintenant. L'homme. Celui qui… qui…

— Tu vas bien ?

Lewis se débarrasse de l'agent de sécurité, visiblement agacé.

Je regarde autour de moi. Tous les clients du lounge ont les yeux braqués sur moi. Je ramène mes jambes sous moi, et Lewis m'aide à me relever.

— Que s'est-il passé ? je demande.

Il regarde mon client d'un air accusateur.

— Je venais te chercher après ton service quand je t'ai vue t'écrouler.

Je grimace.

— Je crois que je me suis évanouie.

Le stress de l'hôpital, puis m'occuper de Cali – je n'ai pas beaucoup dormi. Et maintenant…

Lewis jette un regard hésitant à mon client à côté de lui, qui, je le remarque, porte une marque rouge le long de la mâchoire.

— J'ai cru qu'il…

Il regarde l'homme d'un air penaud.

— Désolé.

— Pas de souci, dit mon client en m'observant avec inquiétude. Tu veux t'asseoir ?

Il tire une chaise.

L'agent de sécurité semble prendre ce geste comme le signe que tout est sous contrôle, surtout quand Maryanne s'approche et agite la main pour le chasser.

— Je ne peux pas m'asseoir. Je suis en service.

— Blanche Neige, me gronde Maryanne, rentre chez toi avant de t'écrouler. *Encore.*

Elle secoue la tête et fait un numéro de charme aux clients de la table voisine qui nous observent.

— Excuse-moi si je t'ai embêtée tout à l'heure. Pour avoir ton nom, commence l'homme, puis il pose la main sur l'épaule de la blonde menue. Je m'appelle Jeb Kendrick, et voici ma femme Simone. Je suis un vieil ami de ta mère. Je n'avais pas de photos récentes de toi et je voulais m'assurer que j'avais affaire à la bonne personne. Je suis venu te parler de quelque chose de très personnel. Tu es bien Geneviève Tierney ?

J'observe ses traits, le petit grain de beauté sur le côté de sa pommette – le mien est plus bas, au milieu de la mâchoire, et maman l'a toujours appelé ma « mouche ». Des yeux noisette, un visage ovale, des cheveux noirs, une peau très claire. Pas vraiment les mêmes traits, mais la même carnation. Il connaît ma mère. Son *vrai nom*. Celui qu'elle a changé il y a vingt ans.

Je secoue la tête et saisis le bras de Lewis.

— Non.

C'est le seul mot que j'ai pour cet homme. Je tire Lewis hors du lounge, en direction de la sortie de service.

— Gen, dit-il une fois que nous sommes dans la salle du casino. Qu'est-ce qui se passe ?

Il regarde derrière son épaule le type qui nous suit des yeux, l'air perplexe.

Je craque au milieu de la salle de jeux. Les larmes dévalent mon visage. La semaine a été stressante, mais ça ? Je me suis toujours demandé si je le rencontrerais un jour.

Je ne peux pas gérer ce séisme. Pas maintenant. Jamais. La panique me comprime la poitrine, j'ai du mal à respirer. Si c'est lui, il m'a abandonnée. Il est sorti de ma vie. La porte est fermée.

Lewis me saisit par les épaules et m'arrête. Il essuie une larme du bout du pouce et me tire derrière une machine à sous, en m'entourant de ses bras. J'attrape sa chemise et j'y enfouis mon visage.

Lewis a été témoin du merdier avec Drake. Il a même accepté la vérité au sujet de mes parents – mais c'était quand mon père était un sombre inconnu. Si cet homme est celui que mon instinct identifie, c'est énorme.

Qui sait avec certitude ce que ma mère représentait pour mon père ? La seule chose que je sais, c'est qu'elle m'a eue et qu'il nous a quittées. Ma pire crainte, et la seule explication logique, c'est que je sois le résultat d'une aventure, d'un coup d'un soir.

Merde, que veut cet homme ? Je ne veux pas connaître les détails sordides. Je ne suis pas censée savoir.

— Ce type t'a fait quelque chose ? demande Lewis. Je l'ai frappé. Je pensais qu'il avait été agressif, mais sa femme a dit qu'il n'avait rien fait, et tu n'avais pas l'air apeurée quand tu es revenue à toi. Mais maintenant, je me demande… s'il t'a touchée ?

La voix profonde de Lewis se brise sur le dernier mot.

Il a dit qu'il frapperait quiconque me regarde de travers, mais je pensais que c'était des paroles en l'air. Je ne comprends pas ce genre de dévouement. Les mecs ne vous protègent pas de la souffrance ; ils en sont souvent la cause. Et ils se barrent vite fait ensuite. Lewis n'a pas agi en macho, il a l'air peiné, comme si l'idée que quelqu'un me blesse lui faisait mal.

— Non, rien de tel.

Je jette un coup d'œil dans mon dos.

Ce Kendrick et sa femme sont partis.

—Je… je crois que c'est mon père.

Chapitre Vingt-Quatre

Lewis me dévisage. Sans rien dire, il m'accompagne jusqu'à la porte du sous-sol.

— Va te changer. Je t'attends ici.

J'acquiesce et je descends au vestiaire dans un état second. Mon père a toujours été un salaud sans nom et sans visage. C'est ce que je me disais pour accepter l'idée qu'il nous avait abandonnées. Mais ce type riche, il semble normal.

Mon esprit est tellement chamboulé que j'en ai mal à la tête. Une bile nauséeuse me submerge, me serre la gorge et me brûle le nez. Je m'habille et sors du sous-sol.

Lewis me ramène chez moi. Il me tient dans ses bras toute la nuit et ne pose pas de questions. Je finis par sombrer dans un sommeil sans rêves.

À mon réveil, la chambre est éclairée par la lumière du soleil qui traverse les stores que j'ai oublié de fermer. Lewis me tient toujours dans ses bras, mais sa tête est relevée sur un oreiller, et il est bien réveillé.

— Salut, dis-je.

Il baisse les yeux et sourit, mais ses traits sont tirés, comme s'il avait encore moins dormi que moi.

— Qu'est-ce qui ne va pas ?

Il ferme les yeux et souffle par le nez.

— Ce type, hier soir.

— Jeb Kendrick ?

Il hoche la tête.

— Je l'ai reconnu.

Mon bras se raidit sur sa poitrine. Je ne suis pas sûre de vouloir entendre la suite.

— Le nom m'était familier, alors j'ai regardé sur internet.

Le téléphone de Lewis se trouve, face visible, sur les draps.

— C'est un ancien joueur de foot professionnel. J'ai vérifié pour être sûr que ce n'était pas quelqu'un d'autre avec le même nom, mais c'est lui. Jeb, le type que tu penses être… il a été quarterback dans la NFL pendant une dizaine d'années.

Les larmes me montent aux yeux. Si ce type a de l'argent – et il en a vu son look et les infos de Lewis –, il aurait pu aider ma mère. Lui verser une pension. Est-ce qu'elle le sait ?

Je ne peux pas croire qu'elle serait sortie avec autant d'hommes riches si elle n'avait pas eu besoin d'argent. Jusqu'à Fred, elle n'en a jamais aimé aucun. Elle a profité d'eux, ou ils ont profité d'elle, je ne sais pas trop, mais c'est grâce à eux que nous avons survécu financièrement, et je lui en ai toujours voulu d'avoir choisi ce moyen de gagner sa vie.

Je ne devrais pas être si dure avec elle. Elle était adolescente quand elle m'a eue. N'importe quelle jeune femme seule aurait eu du mal à s'occuper d'un enfant et à joindre les deux bouts.

Et maintenant, je découvre que Jeb Kendrick aurait pu nous aider depuis le début ?

Je vais appeler ma mère pour lui raconter que ce type s'est pointé au casino, mais j'ai besoin de plus de temps pour me faire à l'idée et réfléchir. Jeb m'a cherchée. Pourquoi le ferait-il après être resté volontairement dans l'ombre toute ma vie ? Des regrets ?

On frappe un coup insistant sur la porte de la chambre.

— Gen ? Tu es là ?

C'est Cali. *Cali !* J'enroule la couverture autour de ma poitrine et je m'assieds.

Lewis arque un sourcil.

— Un problème ?

— Oui, je siffle. Cali ne sait pas qu'on est, qu'on est…

— Ensemble ?

— Oui. Cali a été malade et je ne voulais pas lui parler de nous avant que le calme revienne. Je ne sais pas si tu as remarqué, mais c'est un peu le chaos ici en ce moment.

Il secoue la tête et je me glisse hors du lit, emportant la couverture avec moi. Je tâtonne à la recherche de vêtements. Un rire étouffé en provenance du matelas me fait lever la tête.

Lewis me regarde en riant. Sa beauté me coupe le souffle. Il a les cheveux en bataille, un sourire craquant, une musculature fascinante… Ce n'est pas le moment de me laisser séduire par son sex-appeal matinal !

— Habille-toi, dis-je en ramassant un sweat-shirt sous le lit.

Nouveau tambourinement sur la porte.

— Gen, qu'est-ce qui se passe ? Tu vas bien ?

La poignée tourne. Dieu merci, l'un de nous a tourné la clé.

Un caleçon émerge du panier débordant de linge à plier dans un coin de la chambre.

Il est à Tyler ? Comment diable… ? Il a glissé du linge dans notre panier ? Profiteur !

Debout sur une jambe, j'enfile le caleçon sur ma culotte. Pas de sexe la nuit dernière – j'étais trop désemparée pour parler ou faire autre chose que des câlins –, mais nous n'avons gardé que nos sous-vêtements pour nous glisser sous les draps.

Le caleçon me glisse sur les hanches ; je le remonte prestement et roule la ceinture.

— C'est si terrible que je sois là ? chuchote Lewis en mettant son jean.

Cali frappe à nouveau.

— Gen, je commence à m'inquiéter. Ouvre.

— J'arrive !

Je fais le tour du lit en frôlant Lewis, qui enfile les bras dans son t-shirt. Il m'attrape par la taille et glisse ses doigts sur la peau nue entre le sweat-shirt et le caleçon. Je frissonne.

— Désolé, dit-il en souriant, puis il hausse les épaules. Pas vraiment.

— T'es bien plus dévergondé que tu ne le laisses paraître.

Il m'embrasse sur la bouche.

— Seulement avec toi.

Je presse la paume sur le renflement qui tend son jean. Exactement. Moi aussi je peux jouer à ça.

Il gronde tout bas et me plaque contre lui.

Je lui gifle la main.

— Pas maintenant !

Puis j'ouvre la porte de la chambre.

Cali, en haut de bikini et pantalon de pyjama, me

regarde, puis aperçoit Lewis. Ses yeux s'arrondissent comiquement et elle se pince les lèvres comme pour réprimer toute réaction verbale. Elle me fait un clin d'œil et part dans la cuisine.

Lewis ramasse son portefeuille sur la table de nuit.

— Je crois que je vais te laisser gérer ça. Il regarde son téléphone et fronce les sourcils.

Je lui renvoie sa question précédente.

— Un problème ?

Il se frotte le menton.

— C'est possible.

— Que…

— Gen, tu viens ? s'impatiente Cali dans la cuisine.

Lewis empoche le téléphone.

— Appelle-moi après lui avoir dit.

Son sourire est forcé, comme si le texto qu'il a lu le perturbait vraiment. Il m'enlace la taille et me serre contre lui.

— Tu me raconteras l'interrogatoire qu'elle va te faire subir.

— Tu peux rester, tu sais.

Il m'embrasse sur le front et me lâche, puis file vers la porte d'entrée.

— Nan, je te laisse gérer ça. T'aurais dû lui dire avant, ajoute-t-il en marchant vers sa voiture.

Merde. Il a raison.

— Tu ne m'es d'aucune aide, je m'écrie et ça le fait rire.

Je ferme la porte et rejoins Cali et Tyler à table. Tyler bigle par la fenêtre d'un air curieux.

Cali boit dans le mug *Pétasse Sexy* qu'elle monopolise.

— Donc tu couches avec Lewis ?

Au moins, elle ne tourne pas autour du pot.

— *Ouaaaais*, eh bien, tu sais quand je t'ai dit qu'on était seulement amis ? Les choses ont changé juste avant que tu atterrisses à l'hôpital. J'allais te le dire, mais l'info s'est noyée dans le chaos.

Cali pose son mug.

— Gen, ça ne me dérange pas. On a vraiment vécu une semaine de folie. Je t'ai promis de ne pas m'en mêler, c'est juste que cette nana lui colle aux basques… T'es sûre qu'elle ne va pas créer des ennuis ?

— J'en sais rien. Mais c'est génial, Cali.

Elle regarde Tyler, en quête d'un allié.

Il hausse les épaules.

— T'es heureuse ?

Les larmes me montent aux yeux, car quand il pose la question, je ne pense pas à Lewis, je pense à l'homme que j'ai rencontré hier soir.

— Je n'ai jamais été aussi heureuse avec un mec avant lui.

Et c'est la vérité. Si seulement je n'avais pas ce problème de filiation.

Les yeux de Cali s'arrondissent.

— Alors pourquoi tu pleures ?

Je laisse tomber ma tête sur la table et la cache sous mon bras. La seconde d'après, je sens la pression de la main de Cali sur mon épaule.

— Lewis est super, Cali. Ce n'est pas à cause de lui que je suis bouleversée, dis-je en levant les yeux. Je crois que j'ai rencontré mon père hier soir.

Cali ouvre la bouche. Puis elle se lève et se précipite dans la salle de bain, d'où elle revient avec des mouchoirs.

— Comment ça ? Je croyais que tu ne parlais jamais à ton père ?

Je m'essuie les yeux.

— C'est le cas. Cali, je ne *connais* pas mon père.

Elle plisse les yeux.

— Tu veux dire que tu ne l'as pas vu depuis des années donc que tu ne sais pas grand-chose à son sujet ?

La vérité est si humiliante.

— Je veux dire que je ne sais pas *qui* est mon père. Ma mère non plus. Elle n'a jamais dit ça, mais elle a toujours agi comme si son identité n'avait pas d'intérêt, alors c'est ce que j'en ai déduit. Comme si en minimiser l'importance lui permettait de sauver la face.

Ma mère a toujours agi comme si l'identité de mon père n'avait pas d'importance et j'ai cru qu'elle ne savait pas qui l'avait mise en cloque, mais elle a fait ce commentaire bizarre l'autre jour sur le gène sportif qui court dans la famille. Après avoir rencontré Jeb Kendrick et appris son ancienne profession par Lewis… Savait-elle qui était mon père ?

Mais il était tout aussi improbable de rencontrer un homme qui pourrait être mon père.

Tyler et Cali me dévisagent ébahis. Il est le premier à ouvrir la bouche.

— C'est du lourd.

Il donne un coup de coude à Cali, dont le visage est figé et pâle. Elle s'éclaircit la voix.

— Et qu'est-ce que ce type t'a dit ?

— Il voulait me parler. Il connaissait le nom de ma mère. Son *vrai* nom.

Cali est au courant de la francophilie de ma mère.

— Qu'est-ce que tu as fait ?

— Je me suis évanouie.

Cali et Tyler échangent un regard. J'aimerais que les gens arrêtent de faire ce truc.

— J'étais trop crevée. Bref, quand je suis revenue à moi, j'ai bredouillé un mensonge et je me suis enfuie.

Je secoue la tête.

— C'est fini. Je lui ai dit que je ne connaissais pas la personne dont il parlait quand il a prononcé le nom de ma mère. Même s'il ne m'a pas crue, il a dû comprendre que je ne veux rien avoir à faire avec lui. Il y a des chances qu'il ne m'embête plus. C'est juste que ça m'a bouleversée.

De nouvelles larmes roulent sur mes joues. Merde.

Cali me prend la main.

— Gen, tu dois en parler à ta mère.

Elle a raison. Mais si ma mère connaissait l'identité de mon père, et ça semble probable… c'est une véritable trahison.

Mon manque de confiance ne vient pas de mes petits copains minables. Ma mère a fait entrer des hommes flippants dans nos vies. Ces relations n'ont jamais duré assez longtemps pour justifier une franche discussion, et si certains ont eu des gestes déplacés avec moi, ce n'était jamais flagrant ni devant ma mère. J'étais jeune et passive. Mon incapacité à m'exprimer ne m'a pas empêché de lui en vouloir, cependant. Je lui en veux toujours dans une certaine mesure. J'ai grandi dans un monde où je n'avais pas la protection qu'un père aurait pu m'apporter. Et si elle l'a fait délibérément…

Je me douche et m'installe dans une des chaises longues reléguées sur le terrain depuis que la tente géante dégouline du patio. Les pieds de ma chaise tanguent sur le sol accidenté, mais l'odeur des pins me rappelle Lewis et m'aide à calmer le merdier qui bouillonne dans ma tête. Je travaille ce soir, et je dois me ressaisir, donc éclaircir la question monstrueuse que je me pose.

Je parcours mes appels *récents* sur mon téléphone et appuie sur le numéro de ma mère. La douche n'a pas « douché » ma colère, mais je ne vais pas refaire l'erreur de remettre à plus tard une discussion capitale.

Ça sonne. La pulsation du sang dans mon oreille étouffe la sonnerie.

— J'y crois pas, dit ma mère en décrochant. T'es debout avant midi ?

— Qui est mon père, maman ?

Silence radio, puis :

— C'est pas impor….

— C'est très important, putain. Je l'ai rencontré hier soir. Tu ne me jamais dit qui il était et je l'ai rencontré. Il m'a retrouvée.

— Quoi ? gémit-elle.

— Jeb Kendrick. Ça te dit quelque chose ?

La respiration tendue de ma mère est sa seule réponse.

— Qui c'est, maman ? Mon père ?

— Oh mon Dieu. Il a promis…

— Maman, réponds à ma question.

— Oui, murmure-t-elle. *Oui*.

Je pleure à nouveau. Les larmes dévalent mes joues.

— Pourquoi tu ne m'as rien dit ?

Ma voix est aiguë et tremblante comme celle d'une enfant. Je déteste cette voix chevrotante. J'en ai bavé pour m'endurcir.

— Chérie, je comprends ta colère, mais je te protégeais.

— En quoi le fait d'élever une bâtarde me protégeait ? Es-tu une prostituée ?

Je commence à penser que j'avais tout faux, mais je veux la vérité et je ne vais pas y aller par quatre chemins pour l'obtenir. Je n'ai plus aucun filtre.

— Geneviève, glapit-elle horrifiée.

— Eh bien, t'en es une ou pas ?

— Pourquoi tu penses ça ?

— Une call-girl ? Une pute de luxe ?

— Non, pas du tout.

— Alors de quoi vit-on ? Personne n'est riche dans ta famille et tu ne travailles pas.

— Ton père. Ton père a toujours subvenu à nos besoins. Il a insisté.

Quoi ?

— Jeb Kendrick était mon amour de lycée, nasille-t-elle, au bord des larmes. Il m'a quittée pour sa carrière. Ça m'a anéantie. Mon cœur, il… je n'ai jamais…

Elle fait une pause et je l'entends se moucher.

— Ce qui est fait est fait. J'ai découvert que j'étais enceinte un mois plus tard, mais Jeb était déjà passé à autre chose. Les filles se bousculaient pour l'avoir, Geneviève. Ses conquêtes s'affichaient dans les tabloïds. C'était une étoile montante. Les paparazzis, les journalistes le suivaient partout. Au moment où tu es née, il avait déjà eu trop de femmes pour les compter. Je ne voulais pas faire partie de ce harem.

Elle laisse échapper un léger soupir.

— Je lui ai parlé de toi quand tu avais une semaine. Il avait le droit de savoir, mais j'avais bien l'intention de t'élever seule. Il a voulu qu'on se remette ensemble, mais je n'avais pas confiance en lui – la façon dissolue dont il menait sa vie. J'ai promis d'être la meilleure mère possible, et te protéger des médias en faisait partie.

Sa voix est fragile, tremblotante. Je n'ai jamais entendu ma mère parler ainsi. Elle est la belle femme assurée, collectionneuse d'hommes, passionnée par tout ce qui vient de France. Pas cette petite provinciale au cœur brisé.

— Tu aurais pu le reprendre, maman. J'aurais pu avoir un père. Tu as toi-même enchaîné les amants au fil des ans. Pourquoi tu l'as écarté de notre vie ?

— Il y avait des rumeurs à propos de la drogue et d'autres addictions. Je ne voulais pas te mêler à ces scandales. Je lui ai demandé de rester à distance, et il l'a fait, mais on était en contact par l'intermédiaire de mon avocat et il a toujours subvenu à nos besoins.

— Il est marié.

— Je sais. Il m'a dit il y a quelques années qu'il avait rencontré quelqu'un, qu'il était clean et que sa femme et lui présentaient un environnement familial stable. Ils voulaient que tu fasses partie de leur vie. Je lui ai demandé d'attendre quelques années, le temps que tu aies ton diplôme universitaire. Je craignais que la vérité t'ébranle trop avec le stress des études.

Seigneur. Ma propre mère pense que je suis une petite chose fragile.

— J'ai eu mon diplôme, maman !

— Je sais ! Je suis désolée. J'allais te le dire, mais j'avais un peu peur.

— De quoi ?

— Que tu nous en veuilles.

— Tu veux dire que j'en t'en veuille. Que je sois fâchée contre *toi*.

— Oui.

— T'avais raison ; je suis furieuse, putain !

Je me redresse.

— Comment t'as pu me cacher ça ? Il m'a abordée et je ne savais pas qui il était.

— Je ne voulais pas que tu l'apprennes de cette façon.

— Alors tu aurais dû me le dire.

Ma voix se brise. *Elle m'a menti pendant toutes ces années.*

Ma mère poursuit, sans réaliser la profondeur de mon trouble intérieur.

— Il nous a assuré une vie confortable. Tu viens à peine d'avoir ton diplôme. Je comptais te le dire bientôt. J'aurais aimé qu'il me prévienne de son intention de te parler.

J'ai toujours cru que mon père m'avait abandonnée,

mais je pensais aussi qu'il y avait une chance qu'il ignore mon existence. Que s'il l'avait su, il aurait voulu de moi.

Il m'a laissée grandir en croyant que je n'avais pas de père. Ma mère est aussi à blâmer – peut-être plus encore – je ne sais pas… Je n'arrive pas à penser à cause du martèlement dans ma tête. Je raccroche sans dire au revoir.

Chapitre Vingt-Cinq

Ma mère a essayé d'appeler une demi-douzaine de fois avant que j'éteigne mon téléphone. J'ai besoin de voir Lewis, me blottir dans ses bras. Je me rends à son bureau.

— Hello, ma belle, m'accueille familièrement la secrétaire de Sallee Construction. Tu veux connaître ton horoscope ? J'allais justement…

— Lewis est là ?

Son sourire s'efface, elle avise mes épaules tendues, les coudes collés au corps.

— Non, ma mignonne, il n'est pas là. Quelqu'un d'autre peut te renseigner ?

Je secoue la tête et ressors par la porte vitrée, faisant tinter le carillon. Quand je retourne à ma voiture, je rallume mon téléphone coupé depuis ce matin. J'ai trente-quatre appels manqués de ma mère. J'appelle Lewis, mais il ne répond pas. Je laisse un message, puis j'envoie un texto.

Gen : *Appelle-moi STP. J'ai parlé de Jeb à ma mère. Besoin de te voir.*

Je ne devrais pas me reposer sur Lewis, il a déjà tellement de responsabilités, mais c'est plus fort que moi. Au milieu de toute cette folie, j'ai besoin d'être avec lui.

Ce soir-là, je fais profil bas au casino, me concentre sur mon service et reste à bonne distance d'Amber. Je dois juste survivre à cette soirée.

La fin de mon service approche et Lewis ne m'a pas rappelée, ce qui ne lui ressemble pas, même avant que nous soyons intimes.

— Blanche Neige, m'aborde Amber, la voix cassante et nerveuse. Je t'accorde dix minutes de discussion, montre en main. Et je fais ça uniquement parce que la cliente m'a donné un billet de cent. Elle t'attend à la table dix-neuf.

Je lève les yeux, perplexe, et reconnais Simone, la femme de Jeb, assise au fond du bar.

Elle porte un haut élégant à bretelles et un pantalon noir. Elle sourit aimablement. Ses cheveux blonds sont lissés sur le côté et coincés derrière l'oreille.

Je finis de servir ma commande et traverse timidement la salle jusqu'à elle.

— Tu te demandes pourquoi je suis là, dit-elle quand je m'assieds, sa voix est douce. Je suis venue, eh bien, parce que je suis une mère. Jeb et moi avons une fille de trois ans.

Simone baisse les yeux vers ses mains jointes ; elle a l'air tendue.

Où veut-elle en venir ? Je n'ai pas envie d'entendre que mon père biologique a refait sa vie (et un enfant) sans faire partie de la mienne.

Elle lève les yeux vers moi.

— Ta mère a appelé Jeb. Elle lui a expliqué la conversation qu'elle a eue avec toi. Elle est très inquiète et Jeb aussi.

La fureur de ce matin se ravive en mon sein.

— Ma mère m'a trahie en me cachant des informations que j'avais le droit de savoir.

Simone acquiesce.

— Je comprends. Mais je comprends aussi le point de vue de ta mère. Jeb était bien plus jeune que toi quand tu es née. Il a fait des choix terribles à l'époque. Il n'était pas en mesure d'élever un enfant, et il le savait. Je suis mariée avec lui et je l'aime de tout mon cœur, mais même moi je crois que ta mère a fait le bon choix en t'éloignant de lui pendant ton enfance.

— Pourquoi débarquer maintenant, après toutes ces années ?

— Il a lentement rectifié le tir, mais il a profondément blessé ta mère et il vous a laissées tomber toutes les deux. Il a du mal à se le pardonner. Par respect pour le souhait de ta mère, il est resté à l'écart jusqu'à ce que tu aies passé ton diplôme de premier cycle, mais avant même notre mariage, ton père exprimait son désir de faire partie de ta vie.

Simone tend le bras et me caresse la main.

— Geneviève, je sais que c'est beaucoup à encaisser, mais je t'en prie, laisse une chance à ton père. Il veut faire partie de ta vie. Il aimerait te le dire lui-même, mais je l'ai convaincu de me laisser faire. J'ai pensé que tu devais l'entendre de la part d'une personne qui est arrivée après coup dans l'histoire et voit les choses de l'extérieur : deux parents qui, par amour pour leur fille, ont pensé bien faire. Ils ont fait des erreurs. *Nous* avons fait des erreurs. S'il te plaît, essaie de nous pardonner.

Je secoue la tête d'incompréhension.

— Comment peut-on abandonner son enfant ? Comment peut-il m'aimer et avoir quand même fait ça ?

— Il aurait dû trouver un moyen de faire partie de ta vie. À l'époque, il s'en croyait indigne. Il pensait que garder ses distances tout en pourvoyant à tes besoins était mieux.

C'est une décision qu'il regrette chaque jour et il a fait de gros efforts pour changer.

Maintenant ? Il décide maintenant de se montrer ?

— Je suis une femme adulte. Quel est l'intérêt ?

Ses épaules se relâchent, sa main glisse à nouveau sur ses genoux. Elle sourit.

— Te connaître, t'aimer, être là pour toi. On le souhaite tous les deux. Jeb l'a toujours voulu dans son cœur, même quand il ne pensait pas le mériter.

Une larme coule. Je l'essuie.

— Je ne lui fais pas confiance.

Sa jolie lèvre inférieure disparaît un instant.

— Ce n'était pas un jeune homme *fiable*. Mais il a appris de ses erreurs et c'est un mari merveilleux. Jeb est aussi un père formidable. J'espère que tu auras l'occasion de connaître cette facette de lui.

Elle inspire profondément.

— Il était bouleversé hier après t'avoir vue. Il a tenu la promesse faite à ta mère d'attendre que tu sois diplômée, et pour la première fois de ta vie, il a fait valoir ses droits parentaux et il t'a cherchée. Les choses ne se sont pas passées exactement comme il l'avait prévu. Ta mère a envoyé quelques photos au fil des ans, mais aucune de récente. Quand il t'a vue, il t'a reconnue tout de suite. Il a dit que tu étais le portrait de sa sœur. Ça lui a fait un choc et il avait du mal à parler, malgré son plaisir. Il a peur de t'avoir causé de la peine en débarquant dans ta vie sans fournir d'explications.

Simone adresse un signe de tête à Amber, qui nous lance un regard noir. Elle sourit et me tend une serviette avec son numéro de téléphone et celui de Jeb écrits dessus.

— Merci de m'avoir écoutée. On reste ici pendant deux ou trois semaines si tu veux parler, dit-elle en souriant. Mon mari a une vraie motivation pour prolonger nos vacances au lac Tahoe.

Je prends la serviette et la fourre dans ma caisse mobile en regardant cette femme élégante sortir du Mont Belle Lounge. Mes mains tremblent, ma gorge est si sèche que je peux à peine avaler. Je contourne une Amber en pétard et me dirige vers Maryanne. Je dois sortir d'ici, donc convaincre Maryanne de me laisser partir plus tôt.

Maryanne hoche la tête à mon approche. Elle me fait signe de partir.

— Vas-y. Je te couvre.

J'ignore pourquoi Maryanne est si sympa. Peut-être qu'elle comprend ce que Drake m'a fait subir. Peut-être qu'elle a morflé aussi. En tout cas, je lui en suis reconnaissante.

———

JE PASSE la semaine suivante à faire de la musculation et à m'entraîner. J'utilise même l'abonnement d'essai à la salle de sport que Lewis m'a offert et je m'entraîne à grimper à la corde pour renforcer le haut du corps. Je parviens au sommet deux fois sans faire une chute mortelle. Et puis, l'entraînement me permet de penser à autre chose.

Lewis a appelé la nuit où Simone est venue, mais il était tard et je n'ai eu le message que le lendemain matin. Je suis rentrée chez moi et me suis immédiatement endormie, épuisée émotionnellement. Je lui ai parlé le jour suivant et lui ai raconté la discussion avec ma mère et la visite de la femme de Jeb. Il m'a soutenue, mais il était distant. Nous avons communiqué plusieurs fois ces derniers jours… sans nous voir pour autant. Mon instinct me dit qu'il y a un truc qui cloche, et ça me stresse à mort.

De son côté, ma mère n'a pas cessé de me harceler. Elle

a menacé par texto de se pointer devant ma porte. J'avoue que je m'en fous. Si je n'avais pas le mudder pour me donner une discipline, je serais une épave. L'entraînement me permet de me sentir forte physiquement, alors je me concentre là-dessus.

J'entre dans le chalet après un long jogging – le dernier avant de me reposer pour la course – et trouve Tyler et Cali en train de se chamailler.

— Tu fais chier, Tyler ! Cette télé est à moi et à Gen.

Cali tend la main pour lui arracher la télécommande.

— Espèce de sale bâtard…

— On a les mêmes parents, Calzone. Si je suis un bâtard, toi aussi.

— … de frère sans emploi et sans vie. Tu n'es pas maître de la télévision ! File-nous des sous sur ton revenu de prof amassé ces dernières années et peut-être qu'on te laissera regarder ce que tu veux. Si tu paies pour le câble, et quelques-uns des services fournis…

Tyler lève la télécommande que Cali essaie d'attraper et s'assied sur elle, zappant jusqu'à la chaîne de sport.

Cali hurle.

— Lève-toi, abruti ! Tu pèses une tonne.

— Impossible, Calzone. C'est la diffusion du Championnat du monde de bûcheronnage et je ne peux vraiment pas le rater. J'ai regardé les demi-finales et je ne veux pas découvrir les résultats sur internet avant d'avoir vu les images.

Elle se dégage de lui et tombe du canapé sur le sol, haletant pour respirer.

— Alors arrête d'aller sur internet. Putain, quand vas-tu trouver un travail et déménager ?

Il se gratte la tête.

— Pas dans un proche avenir. Dans un an peut-être ?

Cali m'appelle à l'aide et je hausse les épaules. Je devrais être partie d'ici là aussi. Je suis censée retourner à Dawson pour faire des études supérieures dans quelques semaines. Mais ce n'est plus mon intention.

J'ai toutes les raisons de partie du lac Tahoe – les saloperies que je supporte au travail, la peur que Lewis me brise le cœur –, mais je me suis fait la promesse de ne pas m'enfuir, de ne pas me laisser persécuter ni intimider, ou de me dégonfler à cause d'un mec.

J'ai donc décidé de rester. Indéfiniment.

Dès mon départ de Dawson, il y a quelques mois, j'ai douté de ma décision de poursuivre mes études. À l'époque, c'était à cause de mon ex, car je savais qu'il serait là aussi, mais aujourd'hui, j'ai d'autres raisons. Des raisons importantes qui n'ont aucun rapport avec mon ex et tout à voir avec le fait de diriger ma vie. J'aime le lac Tahoe, vivre avec Cali, et même avoir Tyler pour coloc, malgré le fait qu'il accapare la télévision. Le C-O-N et moi étions encore ensemble quand j'ai choisi une fac pour poursuivre mes études supérieures. Il allait à Dawson et je voulais que ce soit simple, alors j'ai décidé d'y aller aussi.

C'était une décision de merde.

Je ne veux pas retourner dans mon ancienne fac. J'aurais l'impression de revenir en arrière. Il y a des choses qui me déplaisent dans mon travail au Blue, mais la seule qui compte, c'est Drake. S'il n'était pas là, le Blue serait un bon moyen de financer mes études supérieures. Donc soit je le laisse m'effrayer et me faire partir, soit je me bats et je travaille où je veux.

Je jette un coup d'œil à Cali, sur le sol, qui regarde son frère d'un air boudeur.

— Cali, je dis et elle lève les yeux. Si je m'inscrivais en psychologie à l'Université du Nevada, à Reno, je pourrais vivre avec toi ? Ça peut paraître dingue, mais j'envisage de travailler à temps partiel au casino et de faire mes études à Reno.

Cali n'est pas réfractaire aux changements de vie. Elle a officiellement renoncé à l'école de droit de Harvard et suit des cours d'arts graphiques en travaillant pour Sallee Construction.

Elle roule sur le ventre et se relève.

— Tu envisages de laisser tomber Dawson à cause de ton ex ?

— Non. Ça n'a rien à voir avec lui. J'ai envie d'aller de l'avant, tu comprends ? Et j'aime bien vivre ici.

— Tu devras faire la navette en hiver, et Reno est à une heure de route.

Cali va dans la cuisine et sort du frigo des ingrédients pour faire des sandwiches, ainsi que des olives vertes. Elle raffole des olives vertes. Elles me font vomir, mais ça m'intéresse de voir si elle va en mettre dans son sandwich ou les manger à côté.

Je me penche sur le comptoir et pose le menton sur ma main.

—Je n'ai pas pensé à ça. Tu crois qu'il y a beaucoup de neige ?

Elle étale de la mayonnaise sur le pain et ajoute du jambon et de la laitue, puis coupe les olives en tranches et les place sur le dessus. Je grimace.

— Ouaip, mais beaucoup de programmes proposent des cours en ligne. Peut-être que tu peux étudier à distance pendant les mois d'hiver.

Elle coupe son sandwich en deux et mord dedans.

—Je vais regarder les trucs en ligne. C'est bon ? dis-je d'un air narquois.

Elle sourit, sachant que je déteste les olives.

Changer d'université à ce stade n'est pas la solution la plus facile, mais la facilité et la sécurité me gavent. J'en ai marre de la facilité. Je veux donner un sens à ma vie et être heureuse.

Chapitre Vingt-Six

Une recherche rapide sur internet me confirme que l'université de Reno dispense bien des cours en ligne. Pas tous ceux dont j'aurai besoin pour obtenir un diplôme, mais suffisamment pour que je puisse étudier à la maison pendant l'hiver et aller à Reno le reste du temps.

J'appelle le service des inscriptions et explique ma situation. Ils me donnent les coordonnées de plusieurs professeurs. Il faudra que l'un d'eux me parraine pour que je sois acceptée dans le programme. Comme la plupart d'entre eux ont déjà sélectionné des étudiants pour travailler sur leurs projets, ça risque d'être compliqué.

Je laisse des messages aux professeurs et je parle aux cinq le lendemain. Quatre d'entre eux ne peuvent pas accepter un étudiant supplémentaire, mais le cinquième est spécialisé dans le cerveau et les sciences cognitives. Il a besoin d'assistants diplômés pour une étude sur la reconnaissance faciale par ordinateur. J'ai participé à des travaux similaires lors d'un stage à Dawson. C'était l'un des projets les plus intéressants sur lequel j'ai travaillé pendant mes études de premier cycle.

Le professeur dit qu'il serait prêt à me prendre si mes relevés de notes et mes résultats aux tests répondent aux exigences du programme, mais il ne pense pas que ce sera un problème étant donné la fac d'où je viens. Tout se goupille bien, ça ressemble au destin. Si seulement je pouvais convaincre le Blue de me faire passer d'un CDD à temps plein à un CDI à temps partiel sans que Drake soit là, tout serait parfait.

Je dois relancer la plainte pour harcèlement sexuel. Ils n'ont toujours pas donné suite.

Je suis allongée sur mon lit, enthousiasmée par le cycle d'études supérieures dans lequel je m'embarque, lorsque ma mère déboule dans la chambre.

Je me redresse immédiatement.

— Maman, qu'est-ce que tu fais ici ?

Elle laisse tomber un grand sac blanc en peau de serpent sur le sol, retire ses escarpins cloutés verts, et grimpe sur le lit.

— Pousse-toi. Je suis en coloc avec toi pour quelques jours, jusqu'à ce que Fred rentre de voyage. Il me rejoint pour ta course dans la boue.

C'est maintenant qu'elle décide d'être une mère attentive ?

— Tu ne peux pas débarquer à l'improviste et dormir dans mon lit.

Son visage se durcit.

— Pourquoi ? Même si tu aimerais m'échanger contre une autre, je suis la seule mère que tu as et je t'aime plus que tout au monde. Arrête de m'ignorer.

Je saute du lit.

— Tu m'as trahie !

— Comment ? En essayant de te protéger ? Dommage ! Les mères font des erreurs, soupire-t-elle avant d'adoucir sa voix. Pardon, Gen. Quand Jeb a demandé à faire partie de ta vie, j'aurais dû t'en parler.

Elle croise les jambes comme si nous étions deux copines en train de papoter. Quelque part, elle se comporte plus comme une sœur qu'une mère. Mais elle a raison sur une chose. Je n'ai jamais douté de son amour.

Je me rallonge et fixe le plafond. Elle se blottit contre moi. Je la laisse faire.

— J'ai parlé à Simone, dis-je. Je ne sais pas ce que tu foutais quand tu m'as eue, car je prends la pilule, moi.

Je lui lance un regard furieux, elle soupire.

— Mais je comprends que certaines décisions ne sont pas faciles à prendre et tu as fait de ton mieux.

— Geneviève.

Elle me prend la main et la glisse entre les siennes.

— Je suis sortie avec beaucoup d'hommes après ton père – pas pour de l'argent. Mince, je n'arrive pas à croire que tu aies pensé ça de moi. Quand ton père m'a quittée, ça m'a anéantie et je voulais l'oublier, même si je l'aimais encore. Surtout parce que je l'aimais encore. J'ai laissé ma douleur influencer mes choix. La nouvelle femme de Jeb est toute douce, tant mieux pour lui, sourit-elle. J'avais trop de piment pour son taco.

— Beurk, maman.

— Mais tu es ce qu'on a fait de mieux, et je lui serai toujours reconnaissante de m'avoir donné une fille. Je suis navrée que tu aies payé pour mes erreurs. Je ne peux pas promettre de ne plus en faire, mais je ne te cacherai plus jamais rien.

J'acquiesce et nous nous faisons un gros câlin. Je suis encore énervée par la façon dont elle a géré la situation, mais elle m'aime et je l'aime. Je m'en remettrai.

Elle se redresse, son expression est prudente, mais heureuse.

— À propos, je sais que j'ai dit pour rire que Fred et moi étions mariés, mais on va réellement se marier. Après le mudder, en fait. J'ai tout organisé et je te veux à mes côtés.

Je sourcille.

— T'es sérieuse ? Ce n'est pas un peu rapide ?

Elle lève les yeux au ciel.

— Qui est le parent maintenant ? Je suis avec Fred depuis deux ans.

— C'est vrai. Mais pourquoi vous marier ici ?

— Le lac Tahoe est un endroit magnifique, et on voulait être près de toi. Je ne veux rien d'extravagant, juste que ma fille soit là. Pour la première fois de ma vie, j'ai une relation saine avec un homme que j'aime, et qui m'aime. Fred peut être à l'autre bout de la pièce, en train de faire les mots croisés du *New York Times*, et pour une raison que j'ignore, ça me rend heureuse – le simple fait qu'il soit là. Pas parce que je me sens seule, mais parce qu'il m'apporte de la sérénité. C'est la seule façon dont je l'explique. L'amour est compliqué, parfois insaisissable, mais je l'ai trouvé avec lui. C'est un homme bien.

— Je sais. Je le sais depuis un moment. J'aime beaucoup Fred et je suis heureuse que tu aies trouvé un homme bien.

Elle me serre contre elle.

— Je t'aime, ma chérie. J'aimerais qu'on soit une famille. Fred, Jeb, Simone, leur fille…

— Ça va faire beaucoup de monde à la maison.

Elle se penche en arrière et fronce les sourcils.

— Tu sais ce que je veux dire. J'aimerais qu'on soit une famille moderne et *fonctionnelle*. Pardonne ma stupidité et mon égoïsme et donne une chance à Jeb, soupire-t-elle. C'est devenu quelqu'un de bien. Sa femme est merveilleuse. Je ne connais pas leur fille, mais je suis sûre qu'elle est formidable aussi. J'en suis malade de t'avoir privée de père ces dernières années. Je pensais bien faire.

Elle secoue la tête.

— Tu apprendras un jour qu'il n'est pas facile d'être mère.

Sa bouche se tord.

— Il y a beaucoup de décisions difficiles à prendre et on fait parfois des erreurs. C'est incroyable que tu sois aussi équilibrée.

— C'est un compliment pour moi ou pour toi ?

— Toi.

Elle me donne une tape sur la jambe.

Je pousse un soupir de frustration.

— Je ne peux pas dire que je ne suis pas en colère ni que je t'ai pardonné, car ça prendra du temps, mais tu as essayé d'être une bonne mère et tout le monde n'a pas cette chance.

Je pense à Mira, et à ce que Nessa m'a dit sur son passé.

J'ai eu une vie plutôt facile, comparée à d'autres.

———

PLUS TARD DANS LA SOIRÉE, je craque. Nous nous sommes parlé tous les jours, mais ça fait presque une semaine que je n'ai pas vu Lewis à cause de ce mystérieux problème familial dont il ne veut pas parler. Il a même annulé une séance de sport il y a quelques jours. Depuis quand laisse-t-il passer l'occasion de me torturer à l'entraînement ? Cette situation me stresse tellement que j'ai recours à un subterfuge pour obtenir des informations.

— Nessa, tu as vu Lewis ?

Un éclat de rire retentit dans le téléphone.

— Merde, Zach. Je t'ai dit de ne pas me chatouiller quand je suis au téléphone. Je parle à Gen.

Ces deux-là ont besoin d'une chambre.

— Pardon, dit-elle en se calmant. Lewis est avec Mira. Je pensais que tu savais. Elle a perdu tout son argent au jeu. Elle doit trois mois de loyer et un paquet de fric à un usurier.

— *Quoi ?*

— Ouais, on était tous choqués. Je veux dire, on travaille tous dans les casinos ou à proximité. La tentation est facile. J'imagine que Mira a succombé. Lewis essaie de la faire aider, mais elle refuse de voir un addictologue. Aux dernières nouvelles, ils étaient chez lui.

C'est pour ça que je ne vois plus Lewis ? Pourquoi il me cacherait ce que tout le monde sait ?

Quand on s'engage, on partage, et ce silence me semble presque malhonnête. À moins qu'il pense que je ne suis pas assez forte pour supporter la nouvelle ?

La dernière fois qu'il m'a vue, je me suis évanouie en découvrant mon vrai père. Donc oui, il le pense peut-être. À ma décharge, entre Cali et le travail, j'avais dormi six heures en tout les deux jours précédents, mais il ignorait ce détail.

— Lewis ne se plaint pas d'avoir à gérer les galères de Mira, mais on sait tous ce qu'il a dû supporter… Gen, je pensais que lui et toi… que vous étiez…

— Je le pensais aussi, mais il ne m'a pas parlé de cette histoire.

— Je ne sais pas ce qui se passe, mais il a beaucoup de choses à gérer. Donne-lui du temps, d'accord ? C'est un mec bien.

Je ne sais même pas où vit Lewis, ce qui est assez troublant et me rappelle ma dernière relation et les mensonges par omission du C-O-N. Mais je ne vais pas comparer Lewis à mon ex.

Lewis tient à moi et je suis sa petite amie. Je vais aller le voir.

— Quelle est l'adresse de Lewis ?

———

J'ARRIVE devant un petit chalet neuf, niché parmi les grands pins, avec une structure traditionnelle en pente : un triangle parfait avec un toit en métal rouge et des bûches empilées sous le porche. Un tas de gravier se trouve sur le côté, ainsi que des poutres et planches de bois qui dépassent d'une bâche, comme si le chantier s'était arrêté une fois la maison achevée, laissant tout le reste (le jardin, les fondations – d'un garage ?) en souffrance. Le chalet est pittoresque, mais solide, une garçonnière tout à fait charmante. Dont j'ignorais l'existence.

Je me gare à côté de la Jeep de Lewis et je monte les trois marches du porche. Le soleil s'est couché, il fait presque nuit. Des lumières brillent à l'intérieur, offrant une belle vue du rez-de-chaussée à travers les baies vitrées. Mira est dans la cuisine, face à moi, mais ne semble pas remarquer ma présence. Lewis est assis en face d'elle autour d'un petit îlot de cuisine. Le bruit de leur conversation s'échappe par une fenêtre ouverte.

— Ce n'est pas ma faute, Lewis, dit Mira en fouettant quelque chose dans un bol. T'as décidé d'être un membre responsable de la tribu. Tu savais que les gars et moi, on avait prévu de sécher la réunion. Ce feu de camp était légendaire.

Lewis tend le bras et prend un truc sur la planche à découper, le fourre dans sa bouche.

— Vous auriez pu déclencher un feu de forêt.

Je devrais toquer à la vitre, mais je ne peux pas. C'est comme regarder un papillon sortir d'un cocon. Je suis témoin d'une discussion qui me permettra de mieux les connaître, et je ne veux pas interrompre ce moment.

— Impossible. C'est dans le sang, mon sang *pur* d'indigène. Nous, les Washoe, connaissons la terre comme le fond de notre poche.

Elle fait traîner les mots en longueur avec drôlerie. J'ignorais que Mira avait le sens de l'humour.

Lewis grogne et Mira lui jette à la tête un peu de farine. Je ne vois pas l'expression de Lewis, mais elle rit – et c'est magnifique. Un rire cristallin et insouciant. Son sourire illumine la pièce, insuffle de la magie à son beau visage.

Je n'ai jamais vu Mira rire. Elle fait toujours la gueule. Mais être seule avec Lewis la transforme. Apparemment, elle cuisine pour lui, aucun signe de déprime ou de difficultés financières ne ternit ses traits.

Lewis se penche sur le comptoir et Mira passe les doigts dans ses cheveux pour enlever la poudre blanche. Il se déplace légèrement et je vois son profil. Il sourit, et c'est un regard de pure affection qu'il pose sur elle.

J'ai l'impression de faire intrusion dans leur vie et ce n'est pas bien.

Mira était en grande détresse, et ce n'est clairement plus le cas, pourtant Lewis préfère être avec elle qu'avec sa petite amie, qu'il n'a pas vue depuis près d'une semaine. Et après avoir fait l'amour ensemble pour la première fois ? Ça va être tout le temps comme ça, rivaliser avec Mira pour voir Lewis ? Je veux compter pour lui.

Pourquoi ne m'a-t-il pas dit ce qui se passait dans sa vie ?

Ce n'est pas bien. Rien n'est bien. Mon ventre se contracte et je presse le bras contre le nœud qui s'est formé. Je recule, trébuche sur un meuble d'extérieur et dévale les escaliers. Le flot de sang dans mes oreilles étouffe tous les bruits alors que je cours vers ma voiture.

Il dit qu'elle est comme une sœur pour lui, mais à cet instant, je vois l'homme que j'aime faire d'une autre sa priorité, et me laisser de côté. Encore une fois.

Chapitre Vingt-Sept

Quand j'ouvre la porte d'entrée, Cali est vautrée sur Jaeger sur le canapé comme s'il *était* le canapé.

Elle sourit brièvement de sa couche confortable sur son petit copain, puis ses yeux s'arrondissent.

— Qu'est-ce qui ne va pas ?

Elle se redresse et Jaeger s'assied à côté d'elle, baissant le volume de la télé.

— T'avais raison.

Je lance mon sac à main sur le comptoir de la cuisine et ouvre le frigo. Je me demande pourquoi parce que l'idée de la nourriture me file la nausée. Je referme la porte d'un coup sec.

Cali se tient près du comptoir, les bras le long du corps. Jaeger nous observe du canapé, les traits tendus par l'inquiétude.

— Je les ai vus ensemble.

Cali plisse les yeux, perplexe.

— Qui ?

— Lewis et Mira.

— Tu les as vus *faire l'amour ?*

— Quoi ? Non. Ils discutaient, mais il me cache trop de choses. Il m'a menti – par omission, j'entends. Nessa m'a dit que Mira est poursuivie par un usurier. Alors comme Lewis ne me rappelait pas, je suis allée chez lui.

— Mira est *quoi ?*

Cali lance un regard à Jaeger.

— Gen, de quoi tu parles ? Ça n'a pas de sens.

Cali est perdue. *Je* suis perdue.

La Mira que j'ai vue ne ressemblait pas une fille stressée et endettée. Et Lewis n'avait pas l'air de s'inquiéter pour elle. Ils papotaient comme si tout allait bien. Mais si tout va bien, pourquoi n'est-il pas passé me voir ? Qu'est-ce qui nous est arrivé ?

— Tu lui as parlé ?

— Non. Je me suis barrée.

Cali soupire profondément.

Je balaie son reproche d'un geste de la main.

— T'as dit toi-même que je dois rester loin de lui. Je ne serai jamais aussi importante à ses yeux que Mira.

Elle appuie la hanche contre le comptoir.

— On a constaté que je ne m'y connaissais pas tant que ça en relations amoureuses.

— T'as choisi Jaeger, et c'est le petit ami rêvé.

— Merci, Gen.

Assis sur le canapé, Jaeger sourit de toutes ses dents.

Cali le regarde en secouant la tête.

— Tu ne nous aides pas, là, lui dit-elle, puis elle se tourne vers moi. J'ai trouvé Jaeger, mais pas avant un profond examen de conscience et une remise en question douloureuse. Écoute, Gen, j'ai eu tort de m'impliquer dans ta vie amoureuse et te dire avec qui sortir ou non. Ne crois pas que je sache ce qui est le mieux pour toi. Parle à Lewis. Essaie de découvrir la vérité avant de gâcher une histoire qui pourrait être belle.

— Donc maintenant, il est bien pour moi ?

Elle hausse les épaules.

— Ben, je n'ai pas compris son histoire avec Mira au début, mais ça a l'air sérieux avec toi.

— Non, il ne se casera jamais. Ça ne marchera pas.

— T'as dit qu'il parlait de toi comme de sa petite amie. S'il ne veut pas se caser, pourquoi ferait-il ça ? Lewis a l'air d'un mec réglo.

Je crispe la mâchoire. Je n'ai pas de réponse à ça et je ne suis pas en état de raisonner, même si ce qu'elle dit est logique. Il aurait pu appeler et me dire qu'il dînait avec Mira pour la réconforter ou autre, mais il ne l'a pas fait. Il m'a laissée au bord de la route, au sens figuré. Et littéral.

C'est un chic type, il est présent pour ses amis et c'est un gros bosseur. Mais au bout du compte, que reste-t-il pour sa vie amoureuse ? Que reste-t-il pour moi ?

Pas grand-chose.

Cali me tend la main, mais j'ai besoin d'espace. Je secoue la tête et passe devant elle pour rejoindre ma chambre – et trouver ma mère endormie dans mon lit.

Je jure entre mes dents. Je suis en pleine crise, alors bien sûr, ma mère est là pour empirer les choses.

Après m'être changée en silence, je me glisse sous les draps, en essayant de réguler ma respiration et de m'éclaircir les idées. Des larmes s'échappent, je presse les yeux.

Lewis tient à moi, je le sais, mais ça fait mal d'être laissée à l'écart. Je ne veux pas me sentir coupable ni mal de vouloir plus qu'il semble prêt à donner. Pourtant, je l'aime et je ne veux pas le laisser partir.

Tout est si compliqué.

Ma mère me touche le bras et se rapproche de moi. J'essuie furtivement mes larmes.

— Que s'est-il passé ? demande-t-elle d'une voix plus réveillée que je m'y attendais.

— Rien.

— Gen, ne m'exclus pas parce que j'ai fait une erreur. Une grosse erreur, certes, mais je suis toujours là pour toi. Je suis dans ce lit défoncé et exigu avec des draps affreux. Si ce n'est pas une preuve d'amour, j'ignore ce que c'est.

Je pouffe. Elle a raison. Pour elle, c'est la vie à la dure.

— J'ai choisi le mauvais mec. Encore une fois.

— Tu tiens à lui ?

Je ne réponds pas. Je ne peux pas. J'ai trop de mal à juguler mes nœuds au ventre.

Ma mère soupire et se blottit contre moi. Je m'endors comme ça, dans ses bras. C'est la première fois depuis très longtemps qu'elle m'apporte un réconfort sans que je le quémande et sans me juger – et j'en ai besoin.

———

UN BRUIT PERTURBE MON SOMMEIL. Il me faut une minute pour comprendre où je suis. Je regarde ma mère étalée dans le lit. Elle émet un miaulement et roule dans son sommeil, emportant le drap avec elle. C'est son ronflement qui a dû me réveiller.

Je ferme les yeux et me tourne sur le flanc, mais le bruit recommence. Un tapotement. Ça ne vient pas de ma mère. De la fenêtre ?

Merde alors !

Je sors du lit et écarte le rideau. Lewis est debout devant la fenêtre.

Il montre la porte du doigt et je hoche la tête.

J'attrape un sweat-shirt et sors discrètement de la chambre. La maison est plongée dans le silence. Je n'ai aucune idée de l'heure, mais il doit être plus d'une heure du matin, car personne n'est réveillé, pas même Tyler, et il se couche tard.

Je déverrouille et ouvre la porte. Lewis est appuyé contre la colonne du porche, et me regarde. Des papillons s'envolent dans mon ventre.

C'est une vraie plaie qu'il me fasse chaque fois cet effet.

— Salut.

Il s'approche.

— Il s'est passé quoi tout à l'heure ?

J'enroule les bras autour de ma taille.

— On ne s'est pas vus depuis plusieurs jours. Je suis allé voir comment tu allais. J'ai eu ton adresse par Nessa parce que tu ne m'as jamais dit où tu habitais.

Ça a l'air de l'étonner, de bonne foi.

— Je suppose que j'avais la tête ailleurs… et j'aime bien venir ici.

Je regarde autour de moi.

— Tu préfères ma cabane de trente mètres carrés et son vernis des années 70 à ton chalet tip-top dans les bois ?

Il hausse les épaules.

— T'es ici. Je ne vois que toi, pas la déco. On ira chez moi, seulement…

Il s'avance et je recule. Il fronce les sourcils.

— Gen, qu'est-ce qu'il y a ? T'as l'air contrariée. Tout à l'heure… pourquoi t'es partie en courant ?

De toute évidence, j'ai fait du bruit en trébuchant sur un meuble de la terrasse.

— Je ne voulais pas gâcher votre soirée.

Il lève les yeux au ciel.

— Quoi… Mira ? Elle est passée me voir, c'est tout. Il n'y a jamais rien eu d'autre.

Je soupire et adoucis ma voix.

— Je sais que tu ne me trompes pas… contrairement à

ma première impression, qui était une réaction instinctive. Au fond, je ne le pense pas.

Je tente de rassembler le fatras de mes pensées.

— Tu es très attaché à Mira, tu ne veux rien faire qui puisse perturber sa tranquillité d'esprit. Tu as une petite amie pour la première fois depuis des années et Mira adopte un comportement autodestructeur, alors tu laisses tout tomber pour voler à son secours.

— Mira a besoin de moi, déclare-t-il.

Je m'engage sur une voie qui pourrait sonner le glas de notre relation, mais je ne peux pas faire marche arrière, car la situation actuelle ne me convient pas, et il faut bien que quelqu'un le dise à Lewis.

— Elle compte sur toi au point que tu n'as plus de vie. Réfléchis-y. À un moment donné, il faudra que Mira mène ses propres batailles. Comme tout le monde. Je comprends qu'elle ait des problèmes et que tu la soutiennes. T'es un chic type. C'est merveilleux qu'elle ait une personne comme toi dans sa vie, seulement, je ne peux pas…

J'appuie mes doigts sur ma bouche et j'étouffe un sanglot.

— Je ne peux pas faire… ça.

Mira a trop besoin de lui et je ne lui demanderai pas de choisir entre nous. En même temps, je mérite plus de considération. J'ai toujours mérité plus de considération. Et avec Lewis, je ne peux pas supporter l'idée de me contenter des miettes.

Il secoue la tête.

— Comment ça, tu ne peux pas faire ça ?

— Tu as été distant et absent. Tu ne m'as pas dit que tu devais gérer un problème énorme concernant Mira, mais ça t'a affecté. Tu aurais dû me le *dire*. J'ai besoin de savoir quand tu as des problèmes, quand tu es stressé. Je veux faire partie de ta vie, de toute ta vie.

Il frappe violemment la colonne.

— Geneviève, je suis engagé envers toi. Que puis-je te donner de plus ?

Je frémis, surprise par son explosion. En général, il contient ses émotions.

— La monogamie est un concept vague pour toi parce que tu ne sors avec personne, mais être dans une relation exclusive ne me suffit pas. J'ai besoin de plus. Je veux être ta priorité. Je veux passer avant les autres.

Il se frotte le visage et ne dit rien pendant un long moment.

— Lewis ?

— Donne-moi du temps.

Ça veut dire quoi ?

Il s'avance comme s'il allait me prendre dans ses bras. Je recule en secouant la tête. Je rentre et referme la porte tout doucement. Des sanglots silencieux m'étranglent tandis que je marche sur la pointe des pieds, le visage entre les mains.

Pourquoi a-t-il besoin de temps pour savoir ce qu'il veut ? Qui a besoin de se demander s'il doit faire de sa petite amie une priorité ? C'est oui ou non. Merde.

Je me fige, attendant d'entendre ce qu'il va faire ensuite, mais le bruit de ses pas sur le gravier s'éloigne, puis sa voiture démarre.

Les larmes coulent mon visage. Il s'en va.

Je ne pouvais pas rester là, à le supplier de faire partie de son monde. C'est déprimant. Mais maintenant qu'il est parti, mon cœur se serre douloureusement. Est-ce vraiment fini ?

Chapitre Vingt-Huit

C'est mon dernier soir de travail avant la course dans quelques jours. Je me demande pourquoi je me livre à cette séance de torture, étant donné ce qui s'est passé, mais j'ai envie de sortir du cadre étriqué de ma vie, et je finirai la course même si ça me tue. Pour prouver que je suis assez forte physiquement et mentalement.

Sur cette pensée, je verse trois sachets de cacao en poudre dans mon café. J'ai besoin de ce supplément de sucre pour passer la soirée. Sans le tournoi des célébrités et son énergie surexcitée, le lounge est désert. Je me demande si Maryanne m'a collée là pour m'avoir à l'œil, comme s'il valait mieux garder la nana qui pleure et qui s'évanouit loin de l'étage fréquenté du casino. La plupart des serveuses ont le choix entre les machines à sous et le lounge, mais j'ai beau demander les machines à sous, je reste cantonnée ici.

Drake y est sans doute pour quelque chose.

Pour je ne sais quelle raison, il fréquente le lounge, et il est possible qu'il demande qu'on m'affecte ici. L'endroit est moins fréquenté, il y a moins de regards indiscrets. Non pas que les témoins l'aient arrêté dans le passé, mais il semble avoir choisi ce lieu pour harceler les femmes. Les coins sombres, les suites privées… j'ai hâte de changer d'horaires. Il doit bien y avoir un service où il ne travaille pas.

Des gars de Sallee Construction s'affairent dans la salle de jeu ce soir, ce qui me fait penser à Lewis, même si je pense déjà constamment à lui. J'ai pris la bonne décision de le confronter à propos de Mira. C'est fait. Je lui ai dit que j'avais besoin de plus et il n'a rien dit. Il est parti. La majorité du temps, je ne regrette pas mes paroles. Je l'aime, mais si je lui donne tout de moi, je mérite tout de lui en retour. Mais le reste du temps, j'ai l'impression d'être morte à l'intérieur.

Cela ne fait qu'un jour que nous nous sommes parlé au milieu de la nuit, mais cette conversation semblait définitive. Il est évident qu'il ne peut pas me donner plus. Si j'étais restée avec Lewis, sa relation avec Mira aurait lentement détruit notre couple, ou elle m'aurait fait souffrir.

Je n'ai pas réalisé avant de le rencontrer que je donnais trop peu de moi-même. Ce n'est que lorsque mes murs protecteurs ont été abattus, détruits par d'autres passions, que j'y ai vu plus clair. Personne n'a eu sa chance avant Lewis. Je n'ai été moi-même qu'avec lui, mes bons côtés, les mauvais, les plus tendres – plongez ces ingrédients dans une relation à trois et ils seront broyés.

Cali dit que je suis bête de renoncer à cette histoire. Elle n'a pas compris. Quoi que je vive avec Lewis, rien ne surpassera son engagement envers Mira. Du point de vue moral, ce n'est pas comme quand mon ex avait une copine dans sa ville natale, mais je ressens le même malaise. Lewis est distant et ailleurs, et comme je lui ai dit, je ne veux pas vivre ça. Pas avec lui. Je me soucie trop de lui.

J'ai peut-être été naïve dans le passé et j'ai découvert

trop tard que je n'étais pas la priorité de mon mec d'alors, mais c'est la première fois que j'ai envisagé de rester dans la région. Juste pour être avec Lewis. Pour faire partie de sa vie. C'est complètement foiré. Je dois me forcer à ne pas l'appeler. Penser à lui est une véritable torture, alors j'essaie de penser à autre chose, mais les chemises jaune vif de Sallee Construction ne m'y aident pas.

Ils réparent des prises électriques ou autre ; je ne sais pas trop. Si le nom de l'entreprise ne m'avait pas sauté aux yeux, je n'aurais sans doute pas remarqué leur présence. Malgré la couleur voyante de leurs vêtements, les ouvriers sont discrets, évitant les clients et gardant un profil bas. Ils sont arrivés quelques heures avant la fin de mon service, quand le casino est moins bondé. Je n'ai pas vu Lewis parmi eux. Il ne fait pas partie de la main d'œuvre, mais ça ne m'a pas empêché de le chercher.

Poussant un soupir plaintif, je trie les billets dans ma caisse mobile, agacée par mon comportement.

Le barman lève la tête.

— On te demande.

Il se retourne et décharge un panier de verres propres du lave-vaisselle.

Je fourre l'argent dans ma caisse et me tourne pour servir le client. Mes épaules se raidissent.

Le regard de Drake balaie la salle, comme pour vérifier qu'elle est déserte.

Pourquoi n'ai-je pas donné suite à la plainte pour harcèlement ou ne suis-je pas allée voir la police ?

Ah oui, parce qu'il s'est passé beaucoup de choses ces derniers temps. Cali a failli mourir, j'ai découvert que j'avais un père, et j'ai perdu mon petit ami, tout ça en une semaine. Ma vie a sombré dans le chaos total.

Je ne sais pas trop comment interpréter le regard de Drake ; calculateur, suffisant – pas bon, en tout cas. Je déteste travailler avec Amber, mais j'aimerais qu'elle soit là ce soir.

Je jette un coup d'œil de l'autre côté de la salle ; Maryanne n'est pas non plus à son poste. Elle est en pause ? Merde.

J'inspire à fond. Je n'ai pas besoin qu'on vienne me sauver. Je peux me débrouiller seule. J'ai prouvé ma force à l'entraînement et en résistant à appeler Lewis chaque fois que toutes les fibres de mon être m'incitent à le faire. Il est tard, mais il y a encore du monde et le personnel de sécurité. Tant que je reste dans un lieu visible, je ne risque rien.

— Geneviève. Enfin seuls.

Les yeux de Drake tombent sur mon short. Il le fixe comme s'il revivait le moment où il m'a touchée là où aucun homme n'est autorisé à toucher une femme sans permission. Un demi-sourire lui tord la bouche.

Je pourrais hurler ou le frapper.

— Qu'est-ce que tu veux ?

— Tss-tss… C'est une façon de s'adresser à ton chef ?

Il n'est pas mon chef. Il le sait. La position de Drake est bien au-dessus de mon rang. C'est Maryanne qui me supervise.

— Laisse-moi tranquille, Drake.

Il plisse les yeux et essuie du pouce la condensation sur son verre.

— Ne fais pas de difficultés. J'ai parlé au barman.

De quoi il parle ? Le barman était avec moi quand Drake est arrivé.

— C'est une soirée calme. J'ai besoin de toi là-haut pour vingt minutes, peut-être trente. Ça ne sera pas long.

Malgré mes affirmations positives sur ma force et ma capacité à me défendre seule, une sueur froide perle ma nuque.

— Non.

Drake s'avance, envahissant mon espace jusqu'à ce que sa poitrine heurte la mienne.

— C'est moi qui commande ici, grogne-t-il en m'attrapant et me broyant le bras.

Merde, merde. Je grimace et regarde autour de moi. Le barman a disparu. Il était là il y a une minute. Où est-il allé, bon sang ?

La poigne de Drake me fait l'effet d'une pince métallique, ses doigts m'emprisonnent le bras. Me débattre ne fait qu'accroître la douleur. Il va faire éclater une artère principale s'il ne relâche pas son emprise. Ça n'arrange rien que mes bras soient fins ; c'est toujours la partie la plus faible de mon corps, malgré les heures de muscu.

— Tu viens avec moi.

Il me tire vers la sortie de derrière.

J'aperçois le barman qui revient, il sourit à un client à l'autre bout du comptoir. Il ne regarde pas dans ma direction. J'essaie de l'appeler : « Crai— », mais ma voix se brise.

Un souffle chaud me brûle l'oreille.

— *Inutile*, ricane Drake en me secouant. Je l'ai mis dans ma poche, comme les autres.

Mes doigts s'engourdissent et je ferme les yeux de douleur. Je suis convaincue qu'il m'a cassé un os. Drake souffle par le nez.

— Je veux seulement te parler. Je ne t'emmènerai pas en haut, d'accord ? Tu sais que je ne peux rien faire d'amusant ici.

Ah bon ? Je ne lui fais pas confiance. Qu'est-ce qu'on dit déjà ? Ne jamais négocier avec les terroristes. La même règle s'applique-t-elle aux violeurs ?

Oui. Je lâche mon plateau et tente d'écarter ses doigts. Il resserre l'étau sur mon bras et des points blancs éclatent derrière mes yeux quand il me pousse vers la sortie.

Nous sommes maintenant dans un couloir de service utilisé par les employés, et Drake fait l'erreur de desserrer les doigts assez longtemps pour que je reprenne mes esprits.

— *Lâche-moi !* je beugle.

Un commis jette un œil vers moi, puis vers Drake. Il détourne rapidement le regard et sort par une porte battante.

Quoi ? Je comprends que la direction soutienne Drake et glisse la plainte pour harcèlement sous le tapis. Drake est un cadre de la *direction*. Mais les employés que je côtoie ? Soudain, laisser Drake m'entraîner dans un endroit désert, bras cassé ou pas, semble être une très mauvaise idée.

Il me lâche le bras et me plaque contre le mur. Je ne sens plus mes doigts, même pas une sensation de chaleur indiquant que le sang circule à nouveau. Ses yeux sont sombres, ses pupilles dilatées.

— J'adore quand tu te bats. N'arrête pas, s'il te plaît. C'est tellement plus plaisant.

Putain ! Je m'écarte sur le côté et il me ceinture la taille, si fort que je peux à peine respirer.

Comme à l'école primaire, quand la fillette brutale s'en prenait à moi parce que je ne disais rien, je me laisse choir sur le sol et je deviens molle. Cette réaction est entièrement due au cerveau reptilien, et totalement inefficace. La brute me relevait et me poussait dans la cour de récréation comme une poupée de chiffon. Ça n'a jamais marché à l'époque.

Ça ne marche pas maintenant non plus.

Drake me redresse et avant que j'aie le temps de crier, il me catapulte contre le mur derrière mon dos qui, je le réalise maintenant, est une porte. Je la traverse et j'atterris sur ma hanche, une douleur aiguë me parcourt la jambe. La lumière disparaît quand la porte se claque.

Une seconde plus tard, il est sur moi, me clouant les mains contre le sol glacé.

— Dégage !

Je file un grand coup de genou, visant à l'aveugle la partie la plus vulnérable de son anatomie. Il me bloque comme s'il s'attendait à cette attaque et saisit mes deux poignets d'une main. Il me couvre la bouche et le nez de sa main libre ; sa chevalière me fend la lèvre.

Je ne peux plus respirer.

Il va me tuer.

Je me débats et bouge la tête d'avant en arrière pour me libérer de sa main.

— Chut, j'aime la lutte, mais pas les cris. Calme-toi et je te laisserai respirer.

Je cesse de gigoter, privilégiant ma survie. Il ôte la main de mon visage et j'avale une goulée d'air.

Resserrant douloureusement l'étau autour de mes poignets, il me relève à moitié et allume la pièce, puis ferme la porte à clé.

— Je préfère les suites à l'étage, mais on peut faire ça ici.

— Non ! je hurle en donnant des coups de genou. Au secours ! *À l'aide !*

Qu'est-ce que j'ai fait ? Comment ça peut m'arriver ?

Il m'agrippe la gorge et me pousse au sol.

— J'ai dit *tais-toi*. Ne sois pas stupide, Geneviève. Personne ne peut t'entendre. Le casino est construit conformément aux normes antibruit. Toutes les pièces sont insonorisées, même les réserves.

Je pensais être prudente. Il ne m'a pas emmenée à l'étage, mais il n'en avait pas besoin.

— Tais-toi et je serai rapide.

Il trifouille sa braguette.

Ma gorge convulse, mes jambes tremblent.

— Arrête, Drake. Ne fais pas ça. J'irai voir la police.

Il ricane.

— Petite Geneviève.

Il tire sur mon bustier, mais le costume à la Houdini est fait pour résister aux tornades et il bouge à peine.

— Petite poupée de porcelaine aux cheveux noirs. Je vais te baiser et te mater. Quand j'aurai fini, tu seras une jolie petite chienne docile qui me suppliera à genoux.

La peur trouble ma vision, mes gestes sont saccadés et aléatoires. Je secoue la tête pour y voir plus clair et feint un mouvement sur le côté, puis je me cabre dans la direction opposée, vers la porte. Mais c'est une feinte stupide avec le poids de Drake au-dessus de moi. J'avance de quelques centimètres avant de perdre mes forces et de m'effondrer sous lui, pantelante.

Il glousse, glisse la bouche le long de mon cou, le lèche, puis le mord.

— Je vais te dire un secret, souffle-t-il en me mâchouillant le lobe de l'oreille.

Il déchire la peau, la brûlant de sa langue.

— Personne ne va rien faire de la plainte que tu as remplie à l'étage, sinon la déchiqueter. C'est déjà fait. Ils assurent mes arrières et j'assure les leurs. Je connais du monde en ville.

Il dit ça avec tellement de fierté que j'ai presque de la peine pour lui, comme si la seule façon pour lui d'obtenir du pouvoir était de faire tomber les autres.

Il ne peut pas avoir raison. Il doit bien y avoir quelqu'un qui a une once de moralité dans cet endroit. Mais même si c'est le cas, ils ne m'aideront pas ici, où personne n'est témoin de ce qui va se passer…

Mon Dieu, que quelqu'un m'aide !

Une main puissante et manucurée se referme sur ma bouche, me bloquant le nez.

— Je t'ai dit de te *taire*.

La gorge me brûle. À force de crier ? Donc les cris ne sont pas seulement dans ma tête. La panique a expulsé tout l'air de mes poumons et Drake ne me laisse pas reprendre mon souffle.

La pièce et ses objets se floutent et disparaissent. J'ai des vertiges, la nausée…

Soudain, le poids qui m'écrasait se soulève. L'air s'engouffre dans ma poitrine. La lampe circulaire au-dessus de ma tête devient visible et j'entends les bruits du casino…

Je vois un homme inconnu qui se tient dans l'embrasure de la porte, vêtu d'une chemise jaune Sallee Construction, un trousseau de clés pendouille de sa main.

Il dévisage Drake.

— Je vais avoir besoin de cette pièce. Pour l'électricité.

— Ça attendra, grince Drake, en appui sur un genou et une main, comme s'il avait roulé sur le côté et s'était figé. Sortez d'ici.

L'employé de Sallee pince les lèvres et secoue la tête.

— Pas possible, m'sieur, dit-il en ouvrant la porte en grand.

Drake se relève au moment où quelqu'un passe et nous reluque.

— Tu seras viré pour ça.

Il me soulève d'un coup sec et ma tête tourne avec la brutalité du geste. Le bras qu'il a broyé est tuméfié, faible, il palpite à chaque battement de cœur.

— Viens, Geneviève.

— Oh non, elle reste avec moi, dit l'électricien.

Mon regard flotte vers lui comme si j'étais sur un bateau qui tangue.

— Pardon ?

La voix de Drake est tendue, glaciale.

— C'est la petite amie de mon pote que vous embêtez.

Il ne voudrait pas que vous la touchiez. S'il voyait ce que je viens de voir, vous ne respireriez plus à l'heure qu'il est. Je vous conseille de la laisser partir.

Drake me pousse derrière lui comme un chien se bat pour avoir le bout de gras.

— T'es viré. *Sors d'ici.*

— Pas de problème.

L'ouvrier jette les clés sur le sol, ses grosses mains se replient et il montre les poings d'un air menaçant. Il est plus grand que Drake et deux fois plus costaud.

— Seulement, j'emmène la fille avec moi, dit-il.

La respiration de Drake est un sifflement rauque et enragé. Il me relâche et sort en trombe de la réserve.

Je tremble, je tiens mon bras blessé.— Prends ton temps, me dit l'employé de Sallee. Tu peux rester ou rentrer chez toi, mais je ne te lâcherai pas tant que tu ne seras pas sortie du casino.

Il sort son téléphone et tape un texto.

Je m'affale sur le sol et tente de contrôler mes tremblements. J'ai mal à la tête. Je n'arrive pas à me concentrer et la pièce tourne. Je m'allonge et ferme les yeux.

Je sens le gars s'accroupir à côté de moi.

— T'as besoin d'un docteur ?

Il touche l'intérieur de mon poignet, puis il glisse les mains sous mes genoux comme s'il allait me soulever.

Je m'assieds brusquement, ce qui amplifie la sensation de tournis.

— Je peux marcher. Tu peux me conduire jusqu'à chez moi ?

Je tousse, la gorge irritée et douloureuse. Je vais aller à l'hôpital, car je ne laisserai pas Drake s'en tirer impunément. Je veux des preuves de sa violence, mais j'ai besoin de ma meilleure amie pour me soutenir.

L'ouvrier de Sallee me suit. Nous croisons une nouvelle

serveuse dans le bar lounge. Elle est jolie et commence à peine son service. Le barman détourne le regard, mais la serveuse étouffe un cri en me voyant.

Je me change au vestiaire du personnel tandis que le gars de Sallee m'attend devant l'entrée du personnel. Dans mes vêtements de ville, personne ne prête attention à la fille échevelée dont le mascara a coulé, qui traverse la salle de jeu jusqu'à la sortie.

Dans le parking, l'ouvrier pointe du doigt une camionnette grise délabrée.

— C'est ma caisse.

Je ne connais même pas son nom, mais il n'aurait pas laissé Drake me faire du mal et il travaille pour Lewis. Il pense que je suis sa petite amie.

Nous montons dans son véhicule et il met le contact. Nous sortons du parking et plus le casino s'éloigne, plus je tremble. La gorge obstruée, le nez brûlant de larmes retenues, je contiens l'émotion qui menace d'éclater. Je veux juste rentrer chez moi.

Mon téléphone vibre dans mon sac à main. Je le sors et louche sur l'écran. Trois appels manqués et un texto.

Lewis : *Joe m'a dit ce qui s'était passé. J'arrive.*

Les messages vocaux sont aussi de Lewis, le premier est un appel paniqué dans lequel il dit qu'il est en route pour le casino et parle de contacter la police. Le second message, il a dû l'enregistrer en roulant. Il dit qu'il a parlé à Joe et qu'il nous rejoint chez moi. Le troisième message confine à l'affolement du genre « *mais où es-tu ?* »

Lewis a l'air bouleversé et inquiet, mais ça ne me touche pas. Je suis insensible à tout.

Quand nous arrivons chez moi, Lewis est en train de parler à Cali devant la porte. Elle nous voit en premier et court vers la camionnette, Lewis se lance à sa suite.

— Oh mon Dieu, Gen.

Elle ouvre la portière et m'attire contre elle, et je crie de douleur.

— Quoi ? Tu es blessée ?

Elle regarde mon visage, puis plus bas, et je me tourne instinctivement pour protéger mon bras.

— *Merde*, dit-elle. Il est enflé et tout bleu… et ta *gorge*. Quelle ordure !

Mon bras est horriblement douloureux, mais j'arrive à le bouger, donc je ne pense pas qu'il soit cassé.

Lewis contourne Cali et m'enlace la taille, soutenant mon poids.

— Je vais bien, je croasse.

Il tressaille, son regard est intense. Ma voix est rauque à cause des cris et de la pression de la main de Drake sur ma gorge.

Lewis veut toujours alléger mon poids, physique comme émotionnel. Est-ce pour ça qu'il a gardé pour lui ses galères avec Mira la flambeuse ? Il ne veut pas partager ses propres fardeaux ?

Lewis remercie Joe et m'aide à marcher jusqu'au chalet.

— Cali, tu peux apporter une compresse froide ou une poche de glace ? Un sac de légumes surgelés si tu n'as ni l'un ni l'autre ?

Je m'assieds sur le canapé et il me glisse un oreiller derrière la tête. Il s'agenouille à côté de moi et retourne mon bras, en regardant l'ecchymose. Il soulève ma chemise comme pour m'examiner, mais je la rabats.

— Je dois voir où tu es blessée, dit-il, puis ses yeux s'écarquillent, sa bouche se pince. Il n'a pas… il n'a pas… ?

— Non, c'est à mon bras qu'il a fait le pire.

Je ferme les yeux. Les larmes roulent sur mes joues sans qu'aucun bruit ne sorte de ma gorge meurtrie.

Drake ne m'a pas violée, mais il allait le faire.

Lewis presse le visage dans mon cou, sa respiration est tendue et hachée. Il me prend la tête entre les mains, ses cils papillonnent contre ma peau.

— J'aurais aimé être là pour toi.

Il lève les yeux, quelque chose dans son expression est ébranlé.

— Promets-moi de ne pas y retourner.

Je crois son regard, celui qui dit qu'il tient tellement à moi qu'il ferait tout pour que ça aille mieux, mais ce n'est pas suffisant. J'ai besoin qu'il soit plus pour moi qu'un grand frère protecteur.

— Ne t'inquiète pas pour moi. Tu as d'autres priorités. Je vais m'en sortir.

— Gen…

Il passe des doigts raides dans ses cheveux et se penche en avant, ses mains comprimant les coussins de chaque côté de mon corps. Ce geste devrait m'intimider, mais le regard qu'il me lance, plein de compassion et d'intention, enlève tout effet menaçant. C'est comme s'il voulait que je voie l'intérieur de son âme.

—Je suis ici en ce moment.

— Mais tu ne seras pas toujours là. Il y aura des moments où j'aurai besoin de toi et où ton engagement envers une autre t'empêchera de venir.

La porte s'ouvre et ma mère entre, un sac de courses dans les bras, un sourire aux lèvres. Derrière elle, Jaeger porte quatre autres sacs.

Maman a pris l'avion pour venir à Tahoe et elle aurait pu louer une voiture, mais ça aurait été trop facile. Se faire véhiculer par le séduisant petit ami de ma colocataire, c'est plus son truc. Être amoureuse de Fred ne la rend pas aveugle.

Son sourire s'éteint quand son regard passe de Cali à Lewis avant de se poser sur moi.

— Geneviève ?

Elle laisse tomber le sac et s'agenouille près du canapé, bousculant presque Lewis pour me prendre dans ses bras.

— Qu'est-ce qui s'est passé ?

Lewis se lève et se retourne. Son dos se soulève et s'abaisse au rythme d'expirations profondes et contrôlées, comme s'il essayait de garder son calme. Jaeger pose les courses sur le comptoir et enlace Cali. Elle le serre dans ses bras et lui raconte tout bas. Il me regarde, et sa mâchoire se crispe.

Jaeger a cassé la gueule à Drake quand il s'est montré insistant avec Cali et il sait l'essentiel de ce qui m'est arrivé dans la suite. Bref, il ne porte pas Drake dans son cœur.

Je ne sais pas pourquoi je pensais que Drake me laisserait tranquille si je restais loin de lui. Il est pire que ce que j'avais imaginé. Les choses qu'il m'a dites… ce qu'il a essayé de faire…

À quelques mètres de moi, Lewis m'observe, et son regard est si intense que pendant un moment, je n'entends plus les questions en rafale de ma mère, que j'ai réussi à ignorer jusqu'à présent. Ses yeux se détournent et je le vois, impuissante, se diriger vers la porte.

Une profonde panique remplit ma poitrine. Il n'oserait pas…

Je me redresse et dévisage le petit ami de Cali.

—Jaeger…

Je bigle vers Lewis sans dire un mot.

Jaeger hoche la tête et prend Lewis par l'épaule en lui marmonnant quelque chose à l'oreille. Lewis serre la poignée de la porte, ses épaules sont tendues. Il se dégage de la main de Jaeger, mais ce dernier continue de lui parler dans un grommellement sourd.

Lewis ouvre la porte et sort. Jaeger cherche Cali du regard. Elle acquiesce et il suit Lewis.

— Geneviève, parle-moi !

Ma mère me comprime la main.

Je ferme les yeux et fais abstraction du monde extérieur.

Chapitre Vingt-Neuf

Ma mère ronfle. Fort. J'ai acheté des boules Quies il y a quelques jours, mais ça ne sert à rien. Hier, j'ai somnolé pendant la journée pour rattraper mon retard et reposer mon bras, teinté en vert violacé de l'épaule au coude. C'est moche, mais ça va mieux. Il s'avère que Drake ne m'a pas éclaté d'artère ni mutilée à vie.

Cali m'a accompagnée à l'hôpital après le départ de Lewis et Jaeger. J'ai raconté à ma mère que j'étais tombée dans les escaliers au boulot. Elle y a cru, plus ou moins. De toute façon, elle n'aura rien de plus. Elle pèterait un câble si je lui disais la vérité, et je n'ai pas envie qu'elle en rajoute.

L'infirmière de l'hôpital a appelé la police dès qu'elle m'a examinée. J'ai raconté un autre bobard à ma mère pour expliquer la visite de la police, je l'ai envoyée chercher un café et j'ai dit à l'agent ce qui s'était passé. Je savais que Drake était un sale pervers, mais ça ? Je ne pensais pas qu'il irait aussi loin. Tous les signes étaient là. Je les ai ignorés.

L'idée d'une enquête me terrifie, mais j'en ai marre de

me taire. L'employé de Lewis est prêt à parler, contrairement aux témoins dans la suite, complices de Drake. J'étais
une fille passive et craintive, mais j'ai canalisé l'esprit de
compétition acquis en m'entraînant jour et nuit pour le
mudder, et je me vais me battre contre Drake – et le casino
s'il le faut. Ce qu'il a voulu me faire… je suis plus qu'humiliée, je suis furax. Je ne le laisserai pas s'en tirer
impunément.

Jaeger a suivi Lewis chez Zach la nuit de l'agression. Il
lui a fait promettre de ne pas bouger, mais Cali m'a dit que
Zach a dû les dissuader d'aller rentrer dans le lard de
Drake. Lewis avait convaincu Jaeger que quelqu'un devait
faire quelque chose et que c'était à eux de le faire.

Zach a un vrai talent de persuasion, car il ne fait pas le
poids physiquement face à Jaeger et Lewis. J'ignore
comment il les a convaincus de ne pas céder aux bouffées
de testostérone.

Lewis a été là pour moi. L'expression de son visage
quand son employé m'a ramenée chez moi… Il tient à
moi, sinon plus, et je ne sais pas quoi faire de cette information. C'est insuffisant pour le genre de relation auquel
j'aspire. Lewis m'a caché des choses importantes et j'en ai
marre des secrets et omissions. Je veux tout ou rien.

Je me prépare pour l'Alpine Mudder dans notre minuscule salle de bains et regarde par la fenêtre le soleil qui
pointe à l'horizon. Pour la première fois de ma vie, ça ne
me dérange pas de me lever si tôt. C'est paisible le matin et
j'ai besoin de calme pour me préparer aux épreuves que je
vais affronter.

Un coup sec frappé à la porte me fait sursauter et
lâcher dans le lavabo le petit pot de peinture bleue pour le
visage.

— Magne-toi le cul, Gen, s'écrie Cali.

Cela fait une heure que je suis ici à m'habiller et à

appliquer soigneusement la peinture bleue et noire que mon équipe a choisie. J'ouvre la porte et je lui lance un regard furieux.

— Pas si fort, je grommelle.

Elle sait très bien qu'il ne faut pas faire de bruit si tôt.

Elle me mate de haut en bas.

— T'as l'air d'une tueuse. Tu vas tout déchirer aujourd'hui.

Regarder une pièce de théâtre et jouer dedans sont deux choses très différentes, mais je ressens un brûlant désir de prouver quelque chose, alors elle a sans doute raison. Je veux gagner. Pour moi.

— Je vais essayer.

Je zippe mon survêtement sur le t-shirt de sport bleu portant l'inscription « Force et Courage » floquée sur le devant, le même que les gars. Lewis a insisté pour que nous portions des vêtements moulants et à séchage rapide pour la course, expliquant que la boue et l'eau absorbée par les t-shirts ordinaires alourdissent le corps. Un capri de yoga noir complète la tenue.

En raison des prix offerts cette année, les organisateurs gèrent la course comme un triathlon. J'ai épinglé mon numéro sur mon t-shirt et je l'ai peint sur mes bras et mollets. J'ai deux traits de peinture bleue sur les pommettes comme les gars, pour nous repérer plus facilement, du noir sous les yeux contre l'éblouissement et les zigzags bleus sillonnant mes mollets sont un symbole Washoe.

Cali dézippe mon survêt et inspecte mon bras meurtri. Elle le tourne en examinant ma peinture de guerre.

— C'est le symbole de la chance chez les Washoe, je lui explique. Les garçons ont trouvé que ce serait une touche sympa. Je l'ai peint sur mon bras parce que... eh bien, pour des raisons évidentes.

Même sans les bleus, mes bras sont mon talon

d'Achille. Je ne suis pas bâtie comme un homme, et rien ne changera cela, pas même les mini-biscoteaux que j'ai développés grâce à l'entraînement de Lewis. Je me bats contre une armée de mecs costauds qui grimpent une paroi verticale avec un petit doigt. Je les pulvérise à la course parce que je ne suis pas encombrée de muscles et je suis véloce, mais les obstacles à la force des bras vont faire mal.

— T'es sûre d'être prête pour ça ?

Je lève le coude et admire la coloration vive de la zone broyée par Drake. Mon corps a récupéré en grande partie de l'agression. Pour le reste, c'est une autre histoire.

— C'est douloureux, mais c'est surtout moche. En fait, je pense que les ecchymoses me font paraître plus dure, ce qui m'avantage.

Elle lève les yeux au ciel.

—Je m'inquiète pour ton bras, mais je pensais à ce qui s'est passé.

—Je vais bien.

Plus ou moins. Pas vraiment. Pas sûre de pouvoir me remettre totalement de ce que Drake a essayé de me faire. L'angoisse de savoir qu'il était à deux doigts de me faire tant de mal me réveille en sueur la nuit.

— J'ai besoin de bouger pour me sentir mieux. Si je reste à la maison, déprimée et apeurée, il a gagné, tu comprends ?

— Je ne parlais pas seulement de Drake, dit-elle sans ambages.

Mon cœur se serre. Elle fait référence au fait que Lewis n'est pas passé.

Elle secoue la tête et me tire hors de la salle de bain.

— On ferait mieux d'y aller. Jaeger fait tourner le moteur. Fred vient de passer prendre ta mère. Il est arrivé par le premier vol du matin. On est tous gonflés à bloc…

Elle sautille devant la porte et frappe dans ses mains pendant que je prends mon téléphone et mes papiers.

J'ai les nerfs à vif, d'où ma montée d'adrénaline, mais sérieusement, comment Cali peut-elle avant une telle énergie le matin ? Ce n'est pas humain. Son excitation et le fait de savoir que tout le monde va m'observer ne m'aident pas à me calmer.

Pas de pression.

Nous nous garons sur le parking bondé du Heavenly dans la nouvelle voiture de Cali, cadeau de son petit ami sexy et généreux. Je ne suis pas jalouse de la voiture, mais du petit ami dévoué et aimant ? Oh que oui.

Jaeger lui a acheté une voiture parce qu'il privilégie sa sécurité et qu'il est blindé et peut se le permettre. Il ne voulait plus qu'elle fasse du covoiturage pour aller bosser depuis qu'on a drogué son moka et qu'elle a fini à l'hôpital. Jaeger n'est pas trop prudent. Il veut prendre soin d'elle, et c'est un geste si romantique que j'en ai les larmes aux yeux. Je suis hyperémotive en ce moment, dommage pour une guerrière.

J'aurais pu connaître ce genre d'amour. Peut-être. Lewis *aurait* été un petit ami dévoué, sauf quand Mira a besoin de lui.

J'ai pris la bonne décision.

Les télésièges immobiles scintillent au soleil comme des squelettes métalliques dans le décor rocheux. Nous nous frayons un chemin jusqu'à la table d'enregistrement. La montagne ressemble à un cimetière sans son manteau de neige. Je passe à la table des organisateurs et rejoins la foule des participants gorgés d'adrénaline.

L'air autour de moi change, m'électrise, me picote la peau, dégage une énergie plus élevée que la vibration des activités actuelles. Je sais qu'il est proche avant d'apercevoir sa tête à quelques centimètres au-dessus de celles des autres concurrents. Comme le soir de notre première rencontre, sa présence désarme, étourdit.

Lewis s'approche de notre équipe. Son corps est peinturluré, et il déchire, comme s'il était fait pour porter des peintures de guerre et se battre. Ses vêtements épousent tous les muscles et lignes de force de sa carrure masculine, issue de générations Washoe élevées pour chasser sur la terre qui se trouve sous nos pieds.

Sa tête pivote, son regard accroche le mien et le retient quand je m'approche. Mon cœur bat de façon erratique, je détourne les yeux qui atterrissent instinctivement sur le versant. Être ici avec lui, c'est trop d'émotions. Il me manque, et il est magnifique dans ce lieu.

Lewis suit mon regard en s'avançant vers moi.

— Terre sacrée. C'est là qu'a lieu la compétition, dit-il.

Je scrute les reliefs escarpés et le flanc de la colline terreuse, puis je vois le reste. Des rondins de bois à mi-hauteur de la colline – un obstacle ?

Les concurrents n'ont aucune information sur le tracé du parcours, mais Lewis a déjà participé à cette compétition. Il sait ce qu'il faut chercher et il connaît le terrain, ayant grandi ici.

— Encore une histoire terrifiante pour me faire peur ?

Il hausse les épaules.

— C'est vrai. Cet endroit accueillait des rituels.

Sa bouche se tord.

— Celui sur les bébés esprits, je crois.

Les bébés esprits ? C'est quoi ce truc ? Je suis stressée par la course et ébranlée par l'histoire avec Drake. Je n'ai pas besoin de redouter que des oiseaux mangeurs d'hommes ou des poupées Chucky Amérindiennes s'en prennent à moi.

Lewis sort un pot de peinture bleue de son petit sac à dos. Il s'en enduit le doigt et le passe dans mon cou. Je frissonne. L'absence de son contact ces deux derniers jours a créé un manque. Sa large main se pose sur mon bras valide et il termine le dessin, ses doigts sont doux.

Je sonde ses yeux et il me renvoie un regard d'une telle intensité que j'oublie où je suis pendant plusieurs battements de cœur.

— Ça symbolise quoi ? réussis-je à articuler.

J'imagine qu'il a dessiné un autre totem, mais je ne vois pas mon cou.

Il range le pot dans son sac.

— Protection. Prospérité.

Il s'éloigne et parle avec les organisateurs.

Les larmes me montent aux yeux. C'est quoi mon problème ? J'ai failli être violée, mon père absent est soudain apparu dans ma vie, et le gars dont je suis amoureuse est trop sollicité pour avoir une vraie relation. D'accord, ça craint, mais je ne peux pas laisser les événements me miner maintenant.

Je lève la tête et regarde le ciel bleu. Je ne vais pas comparer le symbole de protection que Lewis m'a peint à l'achat par Jaeger d'une voiture pour Cali. Ce n'est pas la même chose. Impossible. J'y vois un signe parce que je veux être avec Lewis, quitte à souffrir.

Nous attachons les bracelets de cheville qui enregistrent nos temps et Cali, dans le public, m'encourage de tout son cœur.

— Bonne chance ! crie-t-elle à mes coéquipiers et à moi en sifflant avec la langue.

Je m'aligne au départ. Nos temps sont enregistrés par les bracelets de cheville et ventilés entre les hommes et les femmes. Comme nous sommes l'un des derniers groupes à partir, nous devrions savoir tout de suite notre résultat au classement.

Lewis s'approche de moi.

— On a décidé avec les gars de se mettre par deux. Tu es avec moi.

Je lui lance un regard noir.

— Quoi ?

Son regard reste fixé droit devant lui.

— Lewis, de quoi tu parles ?

— Prépare-toi. Ils vont donner le départ.

Je regarde autour et remarque que nos coéquipiers sont par deux.

— Tu aurais pu me demander. Notre binôme fonctionne mal, dis-je contrariée.

Lewis exacerbe chaque atome en moi, me plongeant dans un état de surstimulation. Il n'est pas la présence apaisante dont j'ai besoin en ce moment. Franchement le pire partenaire que j'aurais pu avoir.

Sa mâchoire se crispe, il me regarde.

— Tu te trompes, Geneviève. Sur ce que tu représentes pour moi.

— Si j'ai tort, pourquoi tu es parti quand j'expliquais que j'avais besoin de plus ?

— Tu as dit vrai au sujet de Mira. Je n'ai pas assez insisté pour lui trouver de l'aide. J'avais des choses à régler, et c'est ce que j'ai fait.

De quoi il parle… ? Mon Dieu, je ne veux pas y penser maintenant. Ça va me consumer, et j'ai besoin de toutes mes facultés pour la course.

Je me concentre sur la colline aride.

— Ce n'est pas pour ça que je pense que tu devrais te mettre en binôme avec un autre. Tu aurais dû choisir un coéquipier qui puisse te suivre.

— Je l'ai fait, dit-il, et il s'élance.

Une seconde plus tard, je réalise que le coup de feu a retenti et que tout le monde me dépasse.

Merde ! Je sprinte pour les rattraper, ramenant ma respiration paniquée à un rythme régulier, et desserrant mes poings crispés par les paroles de Lewis.

Les trois premiers kilomètres de course sont en montée, et une fois que j'ai contrôlé ma respiration, je réussis à rattraper Lewis, et j'ai de l'énergie à revendre. Ce n'est pas le moment d'analyser ses paroles et ce qu'elles signifient pour nous. Si je ne me concentre pas sur la course, je n'y arriverai pas.

Les participants forment une masse floue et je ne peux pas dire où commence notre série et où se termine l'autre, mais nous dépassons des coureurs à gauche et à droite. Je me concentre pour rester détendue et conserver mon énergie pour la vitesse et les accidents du terrain, qui est criblé de rochers et de mottes de terre capables de provoquer une entorse éliminatoire.

Le premier obstacle que nous abordons ressemble à une barre de singe de cour de récréation, sauf qu'elle monte. Suivent immédiatement des anneaux suspendus. Les obstacles sont recouverts de boue et de graisse.

Je saute pour attraper le premier barreau et manque de glisser et tomber dans une tranchée boucuse. Cet incident me permet de me concentrer à fond sur le jeu et non sur l'homme à quelques mètres devant moi, qui saute les barres deux par deux comme Tarzan. Je ne peux pas faire comme lui, mais je me suis entraînée pour les appareils graissés. Une technique qui implique vitesse et ajustement de la prise me permet de franchir la première série. Lewis est presque arrivé à l'obstacle suivant, un mur situé à cinq cents mètres, lorsque j'arrive au bout des anneaux suspendus.

Mon premier test de force du haut du corps : une paroi verticale maculée de boue par des concurrents qui n'ont pas réussi à passer les barres de singe sans prendre un bain de boue. Mon cœur s'emballe dans un élan de panique. Le mur fait deux fois la taille de Lewis.

Une image soudaine de lui au-dessus de moi à la cascade me traverse l'esprit, ainsi que la fraction de seconde où j'ai failli faire une chute mortelle.

Lewis agite les bras frénétiquement pour me faire signe de me dépêcher. Je ravale mon appréhension, j'accélère et saute sur la paroi. Il me pousse le pied, me propulsant jusqu'à ce que je passe une jambe par-dessus.

C'est pour ça que je ne voulais pas faire équipe avec lui. Je le ralentis.

Un inconnu pousse Lewis de la même façon, qui lui rend la pareille en le tirant par le bras jusqu'en haut du mur. D'accord, peut-être qu'on a tous besoin d'un coup de main dans cette compétition.

— Fonce ! me hurle Lewis dans l'oreille en me poussant de l'autre côté.

Le salaud ! Il a grimpé en haut du mur et aidé un gars pendant que je me tortillais pour ne pas tomber, tout ça pour me pousser dans le vide.

Des bottes de foin amortissent ma chute, mais je tombe brutalement et mon dos morfle. Lewis atterrit en roulé-boulé et fonce vers l'obstacle suivant.

Je cravache derrière lui, dépassant des coureurs en chemin. Certains sont déjà cuits.

Un embouteillage devant moi me cache l'obstacle suivant, et ce n'est qu'en arrivant à proximité que je le découvre. Le bain de glace.

Une fille devant moi entre dans l'eau et beugle.

Pas de panique. Lewis m'a préparée à ce supplice à Cave Rock. Évidemment, c'est moins de l'eau froide dont je me souviens que de la façon dont il m'a réchauffée après.

Concentre-toi !

J'enjambe le bassin, et… *Sainte mère de Dieu !* Mes membres se pétrifient, mes doigts se transforment en griffes. Je suis dans l'Arctique, les glaçons me brûlent la peau. Je serre les dents et patauge jusqu'à l'autre bout, mes bras et mes jambes raides comme des poteaux. Je me hisse sur le bord et atterris sur les fesses.

Je sautille pour faire circuler la chaleur dans mes jambes transformées en Mr. Freeze, et me dirige vers la fosse à boue juste devant.

Les participants s'extraient de la tranchée fangeuse en grognant, crottés de la tête aux pieds. Quelques malheureux ressemblent à des monstres marins. Je comprends dès le premier pas pourquoi les concurrents semblent faire du sur-place. La boue a un effet « sables mouvants ». À chaque pas, je trébuche et m'enfonce, le fond aspirant mes chaussures comme une éponge. J'ai les quadriceps en feu, mal au dos ; c'est de loin l'obstacle le plus éprouvant jusqu'à présent.

Notre équipe s'est préparée à marcher dans la boue, laçant nos chaussures avec un triple nœud pour ne pas les perdre. J'émerge de l'autre côté, épuisée, mais avec tous mes vêtements. Je suis couverte d'une glaise visqueuse marron et je tremble parce que la boue est froide et qu'après le bain de glace, je n'en ai pas vraiment besoin. Je recrache la terre que j'ai avalée et je trottine, prenant de la vitesse à mesure que mes membres se réchauffent.

J'ignore si beaucoup ont abandonné ou sont à la traîne, ou si je suis entre deux séries, mais les concurrents se raréfient dans cette zone. Lewis, devant moi, s'approche rapidement de l'obstacle qui me faisait peur durant l'entraînement, car il n'y a littéralement aucun moyen de s'y préparer.

Des fils électriques pendouillent d'un édifice en bois, construit dans le seul but d'électrocuter les participants.

Certains coureurs ralentissent, sans doute pour observer comment les autres traversent le champ.

J'accélère ma foulée.

Lewis regarde derrière lui.

— Menton rentré, bras devant toi. Cours à fond ! crie-t-il avant de s'élancer dans le rideau de fils quelques secondes avant moi.

Nous ne pouvions pas nous entraîner, mais nous en avons longuement discuté. Lewis et Zach ont convenu que la meilleure stratégie était de ne pas ralentir. Si tu ralentis, tu as plus de chance de te prendre une décharge.

Je fais ce que Lewis m'a dit, je cours à fond quand un type à ma gauche, qui utilise une tactique d'esquive, glapit, le corps secoué par une décharge et tombe comme une pierre.

Merde ! Mon rythme dégringole, la peur m'embrouille la tête. Une décharge frappe mon mauvais bras, suivi d'une douleur irradiante d'un côté du corps. Je piaille et manque de m'étaler.

Les mains sur les genoux, je lève les yeux, cligne des paupières. J'ai pris un coup de jus, c'est tout. Mon bras n'est pas arraché.

Depuis l'autre bout de l'obstacle, Lewis me crie de courir. Je lève les bras devant mon visage et je me fraie un chemin en hurlant pour sortir de là et me jeter dans ses bras. Il me serre contre sa poitrine, puis me pousse vigoureusement vers la prochaine zone du parcours.

Des kilomètres de pentes rocheuses nous attendent. Lewis me dépasse, mais nous progressons tous les deux rapidement par rapport aux autres. À l'instar des affleurements de schistes à la cascade, les roches forment des escaliers raides et tranchants.

Le centre de gravité, les jambes au lieu du dos. Je me répète mentalement les instructions de Lewis et pousse sur mes cuisses jusqu'à ce qu'elles me brûlent. Ça marche, car je le rattrape.

Un gros type costaud me bloque le passage. Il a plus de muscles sur un avant-bras que moi sur tout le corps, mais il est lent. Je pivote légèrement au sommet d'un rocher et le contourne.

Et là, le gars perd son équilibre et m'utilise pour se stabiliser ou bien c'est un mouvement de blocage. La seule chose que je sais, c'est qu'il me tire la tête en arrière en m'agrippant la queue de cheval et envoie mon centre de gravité au diable Vauvert.

Cette fois, aucun son ne sort de ma bouche. Je tombe, c'est tout – en moulinant des bras. J'atterris avec un craquement sur la main et le coude, le genou subissant le même choc.

Les concurrents passent en trombe à côté de moi, je les entends haleter, leurs pieds martèlent le sol. Un type sourcille en passant. « Ça va ? » il demande.

J'aspire de l'air et me redresse d'un bond. Je saigne du genou et il y a de fortes chances que je me sois cassé un os de la main, mais le reste est en bon état, y compris ma rage.

Espère d'enfoiré. Où est la sécurité renforcée promise par les organisateurs ?

J'escalade les quelques mètres perdus et coupe la route à ceux qui m'ont dépassée il y a un instant. Mon visage rougeoie, la sueur coule sur mes tempes. Je ne devrais pas utiliser autant d'énergie avant l'arrivée, mais cette chute m'a retardée.

Les deux kilomètres suivants sont une descente, que j'emprunte à une vitesse dangereuse à laquelle les gros bras ne se risquent pas, y compris celui qui m'a fait tomber. La voie étant plus large ici, il ne peut pas me choper comme tout à l'heure. Si j'étais raisonnable, je ne devrais pas courir aussi vite, mais je n'ai plus aucune peur, ce qui va me servir ou me tuer.

Je passe devant Lewis quelques minutes plus tard, avant d'atteindre une nouvelle série d'obstacles. Nous en avons déjà franchi une bonne douzaine. Je prie pour que ce soient les dernières épreuves. Même si mon adrénaline monte en flèche et mon endurance est solide, je m'inquiète pour ma main. Elle me lance et je ne sais pas comment je vais pouvoir franchir les derniers obstacles sans m'en servir.

Un champ de troncs d'arbres se profile devant moi. Je saute de l'un à l'autre, en conservant mon équilibre. Ma main n'est d'aucune aide pour l'exercice suivant, des fils barbelés sous lesquels ramper, alors j'utilise mon coude pour me faufiler en dessous.

Lewis, qui rampe sur ma droite, me dépasse. Il a cinquante kilos de plus que moi en taille et en muscle, mais il se déplace comme un foutu lézard, le ventre collé au sol. Il repère le bras et la main que je n'utilise pas, et grimace en passant à la vitesse supérieure. Il n'a pas vu ma chute, mais il est perspicace. Trop.

J'émerge de l'autre côté, derrière lui, mais je rattrape mon retard dans un court segment de sprint, jusqu'à ce que j'arrive à l'épreuve du portage de rondin. Le tronc est aussi épais que mon tronc, soixante centimètres de large, et je dois le trimballer sur trente mètres.

Utilisant ma bonne main et le poignet de la mauvaise, je soulève le rondin, et manque de m'écrabouiller les orteils quand il glisse et s'écrase au sol. Lewis nous a appris à porter les troncs sur nos épaules, mais c'est impossible avec une seule main valide. Je réussis à faire passer le poids sur ma poitrine dans une combinaison accroupissement-bras valide. Je suis à bout de souffle quand je laisse tomber et suis les cris en direction de ce que je pense être la dernière ligne droite.

Ça fait deux heures que nous courons et je suis à deux doigts de laisser tomber. J'avais espéré pouvoir arriver au bout, mais je n'en étais pas sûre.

En arrivant en haut de la montée qui, je l'espère, sera la dernière, je manque de dégringoler en voyant ce qu'il y a de l'autre côté.

Je suis foutue.

Un mur d'escalade plus haut que tous les autres, et concave de surcroît, se dresse entre moi et la ligne d'arrivée. Les rares personnes qui le franchissent se font aider d'au moins une autre personne, deux ou trois dans la plupart des cas. Je ratisse des yeux la dizaine d'hommes qui m'entoure. Lewis n'est nulle part en vue, ni mes autres coéquipiers, que je n'ai pas vus depuis le départ.

Le mur est trop haut. Je ne vais pas y arriver.

Je reviens de si loin (je suis quasi sûre de m'être cassé la main) et c'est comme ça que ça va se terminer ?

La colère m'envahit, augmentant mon rythme cardiaque, le sang pulse dans mes tempes. *Pas question.*

Je dévale la pente, espérant que l'élan m'aidera à grimper sur le mur. Il semble incroyablement haut. J'essaie de ne pas y penser et j'escalade la partie concave, m'accrochant avec ma main valide, mes doigts s'enfonçant dans les minuscules rainures. Avec le coude et l'avant-bras de mon mauvais bras, je crapahute, mais mes pieds ne trouvent pas d'appui et je commence à glisser.

Un cri de frustration s'échappe de ma gorge alors que je m'écorche le genou valide et glisse jusqu'en bas. Je ramène mes genoux ensanglantés contre ma poitrine et cajole ma main palpitante. Deux gars me sautent par-dessus pour escalader le mur.

J'ai l'air pathétique, pauvre chose faible et brisée… une

épave, et non pas la fille forte que je me suis entraînée sans merci à devenir. Ça ne peut pas se finir ainsi.

Je me relève, secoue mes jambes douloureuses et colle ma main invalide contre ma poitrine. Le mur est impossible à escalader sans aide dans mon état, mais personne ne prête attention à moi. Les seuls concurrents restants sont une bande de mecs qui semblent aussi fatigués et hagards que moi.

Je recule de quelques mètres en trottinant et m'élance de toutes mes forces vers le mur. Mes orteils font ventouse, et cette fois, ils s'accrochent. Je me hisse à l'aide de mon bon bras et du coude de mon mauvais bras.

À mi-chemin, l'idée que je pourrais vraiment escalader ce machin me déconcentre une fraction de seconde. Mes doigts glissent, la paume de ma main blessée est incandescente à force de l'utiliser alors que je ne devrais pas. Je tombe, et cette fois je n'ai pas la force d'atterrir avec grâce et de pleurnicher sur mon échec. Des échardes se logent dans mes doigts alors qu'ils glissent sur la paroi, ma tête tombe en arrière…

Une large main saisit mon poignet et le tire vers le haut comme un sac de voyage.

Je connais cette sensation. Je sais qui me tient avant de regarder.

Lewis me hisse sur ses genoux, et je m'accroche mollement au mur avant qu'il me pousse par-dessus le bord, me jetant dans une cuve d'eau glacée qui me coupe le souffle.

Le froid choque mes muscles épuisés et les remet en fonction. Je ne sais pas comment Lewis m'a trouvée et pourquoi il est revenu. J'y penserai plus tard. Pour l'instant, je godille en sautillant pour sortir de la cuve.

Une montée d'adrénaline me fait foncer vers la ligne d'arrivée, les cris des spectateurs retentissent autour de moi. Je les ignore. Je n'ai qu'une courte distance à parcourir pour dépasser une douzaine de concurrents avant l'arrivée. Ils peuvent faire partie de mon équipe – je m'en fous. Le sprint est mon domaine de prédilection et je veux tous les battre.

Je cours sans me soucier des pierres qui pourraient me briser les os si j'atterris mal. Je cavale de tout mon soûl, dépassant un concurrent, puis un autre. Je ne suis pas raide, mon corps est en surchauffe, ma poitrine se soulève. Je suis à mon maximum en termes d'effort physique.

Je ne sais pas où est Lewis. Il pourrait être derrière moi. Ou devant. Tout ce que je sais, c'est que j'ai besoin de ça. J'ai besoin de finir cette course – jambes en sang, os brisés, poitrine en feu – en puisant dans mes dernières forces, j'ai besoin de finir cette course. Pour prouver que je peux dépasser la douleur, l'humiliation, et me battre pour moi-même.

Je dépasse deux, trois, quatre sportifs musclés, leurs halètements s'estompant au fur et à mesure que les cris de la foule se font plus forts, couvrant tout autre son. Le type que je suis sur le point de dépasser, les cheveux rasés, les biceps gonflés et tatoués, me jette un regard noir et il accélère. Il n'arrive pas suivre mon rythme, et je le dépasse aussi.

Avant de m'en rendre compte, je franchis la ligne d'arrivée sous les acclamations de la foule. Mes jambes se tétanisent, des crampes me nouent les cuisses. Je cours en petite foulée pour me calmer et reprendre mon souffle. Finalement, je m'arrête et me penche en haletant, le souffle court et la main douloureuse.

Des bras puissants me soulèvent et m'enlacent. Lewis fourre le nez dans mon cou, les poils de sa barbe m'effleurent la clavicule.

— Tu l'as fait.

Il me serre dans ses bras, me faisant cracher le peu d'air que j'avais récupéré.

— Peux pas respirer…

— Pardon.

Il relâche son étreinte et me pose sur le sol, ses bras m'enlaçant la taille de manière protectrice.

Il est en sueur et crotté, mais il sent si bon – le même Lewis, mâtiné de sel et de boue. Je devrais le lâcher. J'ai dit que je ne pouvais pas être sa petite amie, mais j'ai failli me tuer en terminant ce satané mudder et j'ai besoin de ce câlin. J'ai besoin de *lui*.

Je frotte mon visage sur sa poitrine et il niche ma tête au creux de sa paume. Rien n'est aussi bon que lorsque Lewis me tient dans ses bras. Quand il me tient, les angles acérés du monde s'adoucissent.

— Regarde.

Lewis desserre les bras et me fait pivoter sur le côté.

Derrière la corde, ma mère fait des bonds et m'appelle, Fred a l'air tout aussi heureux à côté d'elle. Jeb et sa femme sont là aussi, se tenant la main en arborant un sourire éclatant. Les cheveux de Jeb sont ébouriffés, comme s'il avait passé des doigts nerveux dedans. Il essuie une larme et lève le poing en l'air.

Ils étaient dans le public. Tous ensemble : ma mère, son futur mari, et son amour de lycée, mon père. Mon Dieu, ce jour ressemble à une réalité parallèle.

J'enfouis mon visage dans la poitrine de Lewis. Peut-être que ce sont ses bras qui m'émeuvent, ou ce tableau familial que je n'aurais jamais cru possible, mais les larmes me montent aux yeux.

Lewis baisse la tête vers mon oreille et me serre contre lui.

— Ne me quitte pas, Gen. Donne-moi une chance de

te montrer ce que tu représentes pour moi. Cette dernière semaine m'a tué. Tu m'as tellement manqué.

Il me serre encore plus fort et embrasse le sommet de ma tête.

— S'il te plaît, je te dirai tout.

J'opine, le visage enfoui dans sa poitrine. Lewis a été là pour moi quand je m'y attendais le moins. Je croyais ne pas compter pour lui, mais là, je ne sais plus.

Le plus sûr serait de lui dire non et de m'en aller, de protéger mon cœur comme je le fais toujours.

Apparemment, je ne joue plus la carte de la sécurité.

Chapitre Trente

Incroyable.

J'ai gagné le mudder.

Enfin, la première place est allée à un triathlonien masculin qui est genre, le champion américain, et qui a fait la compétition pour s'amuser – et pour le grand prix de cinq mille dollars. J'ai fait le meilleur temps chez les femmes. Certes, il y avait dix fois moins de femmes que d'hommes, donc mes chances étaient meilleures, mais j'ai quand même reçu mille dollars pour la première place féminine.

Ma mère, Jeb et leurs conjoints ont suivi la course via une application destinée aux spectateurs. Ils savaient tout du long que j'avais une chance de gagner. Lewis était en lice pour la cinquième place, m'a dit ma mère, mais il m'a aidée à la dernière minute. S'il était resté cinquième, il aurait remporté un prix équivalent au mien. Mille dollars, ce n'est pas une broutille, mais il a renoncé à cette somme. Pour moi.

Les secours sur place m'ont dit d'aller à l'hôpital pour

ma main, elle est sûrement cassée. Ils m'ont mis le bras en écharpe, nettoyé les plaies au genou et enlevé les échardes. Une fois que ma mère a reçu la promesse sous serment de Lewis de m'emmener à l'hôpital pour ma main, elle et Fred sont partis manger avec Jeb et Simone, comme de vieux copains qui se retrouvent. Totalement bizarre, et je ne sais pas quoi en penser, alors je n'y pense pas.

Je bois environ deux litres d'eau et une bière. La bière est obligatoire, une tradition du mudder. Pendant une minute, je redoute qu'elle ressorte aussi sec. Pousser son corps à la limite, puis avaler de l'alcool n'est pas une bonne idée.

Cali me rend mon sac à main. Elle s'est peinturlurée à un moment donné pour se mettre dans l'esprit de la course.

— T'es sûre que tu ne veux pas que je reste ? Que je t'accompagne à l'hosto ?

Je passe mon sac en bandoulière et secoue la tête.

— On va s'assurer qu'elle rentre bien, braille l'un de mes coéquipiers ivres.

Aucun d'eux n'est classé, mais ils ont bu comme s'ils avaient gagné la course.

Pas question de me faire ramener par ces pochtrons, mais Cali et Jaeger ont des projets et je ne veux pas les embêter.

— Je vais me débrouiller, t'inquiète.

Mes coéquipiers et moi discutons avec les autres participants de l'Alpine Mudder pendant une heure, savourant la gloire de nous être entraînés comme des Marines ou des Bérets verts, à la militaire. Pour moi, il s'agissait surtout de sortir de ma zone de confort et de tenir mon rang dans un milieu dominé par les hommes.

Nessa et sa sagesse bouddhiste. Elle avait raison. Je *suis* plus forte. Cette force est née quand j'ai décidé d'affronter une peur. Par effet boule de neige, ça m'a façonnée. Je ne pouvais pas en affronter une sans en affronter d'autres. Ce qui m'amène à Lewis.

Il est l'incarnation de toutes mes peurs : de m'ouvrir à l'autre, de mettre mon cœur en danger, de faire confiance. Je l'ai repoussé à la première occasion, mais il m'a demandé de lui laisser une chance. Il m'a épaulée comme aucun homme ne l'a fait. C'est pourquoi je vais écouter ce qu'il veut me dire.

Et parce que je l'aime. L'homme qu'il est, ce qu'il me fait ressentir… tout.

Un peu à l'écart, Lewis discute avec une autre concurrente qui lui colle son double D dans la figure sans aucune gêne. Je n'en veux pas à la fille. Avec la boue, ses peintures de guerre bleues et ses muscles gonflés par la compétition, Lewis est à la fois mystérieux et sexy. Je bave en sa présence ; les autres filles aussi, normal.

Il boit de l'eau en jetant un coup d'œil vers moi toutes les dix secondes à travers la foule.

Mes coéquipiers ivres font la fête dans un coin. Je vais chercher de l'eau et retourne vers eux.

— C'est la fille qui a gagné ! m'interpelle un type loufoque qui porte un bandeau vert, en mettant un bras sur mes épaules. Meuf, tu m'as doublé en pleine côte.

Il m'entraîne sur le côté, ayant manifestement abusé de la bière gratuite, et me dirige vers le tonneau, à l'opposé de Zach et du reste de l'équipe.

— Quel est ton… balbutie-t-il.

Lewis saisit ma main valide, s'incline et me jette sur son épaule, écrasant mon sac à main sous mon flanc.

— Elle est avec moi, lance-t-il au gars en s'éloignant.

Qu'est-ce qui lui prend ?

Je tourne la tête. Le type s'en remet rapidement et s'approche d'une fille à moitié nue en train de faire un body shot.

Je frappe le dos de Lewis en matant discrètement son fessier en mouvement.

— Hé ! Qu'est-ce que tu fous, l'homme des cavernes ?

— Je t'emmène loin d'ici.

J'ai accepté de l'écouter, pas d'être sa petite amie… mais enfin, de qui je me fous ? C'est exactement ce dont j'ai envie.

— Et la fille à qui tu parlais ? T'es sûr que tu ne veux pas savoir si tu peux obtenir son numéro ?

— Oh, je sais que je peux l'avoir.

Je l'ai cherché, mais quand même.

— Arrogant en plus.

— Pas vraiment. C'est la vérité.

La fille qui l'a dragué ne l'intéressait pas. Il n'arrêtait pas de me regarder. Je le sais, évidemment, mais leur discussion m'a fait chier. Ce n'est pas ainsi que l'on rassure la personne avec qui on veut que ça marche. Je gigote sur son épaule et tente de glisser par terre.

— Arrête, Geneviève. Je pourrais te lâcher.

— Alors pose-moi *par terre*.

Il me soulève comme s'il allait me catapulter, puis me rattrape et se dirige vers le parking, les bras sous mes fesses. Il me regarde dans les yeux, nos poitrines collées l'une à l'autre.

— On va faire examiner ta main, puis on parlera.

— Ma *main*, homme des cavernes. Les jambes fonctionnent très bien.

Je lève un pied en guise de démonstration, ce qui le fait rire.

Il pouffe.

— Ouais, elles fonctionnent trop bien. Je dois te dire des trucs avant que tu disparaisses encore.

— Hé, je n'ai pas bougé. C'est toi qui étais distant.

Il s'arrête à côté de la Jeep. Nous sommes nez à nez, si près que je distingue la sueur à la naissance de ses cheveux, la boue, la peau lisse, les yeux sombres. Ce n'est qu'à ce moment qu'il desserre les bras et me fait glisser lentement sur les reliefs de son corps jusqu'à ce que je touche le sol. Sa main me soutient le bas du dos, me serrant contre lui comme s'il répugnait à me lâcher.

— Je te présente mes excuses. J'ai essayé d'arranger les choses, mais ça a exigé du temps et beaucoup d'organisation.

Aucune idée de ce dont il parle, mais je suppose que c'est le sujet de la discussion à venir. Je m'éloigne et vacille, car si Lewis est chaud de loin, de près, c'est un vrai brasier.

— Et les gars ?

Je regarde derrière nous, me souvenant tardivement de nos camarades ivres qui ont besoin d'un chauffeur. Nessa a dû faire un remplacement aujourd'hui, sinon elle serait là pour ramener Zach et les garçons.

Lewis ouvre la portière et attend que je monte.

— C'est bon. Zach a trouvé un conducteur sobre.

Le centre de soins est plus proche que l'hôpital d'après Lewis, donc c'est là qu'il me conduit. Mon majeur est cassé juste en dessous de la jointure, ce qui fait une belle attelle. Je vais faire un doigt d'honneur à tout le monde pendant trois semaines.

Le médecin assure que l'os est aligné et que ce n'est pas une fracture grave. Il devrait se ressouder sans problème si je garde l'attelle, mais c'est ma main droite, donc, bien sûr, je ne peux pas écrire ni servir au bar, non pas que j'avais l'intention de retourner au Blue. Je redoutais de croiser Drake, mais je n'avais aucune idée du danger réel.

— Pourquoi roules-tu vers le nord ?

Je vois les casinos défiler. Mon chalet se trouve dans la direction opposée.

— J'ai pensé qu'on serait mieux chez moi pour parler sans public. T'es d'accord ?

Je hoche la tête et regarde par la fenêtre, les yeux dans le vide. Je suis effrayée et excitée. En gros, les deux émotions contradictoires qui m'envahissent en présence de Lewis. C'est un mélange grisant.

Nous quittons la route pour tourner dans le chemin qui mène au chalet montagnard de Lewis, niché au milieu des rochers et de la forêt. Des rayons de soleil traversent les arbres et brillent sur le toit rouge de sa maison. La douleur sourde dans ma poitrine se réveille, celle qui me tient compagnie depuis le soir où je l'ai vu ici avec Mira et réalisé qu'elle serait toujours un obstacle entre nous.

Lewis retire la clé du contact et nous marchons jusqu'à son porche. Il déverrouille la porte et me fait signe d'entrer.

J'ai eu une bonne vue de l'intérieur le soir où je suis venue, il y a donc peu de surprises. La seule partie de sa maison que je n'ai pas vue se situe à l'étage. Étant donné que le salon, avec un canapé pour géant et une cuisine en granit et en pin, occupe le rez-de-chaussée, il y a probablement une chambre à l'étage. Avec la structure en A du chalet, c'est sans doute la seule pièce en haut.

Lewis entre dans la cuisine et pose son sac à dos sur l'îlot. La cuisine est petite et l'îlot est plutôt une péninsule où se trouvent les fourneaux, mais les matériaux sont de première qualité, granit moucheté et placards en pin noueux.

Ses lèvres masculines se retroussent, ce qui me fait fantasmer sur sa bouche. Il tourne la tête sur le côté, pousse un lent soupir et regarde mon corps.

— On devrait se doucher.

Mes joues s'échauffent et ma respiration s'accélère.

— Pardon ? je m'étrangle.

Il traverse la pièce à grands pas et grimpe les marches, disparaissant dans la cage d'escalier.

— Lewis ?

— Viens. Les serviettes sont là-haut.

En quoi prendre une douche va-t-il faire avancer le schmilblick ?

J'entends venant d'en haut une porte s'ouvrir, une douche s'allumer. Je suis maculée de boue et je suppose qu'il serait *effectivement* plus confortable de discuter en étant propre.

Et puis merde. Je jette mon sac à main sur le comptoir et grimpe le rejoindre.

L'étage est occupé par le plus grand lit que j'ai jamais vu, et une salle de bains. Je n'ai pas d'autre choix que d'entrer dans sa chambre.

Lewis sort un t-shirt blanc d'une commode et me le tend.

— Ça ira ? Je te prêterais bien un caleçon, mais il va tomber. Le t-shirt devrait te couvrir les cuisses.

Son regard s'attarde sur la zone ; je lui fais les gros yeux.

Le t-shirt est uni et propre, mais il ne va pas me couvrir des masses. J'avais prévu de rentrer chez moi après la course et je n'ai pas apporté de change.

— On est venus ici pour parler, non ?

Il pose le t-shirt sur le lit.

— Ouais, après la toilette. La boue commence à me démanger.

Exact. Je baisse les yeux et constate que je laisse des traces sur son tapis propre. J'enlève mes chaussures et prends la serviette qu'il me tend.

Je lui montre mon attelle.

— Et ça ? Tu as une baignoire ? Ce serait mieux si je posais mon bras sur le bord.

Ses sourcils se lèvent et je me rends compte que je lui fais un doigt. Je souris.

— Pas de baignoire. Mais on peut la protéger. Et je t'aiderai à te laver.

Oh, j'imagine très bien la scène.

— Pas question.

C'est la pire idée du monde. Je suis peut-être naïve, mais je ne suis pas débile.

— C'est rien, Gen, je t'ai déjà vue toute nue.

Il n'arrive pas à cacher le sourire espiègle qui étire les coins de sa bouche.

— T'es malade si tu penses que je vais me mettre nue devant toi.

C'est la coucherie assurée. Je n'ai pas assez de retenue.

D'accord, avec lui, je n'en ai aucune.

Son sourire s'efface.

— Ça pourrait marcher si tu essayais de comprendre à quel point je suis sérieux avec toi et si tu nous laissais une chance.

Je fais non de la tête.

— Mira…

— Je suis en train de régler les choses avec Mira. Ça va changer.

— Tu m'as tenue à l'écart, et je ne le supporte pas. Je veux un vrai petit ami.

— T'as raison, et…

Il se gratte le bras, de la boue séchée tombe sur le sol.

— Écoute, prenons une douche et on parlera ensuite. Garde tes sous-vêtements si tu préfères.

Il n'y a rien de romantique dans ce moment. Je ne suis pas sûre que prendre une douche ensemble est prudent, mais il a raison, nous nous sommes déjà vus à poil. Et j'ai déjà mis la prudence au rancart.

— D'accord.

La salle de bains est étonnamment grande pour la taille de l'étage. La douche occupe un mur entier avec un banc en carrelage. Lewis enlève son t-shirt par la tête, sa poitrine nue m'hypnotisant avant que je détourne les yeux et ouvre la fermeture éclair de mon survêt. Il descend son short et se retrouve tout nu.

— Euh ?

Il lève les yeux.

— Tu peux garder tes sous-vêtements. Quoi ? Je vais me laver… Je compte sur toi pour ne pas me tripoter.

Il sourit de toutes ses dents.

Ma mâchoire se décroche, mes yeux se réduisent à deux fentes. Il veut la jouer provocateur ?

J'enlève mon haut, sans aucune grâce, car cette foutue attelle est une saloperie encombrante, et je me tortille pour baisser mon capri de yoga. Voilà, je suis en culotte et soutif de sport. Lewis a la courtoisie de regarder ailleurs, jusqu'à ce que je lui demande de l'aide.

— Tu peux dégrafer mon soutif ?

C'est un modèle blindé avec quatre grosses agrafes dans le dos, pas du tout sexy, mais il y a des seins en dessous. Je ne recule pas devant le défi qu'il vient de me lancer.

Ses yeux dévient une fraction de seconde avant qu'il ne se donne une contenance et ne me fasse signe de pivoter. Le geste est désinvolte, mais la main qui détache l'agrafe tremble et son pouce traîne un peu sur ma colonne verté-brale. Quand je me tourne, il regarde ailleurs et règle le pommeau de douche.

Je souris. Il peut feindre l'indifférence, les érections ne mentent pas.

J'enlève ma culotte et la pose sur le tas de vêtements sales sur le sol en ardoise impeccable. Paradoxalement, j'ai envie de le provoquer, ce qui est absurde, car c'est moi qui exige que notre relation reste platonique tant que la situation n'est pas réglée. Mais il y a un je-ne-sais-quoi dans les efforts que fait Lewis pour ne pas me toucher qui me plaît, après toutes les fois où je l'ai assailli.

Il me fait signe d'avancer, sans regarder plus bas que mon visage, bien qu'il ait une tension dans ses yeux qui n'existait pas avant.

J'entre dans la douche et baisse la tête sous l'eau, en éloignant l'attelle du jet. J'ai complètement oublié de l'ensacher, mais ça n'a pas d'importance. Lewis me pousse sur le côté, dos à lui, et me lave les cheveux, me massant le cuir chevelu.

Je jette la tête en arrière contre son torse et ferme les yeux, parce que, mon Dieu, son massage est trop bon. Soudain, je suis plus près de lui que je le pensais et mes fesses frôlent son érection.

Ses mains s'immobilisent.

Je me retourne, il a les yeux fermés. Quand il les rouvre, ils sont sombres, les paupières tombantes. Il reprend le massage moins doucement, de façon plus pressante. Il rince le shampoing, répète les mêmes gestes avec l'après-shampoing, puis il se lave les cheveux.

La boue s'écoule dans le siphon, mais la peinture sur nos corps est waterproof.

Lewis attrape un savon vert et le fait mousser sur son corps sans me quitter des yeux. Je suis du regard ses grandes mains qui frottent le savon sur sa poitrine, ses bras, les lignes des abdos, contournent son énorme érection, glissent sur ses cuisses musclées. Il se penche sous le pommeau de douche, laissant l'eau ruisseler sur son dos et ses épaules, puis hausse les sourcils comme pour dire : à ton tour.

Je me gifle mentalement parce que c'était une très mauvaise idée. Pourquoi ai-je cru que je pouvais regarder un tel spectacle sans faire une overdose d'hormones ? C'est Lewis… le mec qui a mis le feu à mon petit cul frigide.

Il se savonne les paumes.

— Ferme les yeux.

J'obéis et je sens des doigts doux et efficaces s'affairer sur mes pommettes, mon cou, mes épaules.

Mon dos se détend.

— Rince-toi la figure et je m'occupe du reste.

Oh non, *le reste*…

Tendant mon bras blessé hors de l'eau, je me place sous le jet.

— Ça suffit pour l'instant, dis-je. Je me relaverai chez moi.

Je ne sais pas combien de temps encore je peux résister à me coller contre lui. Mon plan pour le faire craquer s'est retourné contre moi.

— T'as de la peinture sur les bras et les jambes. Ça ne prendra qu'une seconde.

Il lève le savon.

Le self-control de Lewis est impressionnant. J'ai envie de le provoquer davantage pour voir qui craquera en premier, seulement j'ai peur que ce soit moi. Nous devons parler, mais soudain, cette tension sexuelle semble plus importante. Qu'est-ce qui nous interdit de la soulager et de discuter plus tard ? Cette idée est absurde, car je veux éviter tout rapprochement physique avant d'avoir mis les choses au point, mais je ne pense pas avec mon cerveau.

J'opine et il commence par les bras, puis le cou. Ses doigts s'attardent sur ma clavicule, et il me regarde dans les yeux avant de déployer ses grandes paumes sur mes seins et mes côtes. Je pince les lèvres pour étouffer un gémissement.

Lewis ne semble pas le remarquer. Il est concentré comme s'il peignait un chef-d'œuvre ou se contrôlait.

Dieu merci, je ne suis pas la seule.

Il s'accroupit et fait mousser le savon sur mes jambes. Ses paumes remontent le long de mes mollets, il effleure des lèvres le bandage du genou. Puis ses doigts remontent sur l'arrière des cuisses jusqu'aux fesses.

Mes paupières se ferment et je roule la tête contre le carrelage, luttant pour garder la face. Il me faut une seconde pour réaliser que ses mains se sont arrêtées. Quand je baisse les yeux, son visage est au niveau de mon entrecuisse. Il respire fort, ses doigts s'enfoncent dans ma peau.

— Gen ?

Il croise mon regard, m'interroge en silence : *tu es d'accord ?*

— Oui, je soupire en réponse.

Il avance la tête et enfouit son nez entre mes cuisses. Je halète en même temps qu'il gémit.

Il plie ma jambe et la pose sur son épaule. J'appuie ma main valide contre le mur. Ses lèvres effleurent le bourgeon hypersensible à ses moindres attouchements, qui palpite en réaction.

Je n'arrive pas à croire que c'est moi, ici, en train de faire ça. La fille qui a toujours esquivé le sexe oral et qui maintenant se languit de la bouche de Lewis.

Il darde sa langue humide et me lèche. Je gémis et ancre ma main valide à son épaule tandis que sa langue fait des acrobaties qui défient la logique et me font trembler de plaisir. Il lève la main, prend un sein en coupe et passe le pouce sur mon téton. Je me cambre, remuant des hanches pour me frotter contre sa bouche. Je gémis, m'agrippe à ses cheveux, et je suis si proche de l'orgasme que des mini-spasmes me secouent. Ses doigts me pénètrent et j'explose, tremblant et criant de plaisir.

Lewis gémit et frictionne l'endroit que sa langue a torturé jusqu'à ce que la vague orgasmique redescende, puis il m'embrasse le ventre. Il passe autour de son cou le bras avec l'attelle, me soulève sous les cuisses et me plaque contre le mur. Il m'embrasse passionnément.

Je baisse ma main valide et l'enveloppe de ma main valide, puis le dirige vers mon intimité.

Il s'immobilise.

— Merde, attends. Je n'ai pas de…

— Je prends la pilule. Mais tu as fait des tests ?

Sans attendre que j'enlève ma main, il s'enfonce en moi, m'embrassant le visage et le cou.

— Oui.

Au bout d'une seconde, il éloigne du mur nos corps imbriqués et me porte jusqu'au lit, laissant la douche couler. Nous tombons sur le matelas, le nouvel angle de pénétration m'arrache des halètements.

Lewis fait une pause, comme pour s'assurer que tout va bien ; je bouge illico les hanches, l'incitant à poursuivre.

Il adopte un rythme régulier, me caresse la hanche, la taille et les seins (toute zone que sa main peut atteindre) comme s'il n'en avait jamais assez. Je pose la paume sur sa poitrine et la fais courir le long de son épaule musclée, de son cou musclé, de son visage. Il baisse la tête et m'embrasse. Je ne peux m'empêcher de penser : *c'est ça l'amour. C'est ce qui m'a manqué.*

Son rythme s'emballe. Ses biceps se tendent et il rompt notre baiser, son visage se crispe. Il gémit, le corps secoué de spasmes.

Lewis pose la joue sur ma tempe, ses lèvres effleurent la naissance de mes cheveux. Sa respiration ralentit et il me colle contre lui, roulant sur le côté pour que nous soyons peau contre peau, ma tête blottie sous la sienne.

Je n'aurais pas dû succomber. Nous devons parler, mais le sexe juste après le mudder a épuisé mes dernières réserves. Je ne peux littéralement plus bouger – ni garder les yeux ouverts.

Je sens vaguement Lewis se lever et éteindre la douche. Quelques secondes plus tard, il me remet dans la position voulue, car je suis un zombie. Et c'est ainsi que je m'endors, blottie dans ses bras.

Chapitre Trente-Et-Un

Je me réveille au nez qui me frôle l'oreille, aux lèvres chaudes qui m'embrassent dans le cou. Le cœur de Lewis bat contre mon dos, un bras épais m'entoure la taille et m'invite à me rapprocher. Je me retourne et presse mon visage contre la peau douce, écoutant le rythme régulier de sa poitrine qui semble s'accélérer lorsque mes doigts s'aventurent vers son bas-ventre.

Il prend appui sur ses bras, insère un genou entre mes jambes et se penche vers moi. Ses lèvres me sillonnent le cou et le haut de la poitrine. Je devrais être comateuse après la compétition d'hier et nos exploits sous la douche, mais les pensées cochonnes s'enchaînent… jusqu'à ce que je me rappelle pourquoi nous sommes ici.

Ses yeux lourds parcourent mon corps.

— Salut.

Je lui tape sur l'épaule et le regarde.

— On était censés parler *hier*. Est-ce que tu essaies de me faire jouir pour m'amadouer ?

— Hum.

Son regard se focalise sur ma bouche comme s'il y songeait vraiment.

J'écarte la main sur son torse parce qu'il est trop près, sa beauté m'hypnotise, je ne peux résister à l'envie de le toucher.

— Lewis, on *doit* parler.

— D'accord.

Il me caresse les seins de la même façon que je frotte sa poitrine. J'éloigne ma main et fronce les sourcils. Il me fixe, l'air innocent.

— C'est toi qui as commencé, se défend-il.

Je lève le drap entre nous et cette fois, il grimace, m'attire contre lui avec le drap.

— Très bien, commence-t-il alors que son regard se fait plus introspectif. Le soir où tu es venue chez moi, je préparais une intervention. Si tu nous avais espionnés plus longtemps, m'accuse-t-il d'un air moqueur, tu aurais vu mes parents arriver quelques minutes plus tard. J'ai essayé de t'appeler, mais ton téléphone était éteint ; je tombais directement sur la messagerie. Je ne pouvais pas partir, parce que c'était moi qui avais organisé l'intervention.

Je souris d'un air penaud. J'ai été un peu impulsive ce soir-là. J'ai obéi à mes peurs.

Il se passe la main dans les cheveux et soupire.

— Mira est dans un sale état. Elle a toujours été fragile… depuis qu'on l'a trouvée.

— Quand elle avait trois ans.

Il acquiesce, lèvres pincées.

— Peu importe ce qu'elle veut faire croire aux autres, je la considère comme ma sœur. Quand on est que tous les deux, on se vanne et on rigole. Elle n'est pas du tout la fille collante et possessive qu'elle affiche en public. Elle est simplement… Mira. Mais elle ne supporte pas l'idée de me perdre. Et ce n'est pas ce que tu penses, ajoute-t-il immédiatement. Ce n'est pas *ça*. Elle flirte avec moi pour éloigner les autres, et crois-moi, c'est super chiant. Je lui ai dit d'arrêter, mais elle ne m'écoute pas. Peut-être qu'elle voudrait être avec moi, pour la sécurité, mais elle pense de travers. Nos sentiments l'un pour l'autre ne sont pas amoureux.

Il représente pour elle la *sécurité ?* Wouah, elle et moi sommes totalement différentes.

— On est proches, plus proches qu'elle ne l'est de mes parents. Le père de Mira est mort quand elle était bébé et sa mère est une droguée. Cette femme l'a détruite. J'ai promis à Mira qu'elle ne me perdra pas, mais elle ne comprend pas. C'est une peur complètement irrationnelle.

Il roule sur le côté et se glisse jusqu'à ce que son visage soit à quelques centimètres du mien.

— Je veux être avec toi. Genre tout le temps. Si je n'avais pas peur que tu flippes, je te demanderais d'emménager avec moi. Je n'ai jamais ressenti ça pour quelqu'un. Je m'en veux d'avoir laissé ma relation avec Mira nous éloigner et te donner l'impression d'être secondaire pour moi. J'ai fait tout ce que j'ai pu pour l'aider afin que ça change et que tu n'aies plus cette impression, mais je ne l'abandonnerai pas.

Je suis restée bloquée quelques phrases avant. *Il veut que j'emménage chez lui ?*

Mon cœur s'emballe et j'essaie de le calmer pour qu'il cesse de me marteler les oreilles et que je puisse entendre ce qu'il a à me dire.

— Je ne veux pas que tu l'abandonnes. C'est pourquoi je…

Il pose un doigt sur ma bouche.

— Laisse-moi finir. Mira ressent tout. Elle me connaît et elle voit comment je suis avec toi. Je suis convaincu que ça explique pourquoi elle fait n'importe quoi, mais il y a plus grave. Elle a besoin de voir un psy. Depuis longtemps, et cette histoire de jeux d'argent le confirme.

Il soupire et se frotte le front.

— J'aurais dû t'en parler. Je pensais que ce serait moins compliqué si je réglais le problème, mais ça n'a fait qu'empirer les choses. Je n'ai jamais été aussi sérieux avec quelqu'un avant toi et j'ai merdé. Je n'étais pas là quand tu avais besoin de moi.

— Tu ne pouvais pas savoir…

— Je ne parle pas du casino. J'ai demandé à mes gars de te surveiller et je suis content de l'avoir fait. Si cette ordure…

Il secoue la tête et souffle par les narines.

— Je parle du moment où tu as découvert ton père. J'aurais dû prendre de tes nouvelles, m'assurer que tu allais bien. Je ne voulais pas t'accabler avec mes histoires alors que tu traversais déjà une période éprouvante.

— Je peux tout supporter. Malgré mon physique, je ne suis pas faible.

Il me regarde, incrédule.

— Tu veux rire ? T'es la fille la plus forte que je connais, mais ça ne m'empêche pas de vouloir instinctivement te protéger.

OK, c'est plutôt mignon. Et sexy. Je l'embrasse sur la bouche.

— Tu dois t'ouvrir à moi. Ne m'écarte pas de ta vie.

Il émet un petit rire d'autodérision.

— Crois-moi, j'ai retenu la leçon.

— Que va-t-il arriver à Mira ?

— Le psy dit que le jeu est un moyen de combler le vide en elle. Mira voit que je passe du temps avec toi et elle ne sait pas comment me laisser de l'espace.

— Et tes parents ? Ils peuvent l'aider ?

— Bien sûr, mais elle s'est accrochée à moi quand elle était petite et ne m'a jamais lâché.

Il frotte distraitement la cicatrice sur sa lèvre. C'est la marque d'un coup tranchant.

— Comment tu t'es fait ça ?

Il dégage une mèche de cheveux de mon front.

— J'avais seize ans. Mira voulait rendre visite à sa mère. Comme elle n'est pas revenue au bout de plusieurs heures, je me suis inquiété et je suis allé la chercher.

Il déglutit.

— La porte de la maison de sa mère n'était pas verrouillée. J'ai entendu du bruit. Je suis entré et… le mec de sa mère était en train de tabasser Mira. Il y avait du sang partout. J'ai cru qu'elle était morte.

Il m'embrasse le front, respirant mon parfum comme pour se calmer.

— J'étais grand pour seize ans. Je me suis jeté sur lui et je l'ai frappé au visage aussi fort que j'ai pu ; je lui ai cassé le nez. Je pensais qu'il allait s'arrêter.

Quand je me suis accroupi près de Mira, elle pleurait. J'étais tellement soulagé qu'elle soit en vie que je n'ai pas entendu la bouteille se briser ni vu le type arriver, mais Mira a écarquillé les yeux. Je me suis retourné et lui ai arraché la bouteille des mains avant qu'il ne me poignarde dans le dos. Un bout de verre m'a coupé le coin de la bouche.

J'embrasse la cicatrice et presse mes lèvres contre les siennes.

— C'est tellement triste. Je suis contente que tu aies été là pour la sauver.

— C'était il y a longtemps. Je veux qu'elle se fasse aider maintenant. Je pensais qu'elle allait mieux.

Je fronce les sourcils, perplexe.

Il cligne des yeux et regarde ailleurs.

— Disons mieux qu'aujourd'hui. J'ai fréquenté quelques filles et elle était plus ou moins d'accord avec ça. Ce n'est que lorsque je t'ai rencontrée que j'ai compris qu'elle ne l'acceptait pas, pas après m'avoir vu agir avec toi. Elle a peur de se retrouver seule.

Il entrelace nos doigts.

— Geneviève, je… je crois que je suis tombé amoureux de toi le premier soir.

Il se frotte le front et sourit d'un air coupable.

— Un genre de coup de foudre. Puis je n'ai pas compris ce qui m'arrivait, car je n'avais jamais vécu ça. Je me sens plus léger quand tu es là, heureux. Tu es stimulante et merveilleuse, et si lumineuse à l'intérieur comme à l'extérieur, ça m'aveugle. S'il te plaît, laisse-nous une chance. Laisse-moi t'aimer.

Je ne pleurerai pas à cette belle déclaration. Cette conversation n'est pas terminée.

— Je ne me suis jamais confiée à personne comme à toi. Ne me laisse pas sur la touche. *J'ai besoin de savoir* qu'on est ensemble dans l'épreuve.

Il presse nos mains entrelacées sur son cœur et m'embrasse jusqu'à ce que je sois toute chose.

— Oui. Toujours.

Il se penche encore et je l'embrasse de tout mon cœur.

— Je t'aime, dis-je. Tu m'as tellement manqué. C'est ce que j'ai toujours voulu. *Nous*, et c'est tout.

Chapitre Trente-Deux

Je fixe, ahurie, mon reflet dans le miroir.

— Maman, tu t'es surpassée.

Elle arbore un grand sourire, chic et sophistiquée dans un tailleur en soie crème que Jackie O aurait été fière de posséder. Qui est cette personne ? Essaie-t-elle de me transformer en l'ancienne Chantell ? Car cette robe… Je lève la main pour tirer dessus ou l'ajuster, mais il n'y a pas vraiment d'endroit où la saisir sans découvrir une partie essentielle du corps.

Ma mère a choisi ma robe de demoiselle d'honneur avant sa visite, en prévision de ses noces post-mudder à Tahoe. C'est une robe moulante, en tissu argenté à imprimé animal, avec un haut croisé. Les côtés de la taille, le cœur du décolleté, et le dos sont nus. Oh, et la robe s'arrête à mi-cuisse. Je n'ose me pencher de peur de dévoiler la couleur de ma culotte.

Bon sang, je peux porter ça en public ? Enfin, je la porte parce que c'est le mariage de ma mère et qu'elle l'a choisie, mais je ne risque pas de me faire arrêter ?

— C'est joli, maman.

Et c'est vrai, pour les parties existantes de la robe. Je souris et lui fais un câlin. Elle a papillonné toute la matinée, mis nos bouquets dans l'eau jusqu'à la cérémonie, s'est occupée des derniers préparatifs au restaurant que Fred a privatisé pour la famille et les amis proches. Aucune hystérie prénuptiale de sa part, seulement de la pure joie.

Je suis encore fâchée qu'elle ait tenu Jeb à l'écart de ma vie après qu'il soit devenu clean, mais je ne peux pas lui reprocher de vouloir me protéger. On protège les personnes qu'on aime.

Maman et moi sortons de la limousine que Fred a louée. Lewis, Cali et Jaeger sont déjà alignés devant la petite chapelle en bois. Les hommes portent des costumes, Cali a une robe portefeuille lilas moulante qui met ses formes en valeur.

Lewis bigle immédiatement sur ma robe. Ses pupilles se dilatent ; il n'en décolle pas les yeux tandis que nous approchons.

Je connais ce regard. Je devrais peut-être remercier ma mère. L'expression de mon petit ami est celle d'un mec chaud comme les braises, et ça va être un vrai défi d'attendre la fin du mariage pour en profiter.

Cali se mord la lèvre inférieure, ses joues se creusent alors qu'elle se retient de rire.

— Oh, jolie robe, dit-elle, les yeux pétillants de malice.

Je lui lance un regard noir et elle cache son sourire de la main.

— Non, sérieusement, tu me la prêteras ?

C'est le genre de robe que Cali porterait. Si elle rit, c'est parce qu'elle n'est pas du tout mon style.

— T'es trop con, je lui dis et elle ricane.

— T'es magnifique, Gen, s'exclame Jaeger.

Lewis lui lance un regard mauvais.

— Quoi ? C'est vrai, se défend le géant.

— Ne descends pas les yeux plus bas que le cou, marmonne Lewis.

Je glisse le bras autour de sa taille et j'embrasse son menton. Je suis sûre que le côté possessif est aussi nouveau pour Lewis que le fait d'avoir une copine.

Jaeger serre Cali contre lui.

— Pas besoin. J'ai tout ce qu'il me faut à la maison.

Il embrasse le haut de ses cheveux blond-roux, en la regardant avec adoration.

Dieu merci, Jaeger a réintégré ses pénates. Cali dort chez lui la plupart du temps et je m'en réjouis. Je n'ai jamais entendu de bruits indésirables venant de la tente, mais à la façon dont ces deux-là se dévorent des yeux, je remercie ma bonne étoile qu'ils ne se soient pas installés dans la maison.

— Tu es sublime, glisse Lewis en m'embrassant sur la bouche. Tu as volé ma capacité de parler, de penser ou d'agir normalement quand je t'ai vue chez Zach le premier soir. T'es sexy à mort en jogging et en talons. Alors dans cette...

Il me déshabille des yeux.

— Je suis foutu.

— Peu de personnes peuvent porter des escarpins avec un jogging, dis-je gaiement.

— C'est exactement ce que je veux dire.

Il sourit.

J'ai chamboulé toute sa vie. J'ai sûrement créé des complications. Mais sa vie était sclérosée. Je l'ai en quelque sorte décoincée – d'un seul coup. Et il a changé ma vie aussi.

Je me hisse sur la pointe des pieds – inutilement car maman m'a choisi des escarpins avec des talons de quinze centimètres –, et je l'embrasse sur la bouche, longuement.

— Merci d'avoir fait en sorte que ça marche, même quand je t'ai repoussé.

— Toujours, essaie seulement de ne plus faire ça, dit-il. Une relation facile, ce serait bien de temps en temps.

— Facile est mon deuxième prénom.

Il me jette un regard en coin.

— Regarde ma robe… Elle indique : Fille Facile.

Ses yeux se voilent alors qu'il examine à nouveau la tenue.

— Hum, il me murmure près de l'oreille, et m'embrasse l'hélix. J'aime beaucoup cette robe.

— Geneviève ! appelle ma mère de l'intérieur de la chapelle.

Merde, ils sont déjà à l'intérieur ? Je ne les ai même pas vus partir à cause des pensées coquines que m'évoque mon petit ami lubrique.

Depuis quand ma mère est-elle devenue la plus respectable de nous deux ? C'est dingue comme les choses ont changé.

Les retournements de situation, ça a du bon.

Épilogue

Jeb fait signe à la serveuse du Beacon d'apporter un autre thé glacé.

— La police réinterroge Drake en ce moment même.

La terrasse du restaurant et la plage voisine grouillent de touristes, mais j'entends à peine le brouhaha après l'annonce de Jeb.

Il y a une semaine, Lewis et moi sommes allés voir les ressources humaines du Blue Casino, et Lewis leur a raconté la scène dont il a été témoin dans la suite de l'hôtel. La police avait déjà contacté le Blue pour l'agression dans la réserve, et Drake a été convoqué au poste pour être interrogé. J'ai relaté au casino ma version des faits et tous les autres incidents où Drake m'a menacée ou violentée. Je tremblais comme une feuille d'un bout à l'autre, mais je n'ai omis aucun détail. Confronté à tous les faits — bande de vieux copains ou pas —, le Blue Casino a été obligé d'ouvrir une enquête sur ses cadres dirigeants.

Drake ne s'en sortira pas. Cali prévoit de parler à la police et d'expliquer ce qui s'est passé la nuit du club. Cette histoire en soi ne justifierait pas l'intervention de la police, mais couplée à la mienne, elle montre un passé de violence et la préméditation de Drake.

L'avocat assigné à mon dossier par la police m'a convaincue de dire à ma mère ce qui s'était passé au casino. Je n'étais pas très enthousiaste à l'idée, mais étonnamment, elle n'a pas pété les plombs. Elle a broyé la main de Fred pendant que je lui relatais les faits, mais elle a fait bonne figure et s'est empressée d'en informer Jeb.

Apparemment, maman rechignait à envoyer des photos de moi à Jeb. Elles sont arrivées par paquet, puis plus rien pendant des années. Mais elle était rigoureuse dans ses mises à jour bimensuelles sur mes progrès depuis la naissance. Jeb ne voulait pas se contenter de moins ; une sorte de besoin de savoir que j'allais bien. Et l'agression de Drake est tombée dans la catégorie pas bien.

En bref : Jeb, calme et raffiné, a paniqué comme un malade quand il a appris les faits.

J'ai suivi l'enquête de la police sur l'attaque dans la réserve avec mes parents à mes côtés, et j'ai engagé un détective et un avocat payés par Jeb.

C'est très étrange d'avoir un père. Ou de réaliser que j'en avais un pendant toutes ces années sans le savoir.

Jeb m'offre des amuse-gueule et je secoue la tête.

— Donc il ne reste plus qu'à attendre ? Tu penses qu'il y aura un procès ?

— Avec toutes les preuves qu'on a rassemblées, probablement, répond-il. Ça pourrait faire des dégâts si la complicité du casino est avérée.

Nos burgers arrivent et Jeb me passe le ketchup. Il a commandé un Beacon Burger, des calamars en entrée et une salade. J'ai compris depuis les quelques semaines où nous conversons par Skype et ses visites régulières pour « passer des moments privilégiés avec moi » d'où me vient mon appétit d'ogresse. C'est du côté de la famille de Jeb. Il est en super forme pour un homme de son âge, alors j'espère avoir vraiment hérité de son métabolisme.

Je repose mon burger, la bouche soudain sèche.

— Je vais devoir témoigner au tribunal et raconter à tout le monde ce qui s'est passé, n'est-ce pas ?

Il acquiesce, des rides d'inquiétude marquent ses yeux.

— Très bien. Alors je le ferai.

Je n'ai pas envie, mais je le ferai. Combien de femmes Drake a-t-il intimidées – touchées – avant moi ? Le bout de viande que j'ai avalé me reste comme une pierre dans l'estomac. J'ai eu de la chance, mais d'autres n'en auront pas.

Jeb repose lentement son thé glacé.

— Je ne peux pas m'attribuer le mérite de la jeune femme merveilleuse que tu es devenue, mais je sais le courage qu'il faut pour se battre, et je suis fier de toi.

Il a plus à voir avec mon éducation qu'il ne le pense. Je l'ai réalisé au cours des dernières semaines. Jeb n'a pas essuyé ma morve au nez quand j'étais gamine, mais il a veillé à ce que ma mère et moi ayons un toit sur nos têtes. Maman n'a jamais eu à se soucier d'argent. Elle avait quelqu'un à qui s'adresser quand elle avait besoin de soutien.

Jeb engloutit la première moitié de son burger et s'attaque à la seconde. Il s'essuie les doigts sur la serviette en tissu.

— Tu as réfléchi à mon offre ?

Je bois une gorgée d'eau en préparant ma réponse. Lorsque Jeb a découvert que je prévoyais de trouver un autre emploi pour payer mes études supérieures, il a proposé de payer tous les frais pour que je n'aie pas à travailler.

— Je ne sais pas. Je te suis reconnaissante d'avoir pourvu à nos besoins pendant des années. Maman a eu une vie plutôt facile quand on y pense.

Il hausse les épaules.

— Elle en a bavé quand je suis parti. Elle aurait pu avoir une vie complètement différente si je n'avais pas été aussi inconstant.

Je ne suis pas convaincue que Jeb soit le seul à blâmer. Je connais ma mère et la reproduction implique deux personnes.

— C'était mon devoir de prendre soin d'elle, et tu es ma fille. Il n'était pas question que je ne subvienne pas à vos besoins.

Jeb me rembarre quand je sors mon portefeuille pour payer. Il tend sa carte de crédit à la serveuse.

— Ta mère a épousé Fred maintenant, un chic type. C'est aussi un homme très riche. J'aimerais qu'elle garde la maison que je lui ai achetée, mais on en a parlé, et je ne lui verserai plus ce que je considérais comme une pension alimentaire, même si on n'était pas mariés. Pour toi, en revanche, la situation est totalement différente. Tu es ma fille et je te soutiendrai jusqu'à ce que tu sois installée, ce qui veut dire payer tes études et t'aider à acheter une maison. Simone et moi sommes suffisamment à l'aise pour pouvoir faire ça pour nos enfants.

Il assume ce qu'il considère probablement comme son rôle, mais…

— Ça n'a jamais été l'important pour moi. Je voulais un père.

Il laisse échapper un long soupir.

— Je comprends, et c'est ce que je veux aussi. Je le veux depuis longtemps. J'espère que tu réalises que les choses seront différentes maintenant.

Jeb est venu me voir souvent depuis que la vérité a éclaté, alors oui, j'ai remarqué la différence.

— J'aimerais pouvoir changer le passé. Ta mère et moi avons fait des erreurs, mais je suis là pour toi à partir de maintenant. C'est peut-être difficile à croire, mais tu as toujours été dans mes pensées, toujours été ma fille, même si tu ne savais pas que j'étais ton père.

Si je voulais payer mes études supérieures, c'est uniquement parce que je pensais que ma mère se « prostituait » en se faisant entretenir par ses mecs pour subvenir à nos besoins. Une théorie grotesque, maintenant que j'y pense, mais qu'étais-je censée croire ? Vu ses fréquentations et son négationnisme au sujet de mon père, les théories extrêmes étaient crédibles.

J'ai réussi à économiser un peu d'argent en travaillant au casino, mais pas assez. J'ai reversé mon prix de l'Alpine Mudder au programme de soutien aux familles Washoe. Lewis a renoncé à sa cinquième place pour m'aider et c'est ce qu'il aurait fait avec l'argent. Je lui devais une fière chandelle, même s'il pensait le contraire.

— M'aider pour les frais de scolarité serait génial. Merci, Jeb. Mais j'ai l'intention de trouver un job pour payer mes dépenses courantes. Je suis adulte, c'est à moi de subvenir à mes besoins.

— Comme tu veux, mais tu seras la bénéficiaire d'un compte-épargne conséquent après ton diplôme.

— *Jeb.*

— Simone et moi faisons la même chose pour notre autre fille – qu'on aimerait que tu rencontres dès que tu seras prête. Elle a trois ans et déjà un sacré caractère.

Je souris. Quand j'ai appris que j'avais une demi-sœur, j'étais en colère que mon père m'ait abandonnée. Maintenant, j'en suis très heureuse. J'ai toujours voulu avoir une sœur.

Nous finissons notre repas et Jeb me raccompagne à ma voiture. Il me prend dans ses bras pour me dire au revoir. C'est un peu gênant, mais je m'habitue à ses étreintes paternelles. Il m'embrasse le haut du crâne.

— On se voit dans deux ou trois semaines.

Jeb est à la retraite et prétend que ces voyages ne sont pas grand-chose pour lui. Simone est venue aussi. C'est un nouveau monde étrange pour moi.

Il s'arrête avant d'arriver à sa voiture et se retourne.

— Hé, que penses-tu d'une partie de golf la prochaine fois ?

À l'évidence, maman a mentionné que nous jouions au golf ensemble.

— Bien sûr, seulement… ne le prends pas mal, mais quel est ton handicap ?

— Trois. Et toi ?

Je soupire, soulagée. J'aime ma mère, mais jouer au golf avec elle est une torture. C'est un peu mieux maintenant que j'ai Fred avec qui partager mon désarroi.

— Cinq.

Il penche la tête sur le côté d'un air songeur.

— Tu sais, avec tes qualités athlétiques, tu pourrais…

— Papa, la fac de psychologie, tu te souviens ?

Il sourit et je réalise ce que j'ai dit.

Je l'ai appelé papa.

Des années sans père et en quelques semaines, non seulement j'ai quelqu'un à désigner comme la source de mes gènes pour moitié, mais en plus il se sent comme mon père. Dingue.

— Je ne vais pas te pousser à faire une carrière pro, mais je pourrais nous inscrire à un tournoi de golf père-fille un jour, alors astique tes clubs. Il me faut une coéquipière chevronnée.

J'éclate de rire.

— Ça marche.

———

LE CHALET SEMBLE SI paisible de l'extérieur, à part toutes les voitures dans l'allée. La porte d'entrée bute sur le sac polochon géant de Tyler et je dois la forcer en poussant plusieurs fois jusqu'à ce que le sac s'écarte de mon chemin.

Jaeger, Cali et Lewis sont assis sur le canapé, Tyler dans le fauteuil relax, et tous les quatre beuglent devant la télévision. Du popcorn jonche le sol. Des canettes de bière vides forment une pyramide instable à côté du canapé.

C'est quoi, un repaire de mecs ? Qu'est-il arrivé à notre boudoir féminin ?

Lewis lève enfin les yeux et sourit. Je le rejoins et m'assieds sur ses genoux. Il n'y a pas d'autre place sinon par terre, et il ne semble pas contre le fait de glisser sa main sur mes cuisses. Il me tient serrée contre lui.

Ma grande révélation depuis le mudder, c'est que je n'avais pas besoin de dominer la course pour gagner en confiance. J'avais simplement besoin d'affronter mes peurs. Mon plus grand défi : m'ouvrir à Lewis et le laisser m'aimer.

— Qu'est-ce qui se passe ? je murmure.

— On regarde du foot australien.

— Mark ! hurle Tyler.

— Raté ! explose Cali.

Les gars huent et invectivent l'écran.

Apparemment, un mark, c'est quand le ballon est intercepté en plein vol. Le jeu en lui-même semble être une combinaison de foot et de rugby.

Je caresse la mâchoire de Lewis.

— Ce sport est dingue.

— C'est génial, non ? dit-il très sérieux.

Je secoue la tête et regarde Cali.

— Tu comprends les règles ?

— Aucune idée. Je dis juste le contraire de ce qu'ils crient et ça les énerve.

Elle se fourre une poignée de popcorn dans la bouche, et je réalise qu'elle ne regarde même pas le match. Elle provoque les gars, et ça l'amuse.

J'adore cette fille.

La poche de Lewis vibre, me chatouillant les fesses.

— *Ahhh !*

— Pardon.

Il me soulève d'un bras et le sort de sa poche, puis me réinstalle sur ses genoux.

— Ouais, papa ?

Un tacle à l'écran fait bondir Lewis, avant qu'il ne se calme et baisse les yeux.

— Où est allée Mira ? À quel endroit ? Merde, ajoute-t-il après une pause.

Après la discussion sérieuse avec ses parents et Mira, elle a accepté de voir un psy. Elle y va trois fois par semaine et fait des progrès. Elle ne me fusille plus du regard quand nous sortons en bande et semble résoudre peu à peu ses problèmes.

Lewis me presse la main, puis il me soulève doucement et se met debout. Il va dans un coin de la pièce loin de la télé, et échange quelques mots avec son père avant de ranger son téléphone. Nos regards se croisent et je vois que ça ne va pas.

Je le rejoins.

— Qu'est-ce qui se passe ?

Il me serre contre lui.

De l'autre côté de la pièce, Tyler baisse le volume de la télé, les yeux rivés sur Lewis, les fesses au bord du siège. Cali et Jaeger le dévisagent également.

Lewis regarde les trois, sans me lâcher, car quoi qu'il arrive, nous traversons les épreuves ensemble maintenant.

— C'était mon père. Mira a disparu, et je pense que sa

mère est impliquée. La dernière fois qu'elle a disparu, je l'ai trouvée chez elle…

Et elle a failli se faire tuer, j'ajoute mentalement.

Tyler jure. Tous les regards se tournent vers lui.

— Je crois savoir où elle est, dit-il.

———

Ne ratez pas le prochain livre palpitant de la série Jamais avec lui !
Vous pensez connaître Mira et Tyler, mais vous n'avez aucune idée du passé compliqué qu'ils partagent, et de leurs blessures profondes. Téléchargez Jamais avec un ex, et découvrez une histoire d'amour émouvante que vous n'êtes pas près d'oublier.

Jamais avec ton ex

EXTRAIT : Jamais avec un ex

MIRA

Six ans plus tôt

Mes peurs ont toujours entravé mes désirs. Mais pas ce soir.

La chanson « No One » d'Alicia Keys retentit dans la sono customisée du salon de Holly Walker, et sa maison est bondée de visages que je reconnais pour les avoir vus dans les couloirs du lycée.

Si je suis ici alors que j'évite les fêtes comme la peste, c'est parce que Tyler Morgan a dit qu'il venait.

Je suis venue avec Zach, un bon copain de la réserve Washoe de Dresslerville, qui va au lycée avec moi et mon frère adoptif, Lewis.

Lewis est un élève studieux. Il ne vient pas à ces soirées, mais Zach est de toutes les fêtes. Actuellement, il essaie de brancher Ella ou Bella, une nana de mon cours d'anglais avec un prénom en a, comme toutes les filles populaires.

Techniquement, le mien se termine par un a aussi, mais si les gens me connaissent, c'est pour les mauvaises raisons. *Pétasse* et *racaille* sont les mots associés à *mon* nom.

— Zach, on dirait que tu t'apprêtes à bondir, dis-je. Tu connais la finesse ? Tu pourrais discuter avec la fille. Apprendre à la connaître.

Zach incline le menton.

— Pourquoi je ferais ça ? Ça enlève tout le mystère.

Depuis que je le connais, Zach a toujours gardé les filles à distance. Sentimentalement, *pas* physiquement. Il enchaîne les conquêtes. Je ne peux pas lui en vouloir. Je fais la même chose – la distanciation sentimentale, pas les coups d'un soir. Les rumeurs sont fausses.

Il relève le menton.

— Ça va, je peux te laisser ? Je vais aller tenter ma chance. Comment tu trouves les pecs ? Bien ? demande-t-il en bombant le torse.

Je secoue la tête.

— T'es nul.

Il me fait un câlin amical.

— Je t'aime, Mir. Va brancher un mec. C'est bon pour le corps.

Mes épaules se raidissent. Il ne sait pas à quel point il est proche de la vérité.

Zach me secoue les épaules.

— Détends-toi ma fille. T'es toute contractée.

Je raconte tout à Zach et Lewis. Sauf ma vie amoureuse. Ce serait trop bizarre.

Les coucheries de Zach nous procurent de grands moments de rigolade, mais jamais je ne raconterais mes aventures sexuelles. C'est le problème d'avoir des amis mecs qui sont comme des frères.

— Tu veux bien partir ?

Le fait qu'il s'attarde me rend nerveuse, et j'ai déjà assez de choses en tête.

Zach s'embrasse le biceps et cligne de l'œil avant de

s'éloigner en jouant des épaules pour traverser la foule humaine.

Je jette un œil, à la recherche de ma propre proie.

Depuis que Tyler est arrivé, il y a une heure, je l'observe comme une prédatrice sexuelle. Pas vraiment mon style, mais je manque de temps. Il part dans quelques semaines pour l'université, et si je n'agis pas maintenant, j'ai peur de laisser filer ma chance.

Je passe une main tremblante dans mes longs cheveux noirs et les ramène sur une épaule, les pointes balayant ma taille. Du coin de l'œil, je vois le gars à côté de moi me mater.

Les autres garçons ne m'intéressent pas. Un seul retient mon attention, et c'est vers lui que je me dirige.

Je suis comme Zach ce soir, en chasse.

Normalement, je laisse les hommes venir à moi. Si les filles ne m'apprécient pas trop, c'est différent avec les hommes.

Lewis et Zach me traitent comme une sœur, mais avec les autres mecs… Eh bien, ils veulent *quelque chose*. Mais je ne couche pas. Malgré les racontars, je n'ai embrassé qu'une poignée de garçons, je me suis laissé peloter quelques fois, mais je me suis toujours refusée.

Je ne sais pas pourquoi j'ai préservé ma virginité. Personne n'attend ça de moi, et je ne me sens pas pure. Il est possible que vivre avec Lewis et sa famille ait déteint sur moi. Que j'aie fixé des règles sans m'en rendre compte. Mais si je n'ai pas fait l'amour quand l'occasion s'est présentée, je pense que c'est pour une autre raison.

Il n'y a qu'une seule personne avec qui je veux être.

Mon prof de maths m'a conseillé d'étudier avec Tyler il y a un an. Il est *possible* que j'aie suggéré son nom quand il cherchait un étudiant pour m'aider.

La gentillesse des yeux bleus de Tyler quand il a chassé

une bande de petites pestes qui me harcelaient au collège a laissé un souvenir durable. Je ne l'ai jamais oublié.

Je suis presque sûre qu'il ne se souvient pas de ce jour. Il n'en a jamais parlé, et je ne lui ai pas rappelé durant nos nombreuses séances d'étude ensemble.

Je vois Tyler vérifier si les toilettes du bas sont libres. Il a pris du muscle depuis le collège ; il est plus large au niveau des épaules et du torse. Il est plus grand que la plupart des mecs du lycée. Il est beau aussi, mais ce n'est pas pour ça que je l'aime bien.

Il y a quelque chose chez Tyler qui le différencie des autres. Je suis consciente de ses moindres mouvements, de son odeur de menthe poivrée et de graisse de vélo, car il pratique le VTT, et j'aime traîner avec lui autant qu'avec mes amis. Sinon plus.

Quand Tyler m'explique des équations lorsque nous étudions ensemble, j'ai envie de passer mon doigt sur les callosités de son pouce, là où il tient son stylo trop fermement.

Parfois, lorsqu'il ne regarde pas, je mate le chaume foncé de son menton aux reflets roux en pleine lumière, et je me demande ce que ça ferait de frotter mes lèvres contre ce duvet et de l'embrasser dans le cou.

C'est distrayant.

Tyler va bientôt quitter la ville. Je devrais attendre et ignorer mes sentiments.

Mais je ne veux pas.

Je vais faire un truc que je n'ai jamais fait avant et me confier à lui. Dans l'espoir de perdre ma virginité avec le seul garçon qui me plaît.

Après avoir essayé les toilettes du bas, verrouillées, Tyler glisse une main dans sa poche et monte à l'étage.

Je regarde autour de moi pour m'assurer que personne ne fait attention, et je le suis dans l'escalier.

Tyler a un an de plus que moi, mais il est deux classes plus haut, car il est super intelligent et il a sauté la seconde. La fête d'Holly est peut-être ma dernière chance d'agir avant qu'il passe le bac dans quelques semaines.

Le premier est aussi bondé. Tyler monte au deuxième étage. Je reste en arrière jusqu'à ce qu'il atteigne le palier.

Il y a trois étages dans la maison de Holly. Ses parents sont blindés ; la maison est équipée d'un jacuzzi intérieur et d'un ascenseur. Un milliard de chambres occupent les étages supérieurs. Ça ne devrait pas être trop difficile de coincer Tyler seul.

Il toque à la porte des toilettes du deuxième et entre en refermant derrière lui. La fête se déroule surtout au rez-de-chaussée. Peu de convives s'aventurent au deuxième étage, donc on sera tranquilles.

Je marche rapidement jusqu'au bout du couloir et jette un coup d'œil dans une des chambres sombres. Elle est vide. Je pose mon sac à main à côté de la porte et referme derrière moi.

Mon cœur bat la chamade. Je presse la main contre ma poitrine et respire à fond pour me calmer.

Je sens qu'il y a quelque chose entre Tyler et moi. Je ne pense pas qu'il refusera ce que j'ai à offrir, mais c'est un défi de me rendre vulnérable devant quelqu'un d'autre que Lewis ou Zach.

J'ai tendance à repousser les gens. Mais Tyler me charrie. Il ne me prend pas au sérieux comme la plupart des mecs. D'une certaine façon, il est plus facile de m'ouvrir à lui. J'aimerais avoir une vraie histoire avec Tyler avant son départ, mais je me contenterai de ça.

Coucher… avec lui.

Et voilà mon cœur qui s'emballe de plus belle.

Je déglutis et essaie de garder ma contenance malgré l'organe vital qui ricoche dans ma poitrine. Je redescends le couloir et rôde devant les toilettes où Tyler est entré, me préparant mentalement à la suite.

Quelques secondes passent avant qu'il ressorte, tête baissée.

Maintenant ou jamais. Je m'avance et le bouscule légèrement.

— Tyler ? dis-je en feignant la surprise.

Il m'attrape les bras pour garder l'équilibre, son visage à quelques centimètres du mien. Je souris d'un air faussement effarouché.

— Si tu voulais me toucher, il suffisait de demander, je minaude.

Oh, la nulle. Je dois travailler mes phrases d'accroche.

Il ne réagit pas, le regard vide, et pendant un instant, je me demande si j'ai foiré mon coup. Cette histoire d'agression sexuelle est plus difficile qu'il n'y paraît.

Son regard s'adoucit et se pose avec affection sur mon visage.

—Mira… Je pensais t'avoir vue en bas.

Il sourit, ce qui fait battre mon cœur à tout rompre.

Beaucoup pensent que les yeux de Tyler sont son meilleur atout. Ils *sont* d'une beauté hallucinante, mais je préfère son sourire. Il touche la partie la plus intime de mon être, me fascine et m'étourdit.

Ce sourire est une promesse. Et je ne peux pas m'en passer.

Ma poitrine se serre et ma bouche se crispe dans ce qui ressemble, j'espère, à une expression heureuse.

— Comment ça va ? dis-je comme si c'était la première fois que je le voyais ce soir alors que je l'ai traqué comme une lionne.

— Bien. T'es là depuis longtemps ?
— Un moment.

Je lui prends la main et l'entraîne dans le couloir, sans me départir de mon sourire nerveux.

— Ça t'ennuie de m'aider à faire un truc ? dis-je. C'est juste là.

Il fronce les sourcils.

— Bien sûr, tout ce que tu veux.

Encore une raison de trouver Tyler parfait. Il a passé un temps insensé à m'aider en maths, jusqu'à ce que non seulement mes notes s'améliorent, mais que je cartonne.

Moi ? Un *A* en maths ? Tout ça parce que Tyler s'intéresse à moi alors que les autres m'ignorent. Comme s'il décelait en moi un potentiel que la plupart des gens jugent inexistant.

J'ouvre la porte de la chambre et j'entre.

— C'est par là.

Tyler pouffe nerveusement, mais il me suit dans la chambre. La lumière du couloir met en valeur sa grande carrure sportive. Il tripote son t-shirt en regardant autour de lui.

— Alors, de quoi t'as besoin ?

Je passe la main derrière lui et referme la porte, plongeant la pièce dans la pénombre. J'écrase ma poitrine contre son torse et j'enroule les bras autour de son cou.

— Juste de ça.

Je l'embrasse.

Ses lèvres restent immobiles au début, il est tendu. Puis sa bouche s'adoucit. S'enflamme. Un baiser qui m'envoie des frissons dans le ventre.

Sa langue taquine la mienne, ses mains se resserrent sur ma taille…

J'ai du mal à respirer. C'est une erreur. J'aurais dû choisir un autre mec. Un qui ne me plaît pas autant. J'aime bien Tyler, et quand il partira…

Je m'écarte.

Il glisse les mains sur mes hanches, sans me lâcher.

— Mira, qu'est-ce qui t'arrive ? Enfin, je ne m'en plains pas…

Qu'est-ce qui me prend ? Je suis en train de tout gâcher. C'est ce que je veux depuis très longtemps et je fais n'importe quoi.

Bien sûr, il se demande pourquoi son élève si distante lui fait du rentre-dedans. Je pensais que je lui plaisais, mais je n'en étais pas sûre à cent pour cent. Vu l'intensité de ce baiser, je pense qu'on est raccord au niveau de l'attirance. Je dois arrêter de flipper, et m'en tenir à mon plan.

— Ça va ?

Mes yeux se sont habitués à l'obscurité. Je me hisse sur la pointe des pieds et embrasse sa mâchoire carrée, puis sa gorge. Mes mains se promènent sur ses épaules, sa poitrine, son ventre plat et étroit…

Sa respiration s'accélère et il me tire vers lui.

— T'es sûre ? Je veux dire… je ne savais pas.

Je le fais taire avec un autre baiser, mes lèvres s'ouvrant pour prendre tout ce qu'il veut bien me donner.

Tyler mesure plus d'un mètre quatre-vingt-trois et je dois me hisser pour atteindre sa bouche, mais il me soutient fermement, ses lèvres dévorent les miennes, me faisant palpiter le ventre. Mon corps et mes nerfs se détendent.

Plus il m'embrasse, plus ces palpitations se propagent, échappant à tout contrôle. Il a un goût de bonbon à la menthe, ses lèvres sont douces et chaudes, leurs caresses font trembler mes mains sur sa poitrine.

Normalement, je devrais laisser le mec prendre les initiatives et l'arrêter quand il va trop loin. Mais malgré la bouche avide de Tyler, ses mains n'ont pas quitté mes hanches.

C'est un mec bien ; qu'imaginai-je ?

De toute évidence, je vais devoir faire le prochain pas aussi.

Je glisse les doigts sous son t-shirt, contre sa peau douce et chaude, trace les contours d'un torse musclé, façonné par des heures de sport après l'école.

Je commence à peine à explorer le terrain fascinant de la poitrine, quand Tyler s'éloigne. Mes doigts se figent et je le regarde dans les yeux, dont la clarté a disparu. Dans l'obscurité, ils sont sombres et troubles, d'une profondeur surprenante.

— Mira, et en bas ? La fête…

Je ne pense plus.

En réponse à sa question, je lève l'ourlet de son t-shirt noir. Ses bras se lèvent automatiquement pour que je le lui ôte par la tête. Je le laisse tomber sur le sol, le tissu noir disparaissant dans l'obscurité.

Je tends le bras dans son dos et tâtonne pour verrouiller la porte. Puis je lui prends la main et je le guide vers le lit.

— C'est bon. Personne ne peut entrer.

Je m'assieds sur le bord du matelas et le tire doucement vers le bas.

Il ne dit rien au début. C'est peut-être dû au fait que j'ai enlevé mon haut. Je suis nue à partir de la taille, à l'exception d'un joli soutien-gorge noir que j'ai acheté en solde chez Victoria's Secret.

Tyler touche mon épaule nue.

— Ahhh… ?

Ses yeux restent scotchés sur mes seins pendant une seconde, puis migrent vers mon visage et sondent mes yeux.

— Tu me plais. On n'est pas obligés de faire ça ce soir.

Pendant plus d'un an, j'ai rêvé d'être la petite amie de Tyler. Je l'imaginais m'emmener au cinéma, dîner chez lui avec sa mère et la sœur dont il m'a parlé. Mais c'est un fantasme.

Tyler ne voudra jamais de moi s'il sait d'où je viens et les ravages de mon passé. Nous ne serons jamais plus l'un pour l'autre que ça.

Au moins, en partageant ce moment, j'aurai une partie de lui. Ce moment entre nous.

— Je suis sûre. J'ai envie de toi.

Lisez *Jamais avec ton ex* maintenant !

Les Washoe (Wa She Shu) sont une tribu amérindienne du Grand Bassin qui vivait près du lac Tahoe, en Californie et au Nevada. J'ai pris la liberté artistique de faire référence à certaines de leurs croyances culturelles et mythologiques, décrites dans *Jamais avec un dragueur*, notamment lors de la scène de la baignade à Cave Rock. Lewis raconte l'histoire d'un oiseau géant mangeur d'hommes, appelé Ong, qui attaquait tous ceux qui s'aventuraient à Cave Rock. Selon la légende Washoe, la créature mythique Ong nichait au milieu du lac et attaquait les villageois jusqu'à qu'un Washoe astucieux le tue. J'ai laissé vivre Ong et je l'ai lié à Cave Rock pour les besoins de l'histoire.

Cave Rock est réellement un site sacré Washoe, où les guérisseurs dotés du pouvoir de soigner l'esprit et le corps réalisaient des offrandes pour le renouveau spirituel. Dans le roman, Lewis dit à Gen que la station de ski Heavenly était l'endroit où se trouvaient les bébés de l'eau, mais d'après les légendes Washoe, les bébés de l'eau étaient recherchés dans les sites lacustres comme Cave Rock.

Toute erreur concernant le peuple et la culture Washoe n'engage que moi et a été créée à des fins de fiction.

À propos de l'auteure

Jules Barnard est une auteure à succès de USA Today dans les genres romance contemporaine et fantaisie romantique. Ses récits contemporains comprennent les séries Jamais avec lui et les Frères Cade. Elle écrit de la fantaisie romantique sous son nom de plume dans la collection Halven Rising que le Library Journal qualifie de « … nouvelle aventure fantastique passionnante. » Qu'elle écrive sur les hommes séduisants du lac Tahoe ou sur le monde féérique d'un campus universitaire, Jules nous délecte d'histoires captivantes, pleines d'amour et d'humour.

Quand Jules n'est pas en jogging en train d'écrire en se récompensant par des chocolats, elle passe du temps avec son mari et ses deux enfants dans leur petite ville natale sur la côte Pacifique. Elle a le super pouvoir d'être capable de lire en cavalant sur un tapis de course ou en brûlant le dîner.

Pour plus d'information, visitez le site web de Jules :
https://julesbarnard.com/francais/